唐传奇精选 ◆ 文白对照插图本

聂隐娘

◆ （唐）裴铏等著

◆ 白话文翻译　魏鉴勋　袁闾琨　李平

◆ 作家出版社

图书在版编目（CIP）数据

聂隐娘：唐传奇精选：文白对照插图本 /（唐）裴铏 等著；魏鉴勋，袁闾琨，李平 译. -- 北京：作家出版社，2015.7（2015.8重印）

ISBN 978-7-5063-8226-7

Ⅰ. ①聂… Ⅱ. ①裴… ②魏… ③袁… ④李… Ⅲ. ①传奇小说 –小说集 – 中国 – 唐代 Ⅳ. ①I242. 1

中国版本图书馆CIP数据核字（2015）第180290号

聂隐娘——唐传奇精选（文白对照插图本）

作　　者：【唐】裴　铏 等
译　　者：魏鉴勋　袁闾琨　李　平
责任编辑：王　烨
装帧设计：曹全弘
出版发行：作家出版社
社　　址：北京农展馆南里10号　　邮　　编：100125
电话传真：86–10–65930756（出版发行部）
　　　　　86–10–65004079（总编室）
　　　　　86–10–65015116（邮购部）
E-mail:zuojia@zuojia.net.cn
http://www.haozuojia.com（作家在线）
印　　刷：北京中科印刷有限公司
成品尺寸：142×210
字　　数：216千
印　　张：10
版　　次：2015年8月第1版
印　　次：2015年8月第2次印刷
ISBN　978-7-5063-8226-7
定　　价：32.00元

目录

古镜记 / 王度 / 1

虬髯客传 / 杜光庭 / 19

聂隐娘 / 裴铏 / 30

昆仑奴 / 裴铏 / 38

崔炜 / 裴铏 / 44

樊夫人 / 裴铏 / 56

薛昭 / 裴铏 / 62

裴航 / 裴铏 / 69

红线 / 袁郊 / 77

陶岘 / 袁郊 / 85

懒残 / 袁郊 / 90

许云封 / 袁郊 / 94

田膨郎 / 康骈 / 99

定婚店 / 李复言 / 104

李卫公靖 / 李复言 / 110

张老 / 李复言 / 116

僧侠 / 段成式 / 125

柳毅传 / 李朝威 / 129

板桥三娘子 / 薛渔思 / 148

胡媚儿 / 薛渔思 / 153

枕中记 / 沈既济 / 156

离魂记 / 陈玄祐 / 163

南柯太守传 / 李公佐 / 167

霍小玉传 / 蒋防 / 183

李娃传 / 白行简 / 199

东城老父传 / 陈鸿 / 219

长恨歌传 / 陈鸿 / 230

莺莺传 / 元稹 / 240

郭元振 / 牛僧孺 / 255

贾人妻 / 薛用弱 / 262

飞烟传 / 皇甫枚 / 266

崔护 / 孟棨 / 276

嘉兴绳技 / 皇甫氏 / 280

车中女子 / 皇甫氏 / 283

补江总白猿传 / 佚名 / 288

古 镜 记

王 度

　　隋汾阴侯生，天下奇士也。王度常以师礼事之。临终，赠度以古镜，曰："持此，则百邪远人。"度受而宝之。镜横径八寸，鼻作麒麟蹲伏之像，绕鼻列四方，龟龙凤虎，依方陈布。四方外又设八卦，卦外置十二辰位，而具畜焉。辰畜之外，又置二十四字，周绕轮廓，文体似隶，点画无缺，而非字书所有也。侯生云："二十四气之象形。"承日照之，则背上文画，墨入影内，纤毫无失。举而扣之，清音徐引，竟日方绝。嗟乎，此则非凡镜之所同也，宜其见赏高贤，自称灵物。侯生常云："昔者吾闻黄帝铸十五镜，其第一横径一尺五寸，法满月之数也。以其相差各校一寸，此第八镜也。"虽岁祀悠远，图书寂寞，而高人所述，不可诬矣。昔杨氏纳环，累代延庆，张公丧剑，其身亦终。今度遭世扰攘，居常郁快，王室如毁，生涯何地？宝镜复去，哀哉！今具其异迹，列之于后。数千载之下，倘有得者，知其所由耳。

　　大业七年五月，度自御史罢归河东，适遇侯生卒，而得此镜。至其年六月，度归长安。至长乐坡，宿于主人程雄家。雄新受寄一婢，颇甚端丽，名曰鹦鹉。度既税驾，将整冠履，引镜自照。鹦鹉遥见，即便叩头流血，云："不敢住。"度因召主人问其故，雄云："两月前，有一客携此婢从东来。时婢病甚，客便寄留，云：'还日当取。'比不复来，不知其婢由也。"度疑精魅，引镜逼之。便云："乞命！即变形！"度即掩镜，曰："汝先自叙，然后变形，当舍汝命。"婢再拜自陈云："某是华山府君庙前长松下千岁老狸，大行变惑，罪合至死。遂为府君捕逐，逃于河渭之间，为下邦陈思恭义女，蒙养甚厚。嫁鹦鹉与同乡人柴华。鹦鹉与华意不相惬，逃而东，出韩城县，为行人李无傲所执。无傲，粗暴丈夫也，遂将鹦鹉游行数岁。昨随至此，忽尔见留。不意遭逢天镜，隐形无路。"度又谓曰："汝本老狐，变形为人，岂不害人也？"婢曰："变形事人，非有害也。但逃匿幻惑，神道所恶，自当至死耳。"度又谓曰："欲舍汝，可乎？"鹦鹉曰："辱公厚赐，岂敢忘德。然天镜一照，不可逃形。但久为人形，羞复故体。愿缄于匣，许尽醉而终。"度又谓曰："缄镜于匣，汝不逃乎？"鹦鹉笑曰："公适有美言，尚许相舍。缄镜而走，岂不终恩！但天镜一临，窜迹无路。惟希数刻之命，以尽一生之欢耳。"度登时为匣镜，又为致酒，悉召雄家邻里，与宴谑。婢顷大醉，奋衣起舞而歌曰："宝镜宝镜，哀哉予命！自我离形，而今几姓。生虽可乐，死必不伤。何为眷恋，守此一方！"歌讫，再拜，化为老狸而死。一座惊叹。

大业八年四月一日，太阳亏。度时在台直，昼卧厅阁，觉日渐昏。诸吏告度以日蚀甚。整衣时，引镜出，自觉镜亦昏昧，无复光色。度以宝镜之作，合于阴阳光景之妙。不然，岂合以太阳失曜而宝镜以无光乎？叹怪未已。俄而光彩出，日亦渐明。比及日复，镜亦精朗如故。自此之后，每日月薄蚀，镜亦昏昧。

其年八月十五日，友人薛侠者，获一铜剑，长四尺，剑连于靶，靶盘龙凤之状。左文如火焰，右文如水波。光彩灼烁，非常物也。侠持过度，曰："此剑侠常试之，每月十五日，天地清朗，置之暗室，自然有光，傍照数丈。侠持之有日月矣。明公好奇爱古，如饥如渴，愿与君今夕一试。"度喜甚。其夜，果遇天地清霁。密闭一室，无复脱隙，与侠同宿。度亦出宝镜，置于座侧，俄而镜上吐光，明照一室，相视如昼。剑横其侧，无复光彩。侠大惊，曰："请内镜于匣。"度从其言，然后剑乃吐光，不过一二尺耳。侠抚剑，叹曰："天下神物，已有相伏之理也。"是后每至月望，则出镜于暗室，光尝照数丈。若月影入室，则无光也。岂太阳太阴之耀，不可敌也乎？

其年冬，兼著作郎，奉诏撰国史，欲为苏绰立传。度家有奴曰豹生，年七十矣。本苏氏部曲，颇涉史传，略解属文。见度传草，因悲不自胜，度问其故。谓度曰："豹生常受苏公厚遇，今见苏公言验，是以悲耳。郎君所有宝镜，是苏公友人河南苗季子所遗苏公者。苏公爱之甚。苏公临亡之岁，戚戚不乐，常召苗生谓曰：'自度死日不久，不知此镜当入谁手，今欲以著筮一卦，先生幸观之也。'便顾豹生取著，苏生自撰布卦。卦讫，苏公曰：'我死十余年，我家当失此镜，不知所在。然天地神物，动静有征。今河汾之间，往往有宝气，与卦兆相合，镜其往彼乎？'季子曰：'亦为人所得乎？'苏公又详其卦，云：'先入侯家，复归王氏。过此以往，莫知所之也。'"豹生言讫涕泣。度问苏氏，果云旧有此镜。苏公薨后，亦失所在，如豹生之言。故度为苏公传，亦具其事于末篇，论苏公著筮绝伦，默而独用，谓此也。

大业九年正月朔旦，有一胡僧，行乞而至度家。弟勣出见之。觉其神采不俗，更邀入室，而为具食，坐语良久，胡僧谓勣曰："檀越家似有绝世宝镜也，可得见耶?"曰："法师何以得知之?"僧曰："贫道受明录秘术，颇识宝气。檀越宅上每日常有碧光连日，绛气属月，此宝镜气也。贫道见之两年矣。今择良日，故欲一观。"勣出之，僧跪捧欣跃。又谓勣曰："此镜有数种灵相，皆当未见。但以金膏涂之，珠粉拭之，举以照日，必影彻墙壁。"僧又叹息曰："更作法试，应照见腑脏，所恨卒无药耳。但以金烟薰之，玉水洗之，复以金膏珠粉如法拭之，藏之泥中，亦不晦矣。"遂留金烟玉水等法。行之，无不获验。而胡僧遂不复见。

其年秋，度出兼芮城令。令厅前有一枣树，围可数丈，不知几百年矣，前后令至，皆祠谒此树，否则殃祸立及也。度以为妖由人兴，淫祀宜绝。县吏皆叩头请度。度不得已，为之以祀。然阴念此树当有精魅所托，人不能除，养成其势。乃密悬此镜于树之间。其夜二鼓许，闻其厅前磊落有声，若雷霆者。遂起视之。则风雨晦暝，缠绕此树，电光晃耀，忽上忽下。至明，有一大蛇，紫鳞赤尾，绿头白角，额上有王字，身被数创，死于树。度便下收镜，命吏出蛇，焚于县门外。仍掘树，树心有一穴，于地渐大，有巨蛇蟠泊之迹。既而坟之，妖怪遂绝。

其年冬，度以御史带芮城令，持节河北道，开仓粮赈给陕东。时天下大饥，百姓疾病，蒲陕之间病疫尤甚。有河北人张龙驹，为度下小吏，其家良贱数十口，一时遇疾。度悯之，赍此入其家，使龙驹持镜夜照。诸病者见镜，皆惊起，云："见龙驹持一月来相照，光阴所及，如水著体，冷彻腑脏。"即时热定。至晚并愈。以为无害于镜，而所济于众。令密持此镜，遍巡百姓。其夜，镜于匣中泠然自鸣，声甚彻远，良久乃止。度心独怪。明早，龙驹来谓度曰："龙驹昨忽梦一人。龙头蛇身，朱冠紫服，谓龙驹：'我即镜精也，名曰紫珍。常有德于君家，故来相托。为我谢王公，百姓有罪，天与之疾，奈何使我反天救物？且病至后月，当渐愈，无为我苦。'"度感其灵怪，因此志之。至后月，病果渐愈，如其言也。

大业十年，度弟勣自六合丞弃官归，又将遍游山水，以为长往之策。度止之曰："今天下向乱，盗贼充斥，欲安之乎？且吾与汝同气，未尝远别。此行也，似将高蹈。昔尚子平游五岳，不知所之。汝若追踵前贤，吾所不堪也。"便涕泣对勣，勣曰："意已决矣，必不可留。兄今之达人，当无所不体。孔子曰：'匹夫不夺其志矣。'人生百年，忽同过隙。得情则乐，失志则悲。安遂其欲，圣人之义也。"度不得已，与之决别，勣曰："此别也，亦有所求。兄所宝镜，非尘俗物也。勣将抗志云路，栖踪烟霞，欲兄以此为赠。"度曰："吾何惜于汝也。"即以与之。勣得镜，遂行，不言所适。

至大业十三年夏六月，始归长安，以镜归，谓度曰："此镜真宝物也！辞兄之后，先游嵩山少室，降石梁，坐玉坛。属日暮，遇一嵌岩，有一石堂，可容三五人，勣栖息止焉。月夜二更后，有两人，一貌胡，须眉皓而瘦，称山公；一面阔，白须，眉长，黑而矮，称毛生，谓勣曰：'何人斯居也？'勣曰：'寻幽探穴访奇者。'二人坐与勣谈久，往往有异义出于言外。勣疑其精怪，引手潜后开匣取镜。镜光出，而二人失声俯伏。矮者化为龟，胡者化为猿。悬镜至晓，二身俱殒。龟身带绿毛，猿身带白毛。即入箕山，渡颍水，历太和，视玉井。并傍有池，水湛然绿色。问樵夫，曰：'此灵湫耳。村闾每八节必祭之，以祈福佑。若一祭有缺，即池水出黑云，大雹浸堤坏阜。'勣引镜照之，池水沸涌，有雷如震，忽尔池水腾出池中，不遗涓滴。可行二百余步，水落于地。有一鱼，可长丈余，粗细大于臂。首红额白，身作青黄间色。无鳞有涎，蛇形龙角，嘴尖，状如鲟鱼，动而有光。在于泥水，因而不能远去。勋谓鲛也，失水而无能为耳。刃而为炙，甚膏，有味，以充数朝口腹。遂出于宋汴，汴主人张琦家有女子患，入夜，哀痛之声，实不堪忍。问其故，病来已经年岁。白日即安，夜常如此。停一宿，及闻女子声，遂开镜照之。痛者曰：'戴冠郎被杀。'其病者床下，有大雄鸡，死矣。乃是主人家七八岁老鸡也。游江南，将渡广陵扬子江，忽暗云覆水，黑风波涌。舟子失容，虑有覆没。携镜上舟，照江中数步，明朗彻底。风云四敛，波涛遂息。须臾之间，达济天堑。跻摄山麓芳岭，或攀绝顶，或入深洞。逢其群鸟，环人而噪。数熊当路而蹲。以镜挥之，熊鸟奔骇。是时利涉浙江，遇潮出海，涛声振吼，数百里而闻。舟人曰：'涛既近，未可渡南。若不回舟，吾辈必葬鱼腹。'勋出镜照江，波不进，屹如云立。四面江水豁开五十余步。水渐清浅，鼋鼍散走。举帆翩翩，直入南浦。然后起视，涛波洪涌，高数十丈，而至所渡之所也。遂登天台，周览洞壑。夜行佩之山谷，去身百步，四面光彻，纤微皆见，林间宿鸟，惊而乱飞。还履会稽，逢异人张始鸾，授勋《周髀九章》及明堂六甲之事。与陈永同归。更游豫章，见道士许藏秘，云是旌阳七代孙，有咒登刀履火之术。说妖怪之次，更言丰城县仓督李敬慎家有三女遭魅病，人莫能识。藏秘疗之无效。勋故人曰赵丹，有才器，任丰城县尉。勋因过之。丹命祇承人指勋停处。勋谓曰：'欲得仓督李敬慎家居止。'丹遽命敬为主，礼勋。因问其故，敬曰：'三女同居堂内阁子，每至日晚，即靓妆炫服。黄昏后，即归所居阁子，灭灯烛。听之，窃与人言笑声。及其晓眠，非唤不觉。日日渐瘦，不能下食。制之下令妆梳，即欲自缢投井，无奈之何。'勋谓敬曰，'引示阁子之处。'其阁东有窗。恐其门闭固而难启，遂昼日先刻断窗棂四条，却以物支柱之如旧。至日暮，敬报勣曰：'妆梳入阁矣。'至一更，听之，言笑自然。勣拔窗棂子，持镜入阁照之。三女叫云：'杀我婿也。'初不见一物，悬镜至明，有一鼠狼，首尾长一尺三四寸，身无毛齿。有一老鼠亦无毛齿，其肥大可重五斤。又有守宫，大如人手，身披鳞甲，焕烂五色，头上有两角，长可半寸，尾长五寸以上，尾头一寸色白，并于壁孔前死矣。从此疾愈。其后寻真至庐山，婆娑数月，或栖息长林，或露宿草莽。虎豹接尾，豺狼连迹。举镜视之，莫不窜伏。庐山处士苏宾，奇识之士也。洞明《易》道，藏往知来。谓勣曰：'天下神物，必不久居人间。今宇宙丧乱，他乡未必可止。吾子此镜尚在，足下卫，幸速归家乡也。'勣然其言，即时北归。便游河北，夜梦镜谓勣曰：'我蒙卿兄厚礼，今当舍人间远去，欲得一别，卿请早归长安也。'勣梦中许之。及晓，独居思之，恍恍发悸，即时西首秦路。今既见兄，勣不负诺矣。终恐此灵物亦非兄所有。"数月，勣还河东。

大业十三年七月十五日，匣中悲鸣，其声纤远。俄而渐大，若龙咆虎吼，良久乃定。开匣视之，即失镜矣。

译文：

隋朝汾阴地方有个姓侯的读书人，是天下少有的能人。王度一直像对待老师那样尊敬他。侯生临终时，赠给王度一面古镜，并告诉他说："拿着它，妖魔鬼怪就会躲得远远的。"王度接过镜子，把它珍藏起来。

这面镜子的直径有八寸长，背面的镜纽是个趴着的麒麟，围着麒麟，按着东南西北的方向，画有龙、凤、虎、龟。外圈画着八卦，八卦外边是十二个时辰，与时辰相对应的是十二属相。镜子的边缘上还有二十四个字，好像是隶书，一点一划也不缺，可是在字典上却查不到这些字。侯生说："这二十四个字，是二十四节气的象形字。"如果把这面镜子对着太阳照，则镜子背面的字一笔也不少的透过来，就好像写在镜面上似的。拿起镜子一敲就发出清脆的长声，能足足响上一天。啊，这真不是一般镜子所能具有的呀！难怪受到贤能奇士的赏识，真是名副其实的宝贝。侯生常说："以前，我曾听说黄帝铸造过十五面镜子，其中第一面镜子的直径是一尺五寸，象征十五月圆之数。依次排列，后头的镜子比前头的镜子直径各少一寸。这样算起来，这面镜子该是第八面。"虽然年代久远了，典籍上也没有记载，但是先贤们所讲的话还是不容怀疑的吧。古代时，有个姓杨的人意外得到一枚玉环，儿孙后代跟着享福；一个姓张的人突然丢失了宝剑，他很快便死去了。今天，我王度生逢乱世，终日愁苦烦闷，朝廷危急，就要垮台了，何处是活路，宝镜又丢失了，真是可悲啊！现在，我将这面宝镜的奇迹，一一写在下面，数千年以后，如果有人得到这面宝镜，也可以知道它的来历啊。

隋朝大业七年（公元611年）五月，王度从御史任上被罢官回到河东，正好赶上侯生逝世，于是得到了这面镜子。当年六月份，王度回长安走到长乐坡时，住在程雄家里。程家前不久来了一个寄住的丫环，人长得挺漂亮，名叫鹦鹉。王度因为刚刚下车，需要整理一下衣帽，便拿过镜子来照一照。鹦鹉远远地看见它，立刻跪在地上叩头，把脑袋都磕得流血了，连说："我再不敢住在这里了。"王度于是请来主人询问是什么缘故？程雄说："两个月前，有一位客人领着这个丫环从东边来，当时，这个丫环病得很厉害，客人便请求把她留下寄住在这里。说好回来时再来接她，可直到现在客人也没有来接。我也不知道这个丫环是怎样个人。"王度怀疑她是个妖精，便拿着镜子逼向前去，那丫环立刻惊叫道："请饶命，我马上就现出原形来。"于是，王度把镜子捂起来，说："你自己先说说，然后再现原形，可以饶你一条命。"丫环听后，拜了两拜，说道："我是华山府君庙前大松树下千年的老狐狸，变幻成了人形，这便犯了死罪，受到府君的追捕。我逃到黄河、渭河之间的地方，给下邽的陈思恭做了干女儿。陈恩恭的妻子郑氏待我特别好，后来，把我嫁给乡亲柴华。我同柴华感情不和，便弃家逃到东边。出了韩城县就被一个过路的名叫李无傲的人给捉住了。李无傲是个很粗野的人，劫持我到处游荡。已经好几年了。两个月前跟他来到这里，他突然把我留下走了。没料到会遇到宝镜，从此再没有办法来隐形藏身了。"王度说："你本是个老狐狸，变幻成人，哪有不害人的道理的呢？"鹦鹉说："我变幻成人是侍候别人，没有害处啊！但是，我逃出，隐形变幻来到人间，按仙人的法规，是不会容许的，自然是该死的。"王度又说："我想放了你，怎么样？"鹦鹉说："承蒙您厚爱，怎么敢忘记您的恩德，可是，受到宝镜一照，就没有办法再逃跑了。我长时间变幻成人形，实在是不甘心再恢复狐狸的身形了。希望您把镜子装进匣子里，请允许我喝醉为止。"王度说："我把镜子装进匣子，你不逃跑吗？"鹦鹉笑着说："刚才您还说得好，想要放了我。装起镜子，我要是逃跑了，您的恩德不也就白搭了吗？但是，我经宝镜一照便无路可逃。只希望能让我多活一会儿，在生前尽情地欢乐一番吧！"王度听后，立刻把镜子装进匣子里，又给她要来了酒，还把程雄的邻居们都请来了，同她一起饮酒取乐。不大功夫，鹦鹉便酩酊大醉，她挥动衣袖跳起舞来，还边舞边唱："宝镜，宝镜！可怜我的命，自从我变成人形，到如今换了几个姓。活着既然能欢乐，死后一定不悲伤，何必再留恋，守在这地方？"唱完歌，她叩了两个头，立刻变成了老狐狸死去了。看到这一切，满座的人无不惊叹不止。

大业八年（公元612年）四月一日，发生了日蚀。当时王度正在御史衙门当官，白天躺在暖阁里休息，一时觉得太阳渐渐昏暗下来。手下的人进来报告说发生了日蚀。王度起身整理衣服时，拿出镜子来一瞧，发现镜子竟然也随着日蚀昏暗了，不再有光彩了。王度认为宝镜在制做时，就符合阴阳的奥妙，不然，怎么会太阳不明了宝镜也跟着没光了呢？惊叹不已。不一会儿，镜子又有光彩了，太阳也渐渐明亮了。等到日蚀过去，太阳便恢复了原貌，镜子也恢复了晶明通亮的原状。从此以后，每逢日蚀、月蚀，镜子便昏暗无光。这一年的八月十五日，朋友薛侠得到一把铜宝剑，有四尺长，剑体和剑柄连在一起，剑柄上龙凤相盘，左边缘的花纹像火焰，右边的花纹像水波，光彩耀眼，不是一把普通的宝剑。薛侠拿着宝剑来拜访王度，说："这把宝剑，我试过不止一次了，每月十五那天，只要是晴天，把它放在黑屋子里，会自然而然地放光芒，能照出好几丈远。我得到这把宝剑已有些日子了。您老先生喜爱稀奇古怪的东西如饥似渴。我今天愿意晚上给您试试看。"王度非常高兴，当天夜里，果然一片晴空，把一间房子遮得严严的，连个缝也不留，两人住了进去。王度把宝镜也拿出来了，放在座位旁边。不一会儿，镜子上放出光芒，把室内照得通亮，两人对看，宛如白天一般。宝剑放在镜子边，再也见不到它的光芒了。薛侠大吃一惊，说："请把镜子装进匣子里。"王度照他说的做了以后，宝剑才放出光芒，不过只照出一二尺远而已。薛侠摸着宝剑叹息道："天下的宝贝也能彼此相克制呀！"此后，每到十五那天，王度就把宝镜拿到暗室中去，光芒照出数丈远。如果月光照进室内，镜子则无光了。这难道不是阳光与月光不能并存吗？

这年冬天，王度兼任著作郎这一官职，奉皇帝之命编写国史，要为苏绰作一篇传记。王度家有个仆人叫豹生，七十岁了。原来是苏绰的奴仆，读过一些史书，也能写写文章，看到王度起草苏绰传记，禁不住悲伤起来。王度问他为何悲伤，他对王度说："豹生领受过苏大人的厚恩，今天亲眼见到苏大人的话应验了，所以悲伤起来。您的那个宝镜，本是苏大人的朋友河南的苗季子赠给他的。苏大人特别喜爱这个镜子，临死那年，常常不高兴，不止一次找苗季子说：'我自己感到死的日期快到了，不知这面镜子落入谁的手中，今天想要算一卦，望你从旁看着吧。'于是就叫我预备好算卦用的蓍草，苏大人亲手占卦，占完卦苏大人说：'我死后十多年，我家就要丢失这面镜子，不知落到何处。然而，天下的宝贝一动一静都有个征兆。现在黄河、汾水之间的地方经常有宝气，与我占的这个卦有些符合，这面镜子难道要落到那里吗？'苗季子说：'能让人得到吗？'苏大人又端详一番卦相，说：'先落到姓侯的人家，然后又落到王家。以后，就不知道落在何处了。'"豹生说罢，又哭泣起来。王度询问苏家的人，果然说先前有过这样一面宝镜，苏绰死后，也就失落了，这都和豹生说的一模一样。所以，王度写苏绰传时，便把这件事也写在篇末。在评论苏绰时说他特别善于占卦，但又不肯大肆宣扬，就是指这件事而说的。

大业九年（公元613年）正月初一早晨，有个少数民族的和尚，讨斋饭来到王度家。王度弟弟王勣出门看见了，感到这个和尚气度不凡，于是，把他请到屋内，摆上饭菜，陪他谈了很长时间。和尚对王勣说："施主家中好像有世上无双的宝镜呀，可以看看吗？"王勣说："大和尚怎么知道的呢？"和尚说："贫僧学过神仙法术，颇能识别宝气。施主的房子顶上常常有深绿色的光彩与太阳相接，红色的气是月亮的，这是宝镜的气啊。贫僧我已观察到两年了。今天特意选个好日子，想来看一看。"王勣拿出宝镜，和尚跪下接过，高兴得直跳，又对王勣说："这个镜子有许多灵验，都没有见过，只要用金膏抹到镜子上，再用珍珠粉擦拭，用镜子照太阳，晃出的日影可以把墙壁照透。"和尚叹息一阵又说："要是换个法子再试验，可以把人的内脏照出来，可惜是没有药哇。只要用金烟熏、玉水洗，再用金膏、珠粉擦拭它，就是把它藏到泥土里，也能照东西而不变暗。"于是，和尚把金膏、玉水等的用法告诉了王家，试验的结果，没有不灵验的。可是那个少数民族和尚，以后却再也没有露面。

这年秋天，王度到芮城兼任县令，县衙门里大厅前面有棵枣树，周围有好几丈粗，也不知道有几百年了。以前的县官到任后，都得给这棵树上供，否则马上就遭殃。王度认为妖精都是人招来的，不明不白的祭祀应该废除。可是，县里的官吏们都来给王度叩头，请他一定祭枣树，王度不得已，只好祭祀一番。然而心里总暗暗合计这棵树上有妖精，人们除它不掉，才把它养成现在这个样子。于是，他秘密地把宝镜挂在树上，当晚二更时节，听见大厅前咕咚一声，像打雷似的。连忙起身去察看，黑夜里又刮起大风下起大雨，围着枣树，闪电刺眼，忽上忽下。到天亮时，见有一条大蛇，紫色的鳞片，红色的尾巴，绿色的头，白色的角，额上还有个王字，身上带着好几处伤，死在枣树下面。王度摘下了宝镜，叫差人把蛇拖出去，去衙门外烧了。然后把树刨掉。树干里有一个洞，越接近地面洞越大，里面有大蛇待过的痕迹。看后，便把洞埋上了，从此以后，这里再也没有妖怪了。

这年冬天，御史兼芮城县令的王度，负责河北道的监察工作，并在陕东开官仓发放救灾粮食。当时国内正闹大灾荒，蒲州同陕州之间的一带地方灾荒、疾病尤其严重。有一个河北人张龙驹，在王度手下当小官吏，家中上上下下数十口人，一时都得了传染病。王度挺可怜他，便带着宝镜到了张家，让张龙驹在晚上拿宝镜照病人，病人见到镜子一下都惊叫起来，说："只见龙驹拿个月亮来照我们，光照到的地方，好像有冰放在身上一样，透心的凉。"立刻就退热了，到了晚上病就好了。王度以为这样做对镜子没有什么害处，而又对大家有好处，便命令张龙驹暗中带上这面镜子，到各处去照生病的老百姓。当天夜里，镜子在匣中发出阵阵响声，响声不仅大而且传得远，好长时间后才不响了。王度心里很奇怪。第二天一大早，张龙驹来报告王度说："我昨晚梦到一个人，龙头蛇身，戴着红色的帽子，穿着紫色的袍子，对我说：'我就是镜子精，名叫紫珍。曾对你们家有过恩德，所以来求你，替我谢谢王先生，就说老百姓有罪，老天爷罚他们生病，为什么让我违反天意去搭救病人们呢！况且，病上几个月后自然就会好了，不要再使我痛苦。'"王度深感惊奇，于是牢牢记下了。等过了数月以后，得病的百姓们果然渐渐好了，真像镜子精说的那样。

大业十年（公元614年）王度的弟弟王勣，被撤去了六合县丞的官职，回家来了。他打算到处游山玩水，了此一生。王度劝阻他说："现在天下眼看就要大乱，遍地是土匪，你想往哪里去呢？况且咱兄弟脾气相投，从来未曾远离过。你此番外出好像是要跳出红尘了。从前，尚子平游五岳，最终不知下落，你如果学这位贤圣的样子，我可受不了啊！"说着便流下眼泪。王勣说："我的主意已拿定，肯定你是留不住了。哥哥你是当世的贤人，应该事事都能理解。孔子说：'普通老百姓的志向也不可改变。'人生在世也不过百年，匆匆忙忙，就像光线通过缝隙一般，心满意足便是乐趣，失去了志气就是悲哀，顺利地满足人的愿望，乃是圣人的本意呀。"王度无可奈何，只好同弟弟诀别。王勣说："在这分手时刻，我有个请求。哥哥的宝镜不是人间的俗物，弟弟我就要跳出红尘，与白云结伴，同青烟红霞相随，想求哥哥把镜子送给我。"王度说："我对你没有什么舍不得的。"立刻把镜子送给了他。王勣接过镜子便走了，也没说到什么地方去。

到了大业十三年（公元617年）夏季的六月份，王勣才回到长安，把镜子送还给王度，并说："这面镜子真正是个宝贝呀！我辞别哥哥以后，先游了嵩山少室山，翻过石梁，坐过王坛，等太阳落山时，遇到一个山洞，里面有个厅堂，可以容纳三五个人，我就在那儿住下了。二更天以后，从山洞外面来了两个人，一个像西北的少数民族，白眉毛白胡子，瘦瘦的，自称山公。一个大脸盘、白胡子，眉毛挺长，长得又黑又小，自称毛生。对着我说：'什么人待在这里？'我回答说：'游山玩水的探险者。'那两个人坐下与我交谈了很长时间，谈话中往往说些使人不能理解的话，我怀疑他俩是妖怪，暗中伸手打开了匣子，取出宝镜。镜子光芒一照，那两个人喊了一声就趴在地上了，那小个子变成了乌龟，那个长得像胡人的变成了猿猴。我把镜子一直挂到天亮，那两个东西全死了。龟的身上长了绿毛，猿的身上长了白毛。后来，找到了箕山，过了颍水，经过太和，去看玉井。井边有个水池，水又深又绿，询问打柴人，他说：'这是灵湫，村子的人每逢年节都得祭祀它，以求保佑。如果有一次不按时祭祀，水池就冒黑云，下起大雹子，堤坝山岗都给打坏了。'我拿出宝镜一照池子，池水翻涌像开了锅一样，响声轰轰像打雷，忽然，池水全喷出来了，一滴也没剩下，足足在二百步以外池水才落地，有一条一丈多长的鱼，比胳膊还粗，红脑袋、白脑门，身上一道青一道黄，没有长鳞，浑身全是粘液，样子像条蛇，可又长着龙角，嘴尖尖的，像鲟鱼。身子一动还发光，躺在泥水里游不动。我认为是蛟，没有水就无能为力了。用刀割一块肉，烧了吃，很肥，很有滋味，足够吃好几天的。

之后，我又来到宋地汴城，住在张琦的家里。张家有个姑娘病了，一到晚上便哭着嚎着喊痛，实在不堪入耳。我打听原因，说是患此病已有一年多了，白天挺好，夜里总是这样。我住了一宿，等再听到姑娘嚎叫声时，就打开匣子拿出镜子一照，那姑娘说：'戴帽子的郎君被杀了！'只见在病人的床底下，有一只大公鸡已经死了。原来是张家养了七八年的一只老鸡。游江南时，打算从扬州过长江，忽然黑云密布，压满了江面，狂风吹起黑浪，船家吓得变了脸色，担心会沉船。我拿着镜子上了船，往江中一照，数步开外，清清亮亮见到了底，四方风住云收，波涛不起，不一会儿，便渡过了长江天堑。登上摄山麴芳岭，或爬到山尖上，或摸进深洞里。曾碰上鸟群，围着人啼叫，还有几只熊挡路，用镜子一照，鸟、熊都吓跑了。这时正是渡浙江的好时候，赶上海潮涌来，涛声咆哮，在数百里外都能听到潮水的吼声。船家说：'海潮就要到了，不能南渡了。如果不调转船头回去，我们都得喂鱼了！'我拿出镜子照江水，波涛停止，海潮不向前涌来了，高高地停在那里像云彩一般。四面的江水豁开五十多步，水渐渐变得又清又浅，大龟大鳖四散走开。船扬起风帆，飘飘悠悠一直到了南浦。回头一看，波涛汹涌，高达几十丈，扑到了刚刚经过的地方。

于是，我又登天台山，游遍了山岩洞穴。夜里行走时，带着宝镜，离身百步以外四面照得通明，一丝一毫都能看得清清楚楚。林中的鸟，受惊乱飞。后来又登会稽山，碰见了神人张始鸾，教给我《周髀九章》和《明堂六甲》这些奇书。是同陈永一起回来的，又游历了豫章，见到了道士许藏秘，他说：'我是吕祖的七代孙子。会法术，一念咒能上刀山下火海。'谈话间，提起妖怪，便说到丰城县仓官李敬慎家中有三个女儿，都让妖怪迷上了，谁也不知道是怎么回事。藏秘给治疗也不见效。我有个朋友叫赵丹，很有才华，是丰城县的县尉。我于是去拜访他。赵丹命差人给我安排住处。我对他说：'想到仓官李敬慎家去住。'赵丹忙让李敬慎招待我。我询问李敬慎女儿的病情。李敬慎说：'三个女儿都在正房的小套间里住，每到晚间便梳洗打扮换上好衣服。天一黑，她们便进到小套间，熄了灯。一听，偷着与人说笑。等到天亮还睡，不叫不醒。一天比一天消瘦，饭也不能吃了。强制她们不梳妆打扮，她们就投井上吊要寻死，真没办法啊！'我对李敬慎说：'带我到小套间看看。'小套间的东西面有窗户，怕关上门以后打不开门，于是白天先弄折了四条窗棂，又用东西固定好，就像没弄断一样。到了日落时，李敬慎告诉我：'都梳洗打扮完进去了。'到一更天的时候，听一听小套间里有说有笑的。我拔下窗棂，拿着镜子进去了，一照，三个姑娘都叫起来：'把我的丈夫杀了！'开始时什么也没见着，把镜子挂到天亮，发现一只黄鼠狼，从头到尾长有一尺三四寸，身上没毛嘴里也没有牙。一只老鼠也没毛没牙，又肥又大足有五斤重。还有一个壁虎，像巴掌那么大，身上长满了鳞甲，花花绿绿的，头上两角，半寸来长，尾巴有五寸长，尾巴尖一寸处的地方全是白色的，都死在墙窟窿跟前了。从此以后，三个女儿的病全好了。后来，我又到庐山访求真人，不知不觉数月过去了，或在大树林里休息，或在野草丛中露宿，虎豹成群，豺狼结伙，举起镜子一照，没有不急忙逃窜躲藏的。庐山有位不愿做官的读书人叫苏宾，是个有真知卓识的人，精通易经，能知过去、未来的事。他对我说：'天下的神物，肯定不能长久留在人间。目前，天下大乱，外地未必可以久留，趁您这个镜子还在，可以保护您，快快回家乡去吧！'我相信了他的话，立即北上回家了。顺便我又到了河北游玩。夜里梦见镜子对我说：'我承蒙您哥哥厚礼相待，现在要离开人间远去了，想同他告别，请您快一点回长安吧！'我在梦中答应了它。等天亮，自己默默地沉思，精神恍惚，心里发悸，于是马上出发回陕西。现在既然见着哥哥，是我对镜子没有失信呀。终归我怕这个宝贝镜子不再属于哥哥所有了。"

几个月后，王勣回河东去了。大业十三年七月十五日，镜匣子里发出悲哀的叫声，开始听起来，声音又细又远，不一会渐渐变大，像龙吟虎啸一般，很久才停住。打开镜匣一看，镜子已经不见了。

....

作者王度，生于隋朝开皇（公元581~590年）初期，死于唐朝武德（公元618~625年）年间，太原人。哥哥王通、弟弟王勣均是当时名士。王度在隋朝官拜御史、著作郎、芮城令，曾奉诏撰国史，堪称一代名士。

此篇虽没有完全摆脱六朝志怪小说的窠臼，但是已开了唐代传奇的先河，理所当然地会引起人们的重视。《古镜记》篇幅较长，构思奇特，语言通俗生动，情节紧凑。隋唐时期，以古镜为题材的作品很多，但没有一篇能赶得上《古镜记》。

虬髯客传

杜光庭

隋炀帝之幸江都，命司空杨素守西京。素骄贵，又以时乱，天下之权重望崇者，莫我若也。奢贵自奉，礼异人臣。每公卿入言，宾客上谒，未尝不踞床而见，令美人捧出，侍婢罗列，颇僭于上。末年愈甚，无复知所负荷，无扶危持颠之心。

一日，卫国公李靖以布衣上谒，献奇策。素亦踞见。公前揖曰："天下方乱，英雄竞起。公为帝室重臣，须以收罗豪杰为心，不宜踞见宾客。"素敛容而起，谢公，与语，大悦，收其策而退。当公之骋辩也，一妓有殊色，执红拂，立于前，独目公。公既去，而执拂者临轩，指吏曰："问去者处士第几？住何处？"公具以对。妓诵而去。

公归逆旅。其夜五更初，忽闻叩门而声低者，公起问焉，乃紫衣戴帽人，杖揭一囊。公问谁？曰："妾，杨家之红拂妓也。"公遽延入。脱衣去帽，乃十八九佳丽人也。素面画衣而拜。公惊答拜。曰："妾侍杨司空久，阅天下之人多矣，无如公者。丝萝非独生，愿托乔木，故来奔耳。"公曰："杨司空权重京师，如何？"曰："彼尸居余气，不足畏也。诸妓知其无成，去者众矣。彼亦不甚逐也。计之详矣。幸无疑焉。"问其姓，曰："张。"问其伯仲之次。曰："最长。"观其肌肤、仪状、言词、气性，真天人也。公不自意获之，愈喜愈惧，瞬息万虑不安，而窥户者足无停履。

数日，亦闻追讨之声，意亦非峻。乃雄服乘马，排闼而去。将归太原。行次灵石旅舍，既设床，炉中烹肉且熟。张氏以发长委地，立梳床前。公方刷马，忽有一人，中形，赤髯如虬，乘蹇驴而来。投革囊于炉前，取枕欹卧，看张梳头。公甚怒，未决，犹亲刷马。张熟视其面，一手握发，一手映身摇示公，令勿怒。急急梳头毕，敛衽前问其姓，卧客答曰："姓张。"对曰："妾亦姓张。合是妹。"遽拜之。问第几。曰："第三。"因问："妹第几?"曰："最长。"遂喜曰："今夕幸逢一妹。"张氏遥呼："李郎且来见三兄!"公骤拜之。遂环坐。曰："煮者何肉?"曰："羊肉，计已熟矣。"客曰："饥。"公出市胡饼，客抽腰间匕首，切肉共食。食竟，余肉乱切送驴前食之，甚速。客曰："观李郎之行，贫士也。何以致斯异人?"曰："靖虽贫，亦有心者焉。他人见问，固不言；兄之问，则不隐耳。"具言其由。曰："然则将何之?"曰："将避地太原。"曰："然故非君所致也。"曰："有酒乎?"曰："主人西，则酒肆也。"公取酒一斗。既巡，客曰："吾有少下酒物，李郎能同之乎?"曰："不敢。"于是开革囊，取出一人头并心肝。却头囊中，以匕首切心肝，共食之。曰："此人乃天下负心者也，衔之十年，今始获之。吾憾释矣。"又曰："观李郎仪容器宇，真丈夫也。抑闻太原有异人乎?"曰："尝识一人，愚谓之真人也；其余，将帅而已。"曰："何姓?"曰："靖之同姓。"曰："年几?"曰："仅二十。"曰："今何为?"曰："州将之子。"曰："似矣。亦须见之。李郎能致吾一见乎?"曰："靖之友刘文静者，与之狎。因文静见之可也。然兄何为?"曰:"望气者言太原有奇气,使访之。李郎明发,何日到太原?"靖计之日。曰:"达之明日,日方曙,候我于汾阳桥。"言讫,乘驴而去,其行若飞,回顾已失。靖与张氏且惊且喜,久之曰:"烈士不欺人,固无畏。"促鞭而行。

及期,入太原。果复相见。大喜,偕诣刘氏。诈谓文静曰:"以善相者思见郎君,请迎之。"文静素奇其人,一旦闻有客善相,遽致使迎之。使回而至,不衫不履,裼裘而来,神气扬扬,貌与常异。虬髯默然居末坐,见之心死。饮数杯,招靖曰:"真天子也!"公以告刘,刘益喜,自负。既出,而虬髯曰:"吾得十八九矣。亦须道兄见。李郎宜与一妹复入京。某日午时,访我于马行东酒楼。楼下有此驴及瘦骡,即我与道兄俱在其上矣。到即登焉。"又别而去,公与张氏复应之。

及期访焉,宛见二乘。揽衣登楼,虬髯与一道士方对饮,见靖惊喜,召坐。围饮十数巡,曰:"楼下柜中有钱十万。择一深隐处驻一妹。某日复会我于汾阳桥。"如期至,即道士与虬髯已到矣。俱谒文静。时方弈棋,揖而话心焉。文静飞书迎文皇看棋。道士对弈,虬髯与公傍待焉。俄而文皇到来,精采惊人,长揖而坐。神气清朗,满座风生,顾盼炜如也。道士一见惨然,下棋子曰:"此局全输矣!于此失却局哉!救无路矣!复奚言!"罢奔而请去。既出,谓虬髯曰:"此世界非公世界。他方可也。勉之,勿以为念。"因共入京。虬髯曰:"计李郎之程,某日方到。到之明日,可与一妹同诣某坊曲小宅相访。李郎相从一妹,悬然如磬。欲令新妇祗谒,兼议从容。无前却也。"言毕,吁嗟而去。

公策马而归。即到京,遂与张氏同往。至一小版门,叩之,有应者,曰:"三郎令候李郎、一娘子久矣。"延入重门,门愈壮。婢四十人，罗列廷前，奴二十人，引公入东厅。厅之陈设，穷极珍异。巾箱妆奁冠镜首饰之盛，非人间之物。巾栉妆饰毕，请更衣，衣又珍异。既毕，传云："三郎来！"乃虬髯纱帽裼裘而来，亦有龙虎之状，欢然相见。催其妻出拜，盖亦天人耳。遂延中堂，陈设盘筵之盛，虽王公家亦不侔也。四人对馔讫，陈女乐二十人，列奏于前，似从天降，非人间之曲。食毕，行酒。家人自堂东舁出二十床、各以锦绣帕覆之。既陈，尽去其帕，乃文簿钥匙耳。虬髯曰："此尽宝货泉贝之数。吾之所有，悉以充赠。何者？欲以此世界求事，当或龙战三二十载，建少功业。今既有主，住亦何为？太原李氏，真英主也。三五年内，即当太平。李郎以奇特之才，辅清平之主，竭心尽善，必极人臣。一妹以天人之姿，蕴不世之艺，从夫之贵，以盛轩裳，非一妹不能识李郎，非李郎不能荣一妹。起陆之贵，际会如期，虎啸风生，龙吟云萃，固非偶然也。持余之赠，以佐真主，赞功业也，勉之哉！此后十年，当东南数千里外有异事，是吾得事之秋也。一妹与李郎可沥酒东南相贺。"因命家童列拜，曰："李郎一妹，是汝主也！"言讫，与其妻从一奴，乘马而去。数步，遂不复见。公据其宅，乃为豪家，得以助文皇缔构之资，遂匡天下。

贞观十年，公以左仆射平章事。适南蛮入奏曰："有海船千艘，甲兵十万，入扶馀国，杀其主自立。国已定矣。"公心知虬髯得事也。归告张氏，具衣拜贺，沥酒东南祝拜之。乃知真人之兴也，非英雄所冀。况非英雄者乎！人臣之谬思乱者，乃螳臂之拒走轮耳。我皇家垂福万叶，岂虚然哉。

或曰："卫国公之兵法，半乃虬髯所传也。"

译文：

隋炀帝到扬州去游玩，命令司空杨素守卫京城长安。杨素气焰熏天，以为社会动乱，国内权力大、声望高的人，没有赶得上自己的。他骄奢不可一世，一切礼仪享受都超过了大臣的标准。每逢大臣来同他谈话或者客人来拜访，他没有一次不是很随便地叉开两条腿坐在椅子上同来人相见，而且让美女们陪伴他出来，左右站满了丫环和使女，很有点皇帝的气派。隋朝末年，杨素骄奢淫逸更厉害了，不再注意自己肩负的重任，丧失了挽救危亡局势的心愿。

一天，当时还是个普通百姓，后来在唐朝被封为卫国公的李靖，来见杨素，贡献妙计。杨素照旧也叉开两条腿坐在那里接见他。李靖上前作了一个揖，说："天下已经乱了，英雄纷纷行动起来。老先生是皇帝的重臣，应该将收罗英雄豪杰这事挂在心上，不应该叉开两腿坐着接见宾客。"杨素一听，严肃地站起来，向李靖道歉。同他交谈，特别高兴，留下了李靖献上的计策才让他走。

正当李靖大讲特讲的时候，一个侍女长得很漂亮，手拿一把红色的拂尘，站在李靖的面前，直直地望着李靖。李靖走时，那个拿红色拂尘的侍女在窗下指给差人说："问问走的这个人叫什么，住在哪里？"李靖全回答了。侍女嘴里念叨着走了。李靖回了旅店。

第二天早晨天刚亮，忽然听见低低的敲门声。李靖起来问是谁，原来是一个穿着紫色衣服，戴着帽子的人，用手杖挑着一个包袱。李靖问他是谁，回答说："我是杨素家里的那个拿红拂尘的侍女啊。"李靖急忙请她进屋。来人脱去外衣和帽子，原来是一个十八九岁的漂亮女人。脸上不施脂粉，衣服很华丽，朝着李靖行礼。李靖慌忙还礼。女人说："我侍候杨司空很久了，看过的人也太多了，没有一个能赶上您的。菟丝和女萝都是蔓生的，不能独自生长，只能攀附在大树之上。我愿意嫁给您，所以才跑到您这里来了。"李靖说："杨司空在京里权势最大，怎么办啊？"女人说："他比死人只多一口气，不值得害怕。侍候他的女人们知道他没什么作为，逃跑的很多。他也不怎么追查。我算计得很仔细，希望您不要疑虑了。"李靖问她的姓，她说："姓张。"问她排行第几，她说："老大。"看她的相貌、态度、言词、性情都同神仙一般。李靖没有想到能得到她，真是又高兴，又害怕。心里瞬息万变，惴惴不安。不停地到窗前偷眼看看外边是否有人来。

数天后，李靖也听见些查访的消息，但不是很紧急。于是，那女人仍然化装成男子，骑着马和李靖一块儿闯出城去。他们打算回太原，走到灵石县，住在旅店中。放好行李，在炉子上煮肉，肉快熟了，张氏开始梳头。因为头发长得拖到地上，所以站在床前梳。李靖去刷洗马匹。忽然有一个人，中等个儿，红色的胡子卷曲着，骑着一头瘦驴来了。来人把皮口袋扔在炉子跟前，拿过个枕头，斜身躺下，看张氏梳头。李靖特别生气，但没有发作，仍然刷马。张氏仔细打量来人，一手拢着头发，一只手放在身后朝李靖摇着，示意李靖不要发火。张氏急急忙忙梳好了头，整整衣服，上前询问来人姓什么。躺着的客人说："姓张。"张氏回答说："我也姓张，应该是妹妹。"连忙给客人行礼。问他排行第几，客人说："老三。"又问妹妹排行第几，张氏说："老大。"客人挺高兴地说："今天晚上真走运，碰着一个妹妹。"张氏远远地叫道："李郎快来见见三哥！"李靖急忙过来行礼。于是他们团团围坐在一起，客人说："煮的什么肉？"李靖说："羊肉。估计已经熟了。"客人说："饿了。"李靖出去买来芝麻烧饼。客人从腰里抽出匕首，切肉和大伙一起吃。吃完，把剩下的肉切碎了喂给驴吃，驴吃得很快。

客人说："看李老弟的模样是个穷书生啊，怎么得到这个不寻常的人啊？"李靖说："我李靖虽然穷，可也是个有心的人啊。别的人问，本来是不说的。老兄你问，就不隐瞒了。"就把事情的经过全说了。客人说："那么将要往哪里去呢？"李靖说："要到太原去躲躲。"客人说："当然，我并不是你要投奔的人。"又说："有酒吗？"李靖说："旅店西边就是酒馆。"李靖去打了一壶酒。喝了一杯以后，客人说："我有一点下酒的东西，李老弟能一块儿吃点吗？"李靖说："不敢谢绝。"于是，客人打开了皮口袋，拿出一颗人头及人的心和肝。他把人头放回口袋里，用匕首切了心和肝，与李靖一起吃了。客人说："这个人是天下没良心的人，我恨他有十年了，现在才抓到他。我解恨了。"又说："看李老弟仪表态度，是个大丈夫啊。也曾听说太原有出色的人物吗？"李靖说："曾经认识一个，我认为是真命天子，其余那些，不过是些将帅而已。"客人问："姓什么？"李靖说："与我同姓"。客人问："多大岁数了？"李靖说："只有二十岁。"客人问："现在干什么？"李靖说："州里武将的儿子。"客人说："差不多了。也需要见一见，李老弟能使我见他一面吗？"李靖说："我的朋友刘文静同他熟悉。通过刘文静见他可以。可是三哥要干什么呀？"客人说："看风水的人说太原有股奇气，去看看。李老弟明天动身，什么时候到太原？"李靖计算了日期，客人说："你到的第二天，天一亮，就在汾阳桥上等我。"说罢，骑着驴走了，像飞一般，转眼工夫就不见了。李靖与张氏又惊又喜，好久才说："豪侠不欺侮人，当然不用害怕。"

李靖与张氏骑马上路，按时到了太原。果然与卷曲胡子的客人又见面了。三人都很高兴，一起去找刘文静。李靖骗刘文静说："有一个很会相面的人想见见李世民，请你去接他。"刘文静平日就很看重李世民，一旦听到有人会相面，立即派人去请。派去的人才回来，李世民就到了。李世民没穿罩衫也没穿鞋，皮袍外面套了一件褂子，高高的卷起了两只袖子，神采奕奕，相貌很不一般。生着卷曲胡子的客人不发一声地坐在最下边的一张椅子上，见到李世民之后，就死心了。喝过几杯酒以后，他把李靖招过去说："这是真正的天子啊！"李靖把这话告诉了刘文静，刘文静更加欢喜，自命不凡起来了。出来之后，卷曲胡子的客人说："我知道个十之八九了。不过还需我那道士兄长看看他。李老弟和大妹妹再进京一次。约好那天中午，到马行东边的酒楼中找我，酒楼下边只要有我这头驴及另外一头瘦驴，那就是我和道士兄长都在楼上了。你们见到后就上楼。"说完告别而去了。李靖与张氏又答应了他。

李靖到时去找他，果然看见了两头驴。提起衣襟走上楼去。卷曲胡子的客人同一个道士正在对坐喝酒，一见李靖又惊又喜，招呼他坐下。一连喝了十几杯，卷曲胡子的客人说："楼下柜里有十万钱，你找一个僻静的地方把大妹妹藏起来。约好日子再到汾阳桥与我会面。"李靖按时去了，道士与卷曲胡子的客人已经到了。一起去见刘文静。刘文静正在下棋，也客气地请他们下棋、谈心。得知来意后，刘文静赶忙写了一封信请李世民来看下棋。道士与刘文静对局，卷曲胡子的客人与李靖在旁边观棋。不一会儿，李世民来到了。他的神采令人惊叹，同大家见过礼后就坐下了。他态度开朗，谈笑风生，双目炯炯有神。道士一看见他，自己一下子变得灰溜溜的，边下棋边说："这盘全输了。在这里丢了很多子，没法救活了，还有什么话说呢！"撂下棋子儿不下了，告辞而去。出来之后，道士对卷曲胡子的客人说："这个天下不是你的了，到另外的地方去还可以。努力吧，不要惦念了。"于是他们一起进了京城。卷曲胡子的客人对李靖夫妇说："计算李老弟的行程得几天才到，到达第二天，可以和大妹妹一同去某某街的一座小房子找我。李老弟与大妹妹两人家徒四壁，像磬挂在那里，空空如也。想叫我的妻子出来拜见，同时随便聊聊，可别不去呀！"说罢，叹息着走了。

　　李靖骑马回来，立即到京城去，与张氏一起去寻找。找到的地方原来是一个小板门，敲了一下，有人答应着来开门，对李靖行礼说："三爷吩咐等候李先生和大姑娘有好长时间了。"于是请他们进了几道门，门越来越大。只见四十个丫环在庭院里站着，还有二十个男仆。仆人将李靖带到东边的大厅里，厅里陈设特别华丽，箱子、妆台、大镜子、首饰，又齐全又美观，不是人间的东西。请李靖、张氏梳洗打扮过后，又请他俩换了衣服，衣服也特别贵重。一切妥当了，才听到有人报告说："三爷来了！"原来是卷曲胡子的客人头戴纱帽，身穿皮袍，高高挽起袖子来了。他也有着皇帝的气派。相见之后，大家都特别高兴。卷曲胡子的客人还催他的妻子出来相见，也是个特别漂亮的人儿。然后，李靖二人被请到中间大厅里，摆设的酒席极其丰盛，就是王公大臣家也比不上。四人对面饮酒，还有二十个女仆在前边奏乐、歌舞，真好像从天上下来的一样，不是人间的音乐。吃完饭，又喝了一杯酒。仆人们从大厅的东侧抬出二十张桌子，上面分别用绣花的大布匹盖着。摆好以后，揭去大布匹，原来是账本和钥匙。卷曲胡子的客人说："这是我所有的金银财宝，全都送给你们。为什么呢？想在这个世界上干出一番事业，可能要血战几十年，才能多少建立点功业。今天既然有了真正的主人，我在这里住还有什么用处呢？太原的李世民，真是个英明的君主。三五年内，天下就会太平了。李老弟有这样出奇的才干，辅佐太平天子，尽心竭力，必然当大官。大妹妹长得像神仙，具有世上少有的才能，夫荣妻贵，将来一定能坐漂亮的车子，穿华丽的衣服。不是大妹妹也不能发现李老弟的才干，不是李老弟也不能使大妹妹享受荣华富贵。皇帝奋起创业的时候，辅佐他的人才如期而至，就像虎一叫风就来，龙一吟云就生一样。这都不是偶然的啊！你们拿着我送给你们的东西，辅佐真命天子，成就大事业，努力吧！今后十年，当东南方数千里之外发生不寻常的事情，那就是我成功之时呀。大妹妹和李老弟可以拿出酒来，向东南方向表示庆贺。"于是，他命令家中仆人挨个儿拜见李靖夫妇，并说："李先生和大姑娘就是你们的主人。"说罢，同他的妻子带一个仆人，骑马走了。几步开外，就不见了踪影。李靖有了这座宅院，变成了富户。所以才有了帮助唐太宗打天下的财力，使得天下太平。

唐太宗贞观十年（公元636年），李靖当上了宰相。正好南方少数民族来报告："有一千艘大海船，全副武装的兵十万，攻进了扶馀国，杀了国王，自己当了国主，扶馀国已经安定了。"李靖心中明白，这是那位卷曲胡子的客人大功告成了。回家将此事告诉了张氏，两人穿好衣服，摆下酒席，向东南方洒了一杯酒，祝福庆贺。

从这件事，不难看出，真命天子出现，不是英雄豪杰所能料到的，更何况普通的老百姓呢？当臣子的如果胡思乱想妄图当皇帝，那是螳臂挡车啊！我朝皇帝留下福泽万代，哪里是假的呢！也有人说："李卫公的兵法，有一半是卷曲胡子的客人传给他的。"

....

作者杜光庭，自宾至，处州人（今浙江丽水），是个道士，曾先后在唐及前蜀做过官。他写了许多神仙故事，多是自己编造的，所以后来人们用"杜撰"一词来指代编造。他的代表作为《虬髯客传》。

本文成功地塑造了乱世英雄的形象，李靖、红拂、虬髯客三人，被后世称为"风尘三侠"。

聂 隐 娘

聂隐娘者，贞元中魏博大将聂锋之女也。年方十岁，有尼乞食于锋舍，见隐娘，悦之，云："问押衙乞取此女教。"锋大怒，叱尼。尼曰："任押衙铁柜中盛，亦须偷去矣。"及夜，果失隐娘所向。锋大惊骇，令人搜寻，曾无影响。父母每思之，相对涕泣而已。

后五年，尼送隐娘归，告锋曰："教已成矣，子却领取。"尼亦不见。一家悲喜，问其所学。曰："初但读经念咒，余无他也。"锋不信，恳诘。隐娘曰："真说又恐不信，如何？"锋曰："但真说之。"曰："隐娘初被尼挈，不知行几里。及明，至大石穴中，嵌空数十步，寂无居人，猿猱极多，松萝益邃。尼先已有二女，亦各十岁。皆聪明婉丽，不食，能于峭上飞走，若捷猱登木，无有蹶失。尼与我药一粒，兼令长执宝剑一口，长二尺许，锋利吹毛可断。逐令二女教某攀缘，渐觉身轻如风。一年后，刺猿狖百无一失；后刺虎豹，皆决其首而归。三年后，能使刺鹰隼，无不中。剑之刃渐减五寸，飞禽遇之，不知其来也。至四年，留二女守穴，挈我于都市，不知何处也。指其人者，一一数其过，曰：'为我刺其首来，无使知

聂
隐
娘

觉。定其胆，若飞鸟之容易也。'受以羊角匕首，刀广三寸，遂白日刺其人于都市，人莫能见。以首入囊，返主人舍，以药化之为水。五年，又曰：'某大僚有罪，无故害人若干，夜可入其室，决其首来。'又携匕首入室，度其门隙无有障碍，伏之梁上。至瞑，持得其首而归。尼大怒：'何太晚如是？'某云：'见前人戏弄一儿，可爱，未忍便下手。'尼叱曰：'以后遇此辈，先断其所爱，然后决之。'某拜谢。尼曰：'吾为汝开脑后，藏匕首而无所伤，用即抽之。'曰：'汝术已成，可归家。'遂送还，云：'后二十年，方可一见。'"

锋闻语甚惧。后遇夜即失踪，及明而返。锋已不敢诘之。因兹亦不甚怜爱。忽值磨镜少年及门，女曰："此人可与我为夫。"白父，父不敢不从，遂嫁之。其夫但能淬镜，余无他能。父乃给衣食甚丰，外室而居。

数年后，父卒。魏帅稍知其异，遂以金帛署为左右吏。如此又数年。至元和间，魏帅与陈许节度使刘昌裔不协，使隐娘贼其首。隐娘辞帅之许。

刘能神算，已知其来。召衙将，令来日早至城北，候一丈夫、一女子，各跨白黑卫至门，遇有鹊前噪，丈夫以弓弹之不中，妻夺夫弹，一丸而毙鹊者，揖之云："吾欲相见，故远相祗迎也。"衙将受约束，遇之。隐娘夫妻曰："刘仆射果神人。不然者，何以洞吾也。愿见刘公。"刘劳之。隐娘夫妻拜曰："合负仆射万死。"刘曰："不然，各亲其主，人之常事。魏今与许何异？照请留此，勿相疑也。"隐娘谢曰："仆射左右无人，愿舍彼而就此，服公神明也。"知魏帅之不及刘。刘问其所须，曰："每日只要钱二百文足矣。"乃依所请。忽不见二卫所之。刘使人寻之，不知所向。后潜搜布囊中，见二纸卫，一黑一白。

后月余，白刘曰："彼未知住，必使人继至。今宵请剪发，系之以红绡，送于魏帅枕前，以表不回。"刘听之。至四更，却返，曰："送其信矣。后夜必使精精儿来杀某及贼仆射之首。此时亦万计杀之，乞不忧耳。"刘豁达大度，亦无畏色。

是夜明烛，半宵之后，果有二幡子，一红一白，飘飘然如相击于床四隅。良久，见一人望空而踣，身首异处。隐娘亦出曰："精精儿已毙。"拽出于堂之下，以药化为水，毛发不存矣。隐娘曰："后夜当使妙手空空儿继至。空空儿之神术，人莫能窥其用，鬼莫得蹑其踪。能从空虚而入冥，善无形而灭影。隐娘之艺，故不能造其境。此即系仆射之福耳。但以于阗玉周其颈，拥以衾，隐娘当化为蠛蠓，潜入仆射肠中听伺，其余无逃避处。"刘如言。至三更，瞑目未熟，果闻颈上铿然，声甚厉。隐娘自刘口中跃出，贺曰："仆射无患矣。此人如俊鹘，一搏不中，即翩然远逝，耻其不中，才未逾一更，已千里矣。"后视其玉，果有匕首划处，痕逾数分。自此刘厚礼之。

自元和八年，刘自许入觐，隐娘不愿从焉。云："自此寻山水，访至人。但乞一虚给与其夫。"刘如约，后渐不知所之。及刘薨于统军，隐娘亦鞭驴而一至京师枢前，恸哭而去。

开成年，昌裔子纵除陵州刺史，至蜀栈道，遇隐娘，貌若当时。甚喜相见，依前跨白卫如故。语纵曰："郎君大灾，不合适此。"出药一粒，令纵吞之。云："来年火急抛官归洛，方脱此祸。吾药力只保一年患耳。"纵亦不甚信。遗其缯彩，隐娘一无所受，但沉醉而去。后一年，纵不休官，果卒于陵州。自此无复有人见隐娘矣。

译文：

聂隐娘是唐德宗贞元年间（公元785～804年）镇守魏博的大将军聂锋的女儿。她十岁那年，有一个尼姑到聂家化缘，一见隐娘就很喜欢，对聂锋说："请将军把这个女孩给我做徒弟吧！"聂锋一听很生气，就把尼姑斥责了一通。尼姑说："任凭将军你把她藏在铁柜里，我也要偷走。"等到夜里，果然不知隐娘去向了。聂锋十分惊慌，忙叫人四处寻找，可连个影子也没有见到。聂锋夫妻一想起孩子，只好相对落泪而已。

五年以后，尼姑把隐娘送回家来了。尼姑告诉聂锋："我已经把她教好了，请您领回吧。"说完，尼姑忽然不见了。

聂家的人见到隐娘真是又悲又喜，问她跟尼姑学了些什么？隐娘说："开始就是念经念咒，没学什么。"聂锋不相信，一再苦苦追问。隐娘说："说出真话又怕您不信，可怎么办呢？"聂锋说："就实话实说吧。"隐娘说："孩儿刚被尼姑带走时，不知走了多远。等天亮时，到了一个嵌在空中数十步的大石穴中，里面很安静，没人居住，只有许多猿猴，还有许多松树、藤萝、阴森森的。在那里已有两个小女孩了。她们俩也是十岁，都很聪明漂亮，不吃东西，能在峭壁上行走如飞，好像敏捷的猴子上树一般，灵便得很。尼姑给我一粒药，并给了我一口宝剑，有二尺长，锋利无比，拿根头发放在剑刃上，一吹就断。叫我专门跟着那两个小姑娘学攀缘，渐渐地感到身子像风一样轻了。一年后，刺杀猿猴百发百中。后来，刺杀虎豹，也全都一剑一个。三年后，能飞了，上天刺杀老鹰，从来没有刺不中的时候。宝剑的剑刃渐渐磨减到了五寸，飞禽遇到，有来无回。到第四年，留下那两个姑娘守洞穴，尼姑带着我到了一座城里，不知这城叫什么名。尼姑指着一个人，一条一条地诉说他的罪恶。又对我说：‘替我把他的脑袋砍了，不让人发觉。放开胆量，杀他像杀飞鸟那样容易’。于是给了我一把羊角匕首，三寸宽。光天化日之下，我把那个人刺杀了，谁也没发现。把他的脑袋装在一个口袋里，回到住的地方，用药把头化成了水。第五年的时候，尼姑又说：‘有个大官有罪，无缘无故害死不少人，你晚上到他家里去，把脑袋砍下拿来’。我又带上匕首，到那个大官家去了，从门缝中钻进去，毫无障碍，我爬在房梁上。一直到天亮时，我才带着他的脑袋回来。尼姑对我发火说：‘为什么这么晚才回来？’我说：‘看见那个人逗小孩玩，那个孩子挺叫人喜欢的，我未忍心立即动手。’尼姑申斥说：‘以后遇到这号人，先把他喜爱的人杀了，然后再杀他。’我谢过了尼姑的教诲。尼姑说：‘我把你的后脑勺打开，把匕首藏进去还伤不着你，等用时就把匕首抽出来。’又说：‘你的功夫学成了，可以回家了。’于是就把我送回来了。还说：‘二十年以后才能再见。’”

聂锋听了这番话很害怕。后来，一到夜里，隐娘就失踪了，等天亮了才回家。聂锋不敢盘问，因此也不怎么疼爱隐娘了。

有一天，门前忽然来了一个磨铜镜子的少年。隐娘说："这个人可以给我当丈夫。"她告诉了父亲。聂锋不敢不听女儿的话，就把隐娘嫁给了那少年。隐娘的丈夫只会制作镜子，别的什么也不会干。聂锋养着女儿女婿，供给他们好伙食、好衣服，让他们住到外面。

几年以后，聂锋死了。魏帅多少知道一些聂隐娘不同凡人之处，就供给隐娘夫妇钱财，让这两口子在身边当差。就这样又过了好几年。

到了唐宪宗元和年间（公元806～820年），魏帅因同陈许节度使刘昌裔有矛盾，便命隐娘去暗杀刘昌裔。隐娘辞别主将到许州去了。

刘昌裔能神算，算出隐娘来了。他便把手下的衙将召来，命令他次日早晨到城北等候。见到一男一女，各骑黑色和白色的毛驴。到城门时，有喜鹊在前面喳喳叫，男的用弹弓打喜鹊不中，女的夺过弹弓，只一下就将喜鹊射死了。这时，就要走到二人跟前，朝他们行礼，并说主帅要见他们。衙将按刘昌裔所吩咐的去做，果然在城外遇到隐娘夫妇。

隐娘夫妻对衙将行礼说："刘大将军真是神仙。不然，怎么能预知的这么详细。我们愿见刘公。"见面后，刘昌裔将隐娘夫妻抚慰了一番。隐娘夫妻给刘昌裔赔礼说："实在对不起大将军，罪该万死！"刘昌裔说："不要这样说，各为其主，这是人之常情。我这许州同你那魏博没有什么两样，就请你们留在这里吧，不要再顾虑了。"聂隐娘感激地说："大将军手下缺人，我们愿意脱离魏博留在许州，对您的英明神算，实在是钦佩。"聂隐娘深深感到魏帅远远不如刘昌裔。刘昌裔问隐娘需要什么东西。隐娘说："每天只要二百文钱就足够了。"刘昌裔马上答应了。聂隐娘夫妇骑的两头驴忽然不见了，刘昌裔派人去找也没有下落。后来，暗中搜查聂隐娘的布口袋，发现里面有两只用纸剪的驴，一只黑色的，一只白色的。

过了一个月，聂隐娘对刘昌裔说："魏帅不知道我们留在这里，必然还派人来。今晚我剪下一绺头发，用红绸子扎好，送到魏帅的枕边，以此表示我们不回去了。"刘昌裔照办。到下半夜的时候，聂隐娘回来了，说："送完信了。后天晚上魏帅必然派一个叫精精儿的人来杀我和您。我有许多办法可以杀掉精精儿，请您不要担心。"刘昌裔平素为人宽宏大量，听后毫不畏惧。

到了那天夜里，烛火通明，过了半夜，只见两面小旗，一红一白，互相击打，在床的四个角落飘飘忽忽的。过了很久，只见一个人从空中跌下来，脑袋搬了家，紧跟着隐娘便出现了，说："精精儿已经死了。"说着，将那尸首拖到屋外，撒上药，尸首便化成了水，连一根头发也没有剩下。隐娘说："后天夜里，该派妙手空空儿来了。空空儿的神术，人不知鬼不觉，升天入地，变化无穷。我的这点儿能耐赶不上他的，到时候就全仗着将军的福气了。但是，如用于阗国产的玉石将您的脖子围住，盖床大被，我变成个小蠓虫藏在将军您的肠子里，也还可以伺机行动，此外就没有什么可逃避的方法了。"刘昌裔按她说的做了。到半夜时，刘昌裔闭着眼睛没有睡熟，果然听见脖子上有金属的声音。隐娘从刘昌裔的口里跳出来，向他祝贺道："将军您没事了。空空儿刺杀人就好像老鹰扑小鸟似的，如果一次没打着，就远走高飞了。他因为没有达到目的而害臊，不用两个时辰，他早到千里以外了。"后来看脖子上的玉石，果然有匕首划过的痕迹，足足有好几寸长。从此以后，刘昌裔对隐娘更加厚礼相待了。

元和八年（公元813年），刘昌裔从陈许调到京师，隐娘不愿跟他进京，对他说："今后我要去各处寻访名山胜水，拜会得道的高人。"只请刘昌裔给她丈夫一个挂名的差事。刘昌裔全答应了。后来，聂隐娘就不知下落了。刘昌裔死在京城元帅的任上时，聂隐娘骑驴来了，到刘昌裔的灵堂前痛哭一番，随后就走了。

文宗开成年间（公元836～840年），刘昌裔的儿子刘纵到陵州（今四川省仁寿县）去当刺史，经过四川的栈道时，碰见了聂隐娘，面貌犹同当年。彼此相见甚欢，聂隐娘还骑着那头白毛驴。她对刘纵说："先生你有大祸，不应该到这里来。"说罢拿出一丸药，让刘纵吃了，然后又说："来年赶快辞去官职，回到洛阳去，才可以免去大祸。我这药只能保你一年没事。"刘纵听后也不大相信，送给聂隐娘一些绸缎，隐娘没有收，只是喝得醉醺醺地走了。

一年后，刘纵不肯辞官，果然死在了陵州。从此以后，再也没有人见到过隐娘。

裴铏，晚唐禧宗时人，曾在节度使高骈手下当过记室，后升任御使大夫，成都节度副使。他善于写小说，集子名为《传奇》，多记神仙怪异之事，对后世小说、戏曲产生过较大影响。

本文通过聂隐娘的故事，反映了唐朝藩镇割据的一个侧面。文章受《史记》游侠列传影响很明显。作品的情节曲折，层次清楚，人物个性鲜明，对于后世的武侠小说创作，具有深远的影响。

◆
聂
隐
娘
◆

昆仑奴

裴　铏

　　唐大历中有崔生者，其父为显僚，与盖代之勋臣一品者
熟。生是时为千牛，其父使往省一品疾。生少年，容貌如玉，
性禀孤介，举止安详，发言清雅。一品命妓轴帘，召生入室，
生拜传父命，一品欣然爱慕，命坐与语。时三妓入，艳皆绝
代，居前以金瓯贮含桃而擘之，沃以甘酪而进。一品遂命衣红
绡妓者擘一瓯与生食。生少年，赧妓辈，终不食。一品命红绡
妓以匙而进之，生不得已而食。妓哂之。遂告辞而去。一品
曰：“郎君闲暇，必须一相访，无间老夫也。”命红绡送出院，
时生回顾，妓立三指，又反三掌者，然后指胸前小镜子，云：
“记取！”余更无言。

　　生归，达一品意。返学院，神迷意夺，语减容沮，恍然凝
思，日不暇食。但吟诗曰：“误到蓬山顶上游，明珰玉女动星
眸。朱扉半掩深宫月，应照琼芝雪艳愁。”左右莫能究其意。
时家中有昆仑奴磨勒，顾瞻郎君曰：“心中有何事，如此抱恨
不已？何不报老奴？”生曰：“汝辈何知而问我襟怀间事！”磨
勒曰：“但言，当为郎君释解。远近必能成之。”生骇其言异，
遂具告知。磨勒曰：“此小事耳，何不早言之，而自苦耶？”生

又白其隐语。勒曰："有何难会。立三指者，一品宅中有十院歌姬，此乃第三院耳。返掌三者，数十五指，以应十五日之数。胸前小镜子，十五夜月圆如镜，令郎来耶？"生大喜，不自胜，谓磨勒曰："何计而能导达我郁结？"磨勒笑曰："后夜乃十五夜，请深青绢两匹，为郎君制束身之衣。一品宅有猛犬守歌妓院门，非常人不得辄入，入必噬杀之。其警如神，其猛如虎，即曹州孟海之犬也。世间非老奴不能毙此犬耳。今夕当为郎君挝杀之。"遂宴犒以酒肉，至三更，携链椎而往，食顷而回曰："犬已毙讫，固无障塞耳。"

是夜三更，与生衣青衣，遂负而逾十重垣，乃入歌妓院内，止第三门。绣户不扃，金釭微明，惟闻妓长叹而坐，若有所俟。翠环初坠，红脸才舒，玉恨无妍，珠愁转莹。但吟诗曰："深洞莺啼恨阮郎，偷来花下解珠珰。碧云飘断音书绝，空倚玉箫愁凤凰。"侍卫皆寝，邻近阒然。生遂缓褰帘而入。良久，验是生。姬跃下榻执生手曰："知郎君颖悟，必能默识，所以手语耳。又不知郎君有何神术，而能至此？"生具告磨勒之谋，负荷而至。姬曰："磨勒何在？"曰："帘外耳。"遂召入，以金瓯酌酒而饮之。姬白生曰："某家本富，居在朔方。主人拥旄，逼为姬仆。不能自死，尚且偷生，脸虽铅华，心颇郁结。纵玉箸举馔，金炉泛香，云屏而每进绮罗，绣被而常眠珠翠，皆非所愿，如在桎梏。贤爪牙既有神术，何妨为脱狴牢。所愿既申，虽死不悔。请为仆隶，愿侍光容。又不知郎君高意如何？"生愀然不语。磨勒曰："娘子既坚确如是，此亦小事耳。"姬甚喜。磨勒请先为姬负其囊橐妆奁，如此三复焉。然后曰："恐迟明。"遂负生与姬而飞出峻垣十余重。一品家之守御，无有警者。遂归学院而匿之。及旦，一品家方觉。又见犬已毙。一品大骇曰："我家门垣，从来邃密，扃锁甚严，势似飞腾，寂无形迹，此必侠士而挈之。无更声闻，徒为患祸耳。"

姬隐崔生家二岁，因花时驾小车而游曲江，为一品家人潜志认。遂白一品。一品异之。召崔生而诘之事。惧而不敢隐。遂细言端由，皆因奴磨勒负荷而去。一品曰："是姬大罪过。但郎君驱使逾年，即不能问是非。某须为天下人除害。"命甲士五十人，严持兵仗，围崔生院，使擒磨勒。磨勒遂持匕首，飞出高垣，瞥若翅翎，疾同鹰隼，攒矢如雨，莫能中之。顷刻之间，不知所向。然崔家大惊愕。后一品悔惧，每夕多以家童持剑戟自卫，如此周岁方止。

后十余年，崔家有人见磨勒卖药于洛阳市，容颜如旧耳。

译文：

唐代宗大历（公元766～779年）年间，有个姓崔的书生，他的父亲是个大官，与功高盖世的功臣元老一品大官很熟悉。

崔生当时是皇帝的警卫。他父亲命他去探视一品大官的病。崔生年纪轻，长得漂亮，脸像玉一般洁白润泽，秉性耿直，举止稳重，言谈清雅。一品大官命侍女卷起帘子，叫崔生进到内室。崔生行礼后传达了父亲的问候。一品大官挺喜欢他，让他坐下谈话。当时有三个侍女，都是绝代佳人，在大官身边挑选存放在金盆中的樱桃，浇上甘酪送上来。一品大官就吩咐穿红绸衣服的侍女拿一盆给崔生吃。崔生年轻，在侍女面前有点难为情，没有吃。一品大官就命令穿红绸衣服的侍女用匙子舀着送给崔生吃。崔生不得已，只好吃了。结果，被那个侍女见笑了。崔生告辞走时，一品大官说："小伙子有空时就来一趟吧，不要疏远我这老头子哟。"叫穿红绸衣服的侍女送崔生出院子。当时，崔生回头瞧，只见侍女竖起三个指头，又把手掌反复了三次，然后指着胸前的小镜子，说："记住。"别的没有再说什么。

　　崔生回家后把一品大官的意思向父亲说了，然后就回到了书房。他神志有些迷乱，话少了，模样也变了，傻呵呵地发呆。每天饭也不想吃，只是吟诗，念叨："偶然去到蓬莱山顶游玩，耳边带着玉珰的美女眨着星眼，红色的大门关了半扇，将深宫的月亮遮了半边，一定是照着那白雪似的琼花的愁颜。"身边的人不明白他的意思。

　　当时崔家有一个昆仑族的奴仆名叫磨勒，他瞅着崔生说："心里有什么事，如此恨恨不平呢？怎么不告诉老奴我一声呢？"崔生说："你这种人有什么头脑，来过问我心中的事情？"磨勒说："只管说说，我一定给少爷解除苦恼。大事小情我都能给你办。"崔生惊奇他能说这不寻常的话，于是把事情全告诉了他。磨勒说："这是小事呀！为什么不早说出来而自己苦恼呢？"崔生又把那个侍女临别打的哑谜告诉了他。磨勒说："有什么难理解的！竖起三个手指头，一品大官家里有十院歌女，这是说第三院呀。把手掌反复三次，算指头数是十五，这是表示十五那天。胸前小镜子，表示十五的月亮圆如明镜，是让少爷你去吧？"

　　崔生特别高兴，情不自禁，对磨勒说道："有什么办法能传达我的苦闷呢？"磨勒笑着说："后天晚上就是十五，请给我深黑色的丝绸两匹，给少爷做一套紧身衣服。一品大官家中有大狗看着歌女们住的院门，一般人不得入内，进去就肯定被咬死。这狗机灵得像神仙，凶猛如老虎，这是曹州孟海的狗，世上不是老奴我没人能斗得过这狗，今晚上我就给少爷把它打死。"崔生拿出酒肉给磨勒吃。到半夜的时候，他拿着带链的锤去了。一顿饭的工夫就回来了，说："狗已经打死，肯定没有障碍了。"

这天半夜，磨勒给崔生穿上黑衣服，然后背着崔生跳过了十几道墙，才进到歌女的院里，在第三个门前停住了。门没有上锁，屋内的灯还发着微光，只见那个侍女叹息着坐在那里，好像在等待什么。她刚刚把耳环摘下，洗去了脸上的脂粉，恢复了本来的容颜，露出无限的哀怨，泪珠点点。只听她吟诗道："深山幽谷莺儿啼叫怨恨那姓阮的少年，偷偷来到花下解去了耳边的玉珰。蓝天云飞音信不见，徒然拿着玉箫发愁不能招来凤凰。"守卫们都睡着了，附近一片寂静。

崔生于是掀开帘子就进屋了。过了好长时间，才认出是崔生。侍女跳下床来拉住崔生的手说："我知道你聪明，一定能领会，所以才打了手势。我可不知道你有什么法术，竟能到此地来？"崔生把磨勒的计策全说了，并告诉她是磨勒背来的。侍女说："磨勒在哪里呢？"崔生说："门帘外边。"于是，把磨勒叫进屋中，用金盆倒酒给他喝。侍女告诉崔生道："我家本来很有钱，住在北方。现在的主人有兵权，逼着我给他当了侍女。没能自杀，苟且偷生。脸上虽然擦胭抹粉，心里可很苦闷。纵然是用玉石筷子吃饭，金炉子里烧着香料，云母屏风上挂满了绸缎衣服，盖的是绣花被，睡在宝贝堆里，这都不是我的愿望啊。真像戴着枷锁一般。您的好仆人既然有法术，何不把我从这牢狱中救出？我的愿望达到了，就是死也不后悔。我请求给您当奴婢，侍候您。不知道先生您的意思怎样？"崔生满脸愁容不说话。磨勒说："姑娘既然如此坚决，这也是一件小事！"侍女特别欢喜。磨勒要求先替侍女背走她的包袱、箱笼。这样往返了三次。最后说："不能耽误了，天亮了。"于是背着崔生与侍女飞越了十多道高墙。一品大官家中的侍卫，没有丝毫察觉。于是，回到崔生书房，把侍女藏了下来。

等到天亮，一品大官的家才发觉。又发现狗已经被打死了。大官大吃一惊，说："我家的门墙，从来高大严紧，锁得很牢。这个情形好像是飞过来的，一点痕迹也没有。这一定是侠客干的。不要声张，否则，只会招来灾祸。"

侍女藏在崔生家两年，因为看花坐小车到曲江游玩，被一品大官的家人暗中认出来了。把这事报告了大官。大官很是诧异。把崔生叫来盘问。崔生害怕此事，而没敢隐瞒，于是把起因详细说了一遍，全是仆人磨勒背出去的。一品大官说："这个侍女罪太大了。但是，你使唤她一年多了，也就不能追问她的对错了。我应该给天下的人们除去祸害！"于是，就命令武装的侍卫五十人，全拿着武器整队出发，包围了崔生的院子，要逮捕磨勒。磨勒拿着一把匕首，飞出高墙，看上去就像飞鸟一般，犹如老鹰那样敏捷。武士们放箭像下雨似的，根本射不中他。眨眼之间，磨勒就无影无踪了。崔生全家人都特别惊异。事后，一品大官又后悔又害怕，每天晚上都让很多青年仆人拿着刀枪守卫。这样过了一整年，才作罢。

十几年以后，崔家有人看见磨勒在洛阳市场上卖药，相貌同旧时一样。

· ·

本文通过昆仑奴帮助崔生、侍女如愿结合的故事，赞美了不畏强暴，仗义勇为的精神。

崔 炜

裴 铏

　　贞元中，有崔炜者，故监察向之子也。向有诗名于人间，终于南海从事。炜居南海，竟豁然也。不事家产，多尚豪侠。不数年，财业殚尽，多栖止佛舍。

　　时中元日，番禺人多陈设珍异于佛庙，集百戏于开元寺。炜因窥之，见乞食老姬，因蹶而覆人之酒瓮，当垆者殴之。计其直，仅一缗耳。炜怜之，脱衣为偿其所直，姬不谢而去。异日又来，告炜曰："谢子为脱吾难。吾善炙赘疣。今有越井冈艾少许奉子，每遇赘疣，只一炷耳。不独愈苦，兼获美艳。"炜笑而受之，姬倏亦不见。

　　后数日，因游海光寺，遇老僧赘于耳。炜因出艾试炙之，而如其说。僧感之甚，谓炜曰："贫道无以奉酬，但转经以资郎君之福祐耳。此山下有一任翁者，藏镪巨万，亦有斯疾。君子能疗之，当有厚报。请为书导之。"炜曰："然。"任翁一闻，喜跃，礼请甚谨。炜因出艾，一爇而愈。任翁告炜曰："谢君子痊我所苦，无以厚酬，有钱十万奉子，幸从容，无草草而去。"炜因留彼。炜善丝竹之妙，闻主人堂前弹琴声。诘家童，对曰："主人之爱女也。"因请其琴而弹之。女潜听而有意焉。时任翁家事鬼曰"独脚神"，每三岁必杀一人飨之。时已逼矣，求人不获。任翁俄地负心，召其子计之曰："门下客既不来，无血属，可以为飨。吾闻大恩尚不报，况愈小疾耳。"遂令具神馔，夜将半，拟杀炜。已潜扃炜所处之室，而炜莫觉。女密知之，潜持刃，于窗隙间告炜曰："吾家事鬼，今夜当杀汝而祭之，汝可持此破窗遁去。不然者，少顷死矣。此刃亦望持去，无相累也！"炜恐悸汗流，挥刃携艾，断窗棂跃出，拔键而走。任翁俄觉，率家僮十余辈，持刃秉炬追之六七里，几及之。炜因迷道，失足坠于大枯井中，追者失踪而返。

炜虽坠井，为槁叶所藉而无伤。及晓视之，乃一巨穴，深百余丈，无计可出。四旁嵌空宛转，可容千人。中有一白蛇盘屈，可长数丈，前石臼，岩上有物滴下，如饴蜜，注臼中，蛇就饮之。炜察蛇有异，乃叩首祝之曰："龙王，某不幸坠于此，愿王悯之，幸不相害。"因饮其余，亦不饥渴。细视蛇之唇吻，亦有疣焉。炜感蛇之见悯，欲为炙之，奈无从得火。既久，有遥火飘入于穴。炜乃燃艾，启蛇而炙之，是赘应手坠地。蛇之饮食久妨碍，及去，颇以为便，遂吐径寸珠酬炜。炜不受而启蛇曰："龙王能施云雨，阴阳莫测，神变由心，行藏在己，必能有道拯援沉沦。倘赐挚维，得还人世，则死生感激，铭在肌肤。但得一归，不愿怀宝。"蛇遂咽珠，蜿蜒将有所适。炜遂再拜，跨蛇而去。不由穴口，只于洞中行。可数十里，其中幽暗若漆，但蛇之光烛四壁，时见绘画古丈夫，咸有冠带。最后触一石门，门有金兽啮环，洞然明朗。蛇低首不进，而卸下炜，炜将谓已达人世矣。

入户，但见一室，空阔可百余步。穴之四壁，皆镌为房室。当中有锦绣帏帐数间，垂金泥紫，更饰以珠翠，炫晃如明星之连缀。帐前有金炉，炉上有蛟龙、鸾凤、龟蛇、鸾雀，皆张口喷出香烟，芬芳蓊郁。旁有小池，砌以金壁，贮以水银凫鹭之类，皆琢以琼瑶而泛之。四壁有床，咸饰以犀像，上有琴瑟、笙簧、鼗鼓、枧敔，不可胜记。炜细视，手泽尚新。炜乃恍然，莫测是何洞府也。良久，取琴试弹之，四壁户牖咸启。有小青衣出而笑曰："玉京子已送崔家郎君至矣。"遂却走入。须臾，有四女，皆古鬟髻，曳霓裳之衣，谓炜曰："何崔子擅入皇帝玄宫耶？"炜乃舍琴再拜，女亦酬拜，炜曰："既是皇帝玄宫，皇帝何在？"曰："暂赴祝融宴尔。"遂命炜就榻鼓琴，炜乃弹胡笳。女曰："何曲也？"曰："胡笳也。"曰："何谓胡笳？吾不晓也。"炜曰："汉蔡文姬即中郎邕之女也，没于胡中，及归，感胡中故事，因抚琴而成斯弄，像胡中吹笳哀咽之韵。"女皆怡然曰："大是新曲。"遂命酌醴传觞。炜乃叩首，求归之意颇切。女曰："崔子既来，皆是宿分，何必匆遽，幸且淹驻。羊城使者少顷当来，可以随往。"谓崔子曰："皇帝已许田夫人奉箕帚，便可相见。"崔子莫测端倪，不敢应答。遂命侍女召田夫人。夫人不肯至，曰："未奉皇帝诏，不敢见崔家郎也。"再命不至。谓炜曰："田夫人淑德美丽，世无俦匹，愿君子善奉之，亦宿业耳。夫人，即齐王女也。"崔子曰："齐王何人也？"女曰："王讳横，昔汉初亡齐而居海岛者。"逡巡有日影入照座中。炜因举首上见一穴，隐隐然睹人间天汉耳。四女曰："羊城使者至矣。"遂有一白羊自空冉冉而下，须臾至座。背有一丈夫，衣冠俨然，执大笔，兼封一青竹简，上有篆字，进于香几上。四女命侍女读之曰："广州刺史徐绅死，安南都护赵昌充替。"女酌醴饮使者，曰："崔子欲归番禺，愿为挈往。"使者唱喏。回谓炜曰："他日须与使者易服绐宇，以相酬劳。"炜但唯唯。四女曰："皇帝有敕，令与郎君国宝阳燧珠，将往至彼，当有胡人具十万缗而易之。"遂命侍女开玉函，取珠授炜。炜载拜捧授，谓四女曰："炜不曾朝谒皇帝，又非亲戚，何遽觊遗如是？"女曰："郎君先人有诗于越台，感悟徐绅，遂见修缉，皇帝愧之，亦有诗继和。赍珠之意，已露诗中，不假仆说，郎君岂不晓耶？"曰："不识皇帝何诗？"女命侍女书题于羊城使者笔管上云："千岁荒台隳路隅，一烦太守重椒涂。感君拂拭意何极，报尔美妇与明珠。"炜曰："皇帝原何姓字？"女曰："以后当自知耳。"女谓炜曰："中元日须具美酒丰馔于广州蒲涧寺静室，吾辈当送田夫人往。"炜遂再拜告去，欲蹑使者之羊背。女曰："知有鲍姑艾，可留少许。"炜但留艾，即不知鲍姑是何人也。遂留之。瞬息而出穴，履于平地，遂失使者与羊所在。望星汉，时已五更矣。

俄闻蒲涧寺钟声，遂抵寺，僧人以早糜见饷，遂归广州。崔子先有舍税居，至日往舍询之，曰："已三年矣。"主人谓崔炜曰："子何所适，而三秋不返？"炜不实告。开其户，尘榻俨然，颇怀凄怆。问刺史，则徐绅果死，而赵昌替矣。乃抵波斯邸，潜鬻是珠。有老胡人一见，遂匍匐礼手曰："郎君入南越王赵佗墓中来。不然者，不合得斯宝。盖赵佗以珠为殉故也。"崔子乃具实告，方知皇帝为赵佗。佗亦曾称南越武帝，故耳。遂具十万缗易之。崔子诘胡人曰："何以知之？"曰："我大食国宝阳燧珠也。昔汉初赵佗使异人梯山航海，盗归番禺，今仅千载矣。我国有能玄像者，言来岁国宝当归，故我王召我具大舶重资，抵番禺而搜索。今日果有所获矣。"遂出玉液而洗之，光鉴一室。胡人遽泛舶归大食去。

炜得金，遂具家产。然访羊城使者，竟无影响。后有事于城隍庙，忽见神像有类使者，又睹神笔上有细字，乃侍女所题也。方具酒脯而奠之，兼重粉绘，及广其宇。是知羊城即广州城，庙有五羊焉。又征任翁之室，则村老云："南越尉任嚣之墓耳。"又登越王殿台，睹先人诗云："越井冈头松柏老，越王台上生秋草。古墓多年无子孙，野人践踏成官道。"兼越王继和诗，踪迹颇异。乃询主者。主者曰："徐大夫绅，因登此台，感崔侍御诗，故重粉饰台殿，所以焕赫耳。"后将及中元日，遂丰洁香馔甘醴，留蒲涧寺僧室。夜将半，果四女伴田夫人至。容仪艳逸，言旨雅淡。四女与崔生进觞谐谑，将晓告去。崔子遂再拜讫，致书达于越王，卑辞厚礼，敬荷而已。遂与夫人归室。炜诘夫人曰："既是齐王女，何以配南越人？"夫人曰："某国破家亡，遭越王所虏，为嫔御。王崩，因以为殉，乃不知今是几时也。看烹郦生，如昨日耳。每忆故事，辄一潸然。"炜问曰："四女何人？"曰："其二瓯越王摇所献，其二闽越王无诸所进，俱为殉者。"又问曰："昔四女云鲍姑，何人也？"曰："鲍靓之女，葛洪妻也。多行灸于南海。"炜方叹骇昔日之妪耳。又曰："呼蛇为玉京子，何也？"曰："昔安期生长跨斯龙而朝玉京，故号之玉京子。"

炜因在穴饮龙余沫，肌肤少嫩，筋力轻健。后居南海十余载，遂散金破产，栖心道门，乃挈室往罗浮，访鲍姑，后竟不知所适。

译文：

唐德宗贞元（公元785～804年）年间，有个崔炜，是从前监察御史崔向的儿子。崔向的诗在社会上很有名气，他死在南海郡刺史的从事官任上。崔炜住在南海郡，无忧无虑，不管理家中的产业，经常同一些豪侠往来。不上数年，家财花光了，便长期住在寺庙里。

七月十五日中元节，番禺地方的人都拿好东西到庙里给佛爷上供，各式各样的杂耍都集中到了开元寺。崔炜也去看热闹。他见到一个讨饭的老太太，因为摔了一跤把人家的酒瓮给碰倒了，卖酒的人打这个老太太，算起钱来仅仅值一吊。崔炜很可怜这个老太太，脱下外衣给卖酒的作赔偿。老太太没谢一句就走了。第二天，老太太又来了，告诉崔炜说："感谢您帮我摆脱了灾难，我善于用灸的办法治疗肿瘤。现在有越秀山上的艾绒赠给您一点，每逢遇到肿瘤，只用一卷艾绒灸了，不仅去掉病痛，而且还可以得到个美人。"崔炜笑着接过了艾绒，老太太忽然间就不见了。

几天以后，崔炜因为到光海寺游玩，遇到一个老和尚，耳朵上长了个瘤。崔炜拿出艾绒试着给老和尚灸了一灸，结果正像老太太说的那样痊愈了。老和尚很感激崔炜，对他说："我这个穷和尚没有什么可以酬谢报答你的，只能给你念经祈福了。这山下有一个姓任的老头，家中藏的银子成千上万，也有这个病，您能治好了，一定有厚礼报答。请你拿着我的信作个介绍。"崔炜说："好。"到了任家，说明了来意，任老头一听，高兴得跳了起来，对崔炜以礼相待，甚为小心。于是，崔炜拿出艾绒，只灸一次，病就好了。任老头告诉崔炜说："谢谢您给我去了病痛，没什么酬谢，有十万钱赠给您，希望多住些日子，不要急匆匆地走。"因此，崔炜留下住了许多天。

崔炜平素擅长演奏乐器，他听见主人的住房里有弹琴的声音，就询问任家的小仆人，回答说："主人的爱女弹的呀。"崔炜也要了一张琴弹了起来。主人的女儿暗地里听见了琴声，对崔炜有了好感。当时任老头家中供的家鬼叫独脚神，每隔三年必定杀一个人祭鬼。祭鬼的日子逼近了，找不到要杀的人。任老头坏了良心，叫来儿子核计："咱家养的门客既然没来，没有活人可以祭鬼。我听说过大恩尚且不报答，何况治愈小病呢？"他吩咐准备供饭。快半夜时，想杀崔炜，早已暗中将崔炜住的房间锁上了，崔炜还没觉察。任老头的女儿暗中知道这事，背着人拿着刀，在窗缝告诉崔炜："我家祭祀鬼，今晚要杀你上祭，你可拿这把刀砍开窗户逃走，不然的话，一会儿就没命了。这把刀希望你也带走，不要连累我呀！"崔炜吓得汗都淌下来了，忙操起刀拿了艾绒，砍断了窗棂跳出来，拔掉门栓就跑了。不一会儿，任老头发觉了。率领家奴十几个人，拿着刀点着火把，追了六七里地，眼看就要追上了。崔炜因为迷了路，不小心掉在一口大枯井里，追他的人找不着踪迹只得返回了。

崔炜虽然掉进井里，因为下边有枯叶垫着而没受伤。等天亮一看，原来是一个大洞，深一百多丈，无法出去。洞里四周凿空了，七拐八弯的，可以容纳上千人。里面有一条白蛇盘成一团，足有好几丈长。蛇前有一个石臼，上面岩石有东西往下滴，像蜜糖似的，滴在石臼中，蛇就喝了。崔炜发现这条蛇不同一般，于是叩头祷告说："龙王，我不幸掉在这里，请王可怜我，千万别害我！"于是把蛇喝剩的东西喝了，也不感到饥渴了。仔细看蛇的嘴边，也有一个瘤子。崔炜感激蛇可怜他，想给蛇灸一灸，可是没地方取火。过了好长时间，远处飘来一团火到洞里，崔炜点燃了艾绒，告诉蛇他要给它灸病，那个瘤子应手掉在地上。蛇的饮食长久以来受妨碍，等这瘤子掉了，吃喝很方便，就吐出一颗直径一寸的珠子酬谢崔炜。崔炜没有接受，告诉蛇道："龙王能行云布雨，阴阳莫测，变化由心，去留在己，肯定有办法拯救沉沦之人，倘蒙援救，得以回到人间，则铭心刻骨，生死都感激。我只求回去，不要宝贝。"蛇把珠子咽了下去，蜿蜒而行，好像要到什么地方去。崔炜于是拜了拜，骑上蛇就走了。蛇不往洞口走，只往洞里行，约摸走了数十里，里面漆黑一片，但蛇的光照亮了四壁，不时看见画的古代男子，都有帽子和衣带。最后来到一个石门，门上有金兽头，嘴里衔着大环子，一下子亮堂起来。蛇低着头不再前进，让崔炜下到地上来。崔炜以为已经到人间了。

进了门，只见一个房间很宽阔，足有一百步，洞穴四壁都开凿成房间。洞当中的锦绣帏帐足有好几间房大，金碧辉煌，上面还用珠翠装饰，明晃晃犹如一串明星相连。帐前有金炉，炉上饰有蛟龙、鸾凤、龟蛇、燕雀，都张着嘴喷出香烟，芬芳浓郁。旁边有个小池子，用金玉砌成，里面装着水银，野鸭海鸥等水鸟都叼着玉石块在里面游水。四面墙下有床，全用犀角象牙装饰，上面放着琴瑟、笙篁、拨浪鼓及形如方斗、伏虎等古乐器，不可胜记。崔炜仔细观看，乐器上还留着新的手印。崔炜眼花缭乱，迷迷糊糊，不知这是什么洞府。

过了很久，崔炜拿过琴试着弹了起来。四面墙上的门窗全开了，有一个小丫环走出来笑着说："玉京子已经把崔家郎君送到了。"说完就回身进去了。不大功夫，有四个女人，头发梳成古代的式样，拖着薄薄的霓裳羽衣，出来对崔炜说："为什么崔先生擅自进入皇帝的深宫啊？"崔炜于是放下琴拜了又拜，女人们也回拜。崔炜说："既然是皇帝深宫，皇帝在哪里啊？"回答说："暂时去赴祝融火神的宴会了。"接着又让崔炜到床上弹琴，崔炜就弹起了胡笳。女人说："什么曲子呀？"崔炜说："胡笳曲。"女人说："什么叫胡笳，我不晓得。"崔炜说："汉朝蔡文姬，即蔡中郎蔡邕的女儿，陷落北方少数民族之中，等到回来后，感慨在少数民族中的往事，于是抚琴而成了这首曲子，很像少数民族吹的胡笳所发出的凄凉之声。"女人们听了都很高兴，说："真是新曲子。"

于是吩咐摆酒宴请崔炜。崔炜连忙叩头，恳切地要求回去。女人说："崔先生既然来了，也是有缘分，何必匆匆忙忙地要走，请留一留。羊城使者一会儿就到了，可以跟他一起走。"又对崔炜说："皇帝已经批准田夫人嫁给您，马上就可以见面了。"崔炜摸不着头脑，不敢答对。女人吩咐把田夫人召来。田夫人不肯来，说："没接到皇帝圣旨，不敢与崔家郎君见面。"又去叫一次，仍不来。女人对崔炜说："田夫人品质好，容貌美，世上无双，希望您好好对待她，这也是前世的姻缘啊。夫人就是齐王的女儿。"崔炜说："齐王是谁呀？"女人说："齐王名字叫田横。从前汉朝初年灭亡了齐国，在海岛上居住的。"过一阵子，有阳光照在座上。崔炜于是抬头观看，只见上面一个洞，隐隐约约看见了人间的天空。四个女人说："羊城使者到了！"于是有一只白羊从空中飘飘而下，不一会儿到了座前。羊背上有一个男人，衣服和帽子都很整洁，他拿着一支大笔，还拿着一个竹简，上面写着篆字，把竹简放在香案上。四个女人命令丫环念竹简："广州刺史徐绅死了，由安南都护赵昌接替。"女人斟上美酒送给使者喝，并说："崔先生想回番禺，请带他去。"使者恭敬地高声答应了。女人又回过头来对崔炜说："以后应该给使者换换衣服，修修房子，以表酬谢。"崔炜只一个劲的点头称是。四个女人说："皇帝有令，命将国宝阳燧珠给郎君，带着这珠子到了那个地方后，就有外国人拿十万吊钱来买它。"说完就命令丫环打开玉匣子，拿出珠子送给了崔炜。崔炜拜了又拜，双手接过珠子，对四个女人说："崔炜我不曾朝见皇帝，又不是亲戚族人，为什么突然赠送这个?"女人说:"郎君的父亲在越台上留下了诗篇,感动了徐绅,于是动工修缮,皇帝有愧,也写了诗奉和。赠珠之意已经在诗中表露了,不用我们说了,郎君岂能不晓得呢?"崔炜说:"不知道皇帝写的什么诗?"女人命令丫环把诗写在羊城使者的笔管上,是:"千年的荒台毁坏在路隅,麻烦太守将它修复,感谢您装饰之意不尽,报答给您美女和明珠。"崔炜说:"皇帝原先姓什么?"女人说:"日后你自然知道了。"女人对崔炜说:"七月十五日中元节那天,要准备好美酒佳肴在广州蒲涧寺的静室里,我们到时送田夫人去。"崔炜再拜告辞,要踏上使者的羊背时,女人说:"知道你有鲍姑的艾绒,可给留下一点。"崔炜不知道鲍姑是什么人,只好留下了艾绒。眨眼之间,崔炜便出了洞穴站在了平地上,使者与羊都不见了。望望天上的星斗,已是五更天了。不一会儿又听见蒲涧寺的钟声,于是到了庙里,和尚用早饭款待了他,然后,回到了广州。

崔炜原先租了间房子住,回来时,到住处一打听,说:"已经过了三年了。"房主人对崔炜说:"先生往什么地方去了,怎么三年也不回来?"崔炜没告诉他实情。打开房门,床铺上的尘灰历历在目,崔炜见景伤情,心里很难过。问起刺史,得知徐绅已经死了,而赵昌接替了徐绅的位置。崔炜于是到波斯馆去,暗中卖珠子。有一个外国老人一见,立即跪伏在地,以头触手说:"郎君确实进入南越王赵佗墓中去过,否则,不会得到这个宝贝,因为赵佗是用这个珠子殉葬的。"崔炜于是把实话全说了。这才知道皇帝是赵佗,因为赵佗也曾自称过南越武帝的缘故。于是要价十万钱把珠子卖了。崔炜盘问那个外国人说:"你是怎么知道的?"外国人说:"这是我大食国的阳燧珠啊。从前汉朝初年赵佗派能人翻山渡海把这珠子盗

崔
炜

回番禺，至今已千年了。我国有会算卦的人，说明年国宝应当回国，所以我们国王召见我，准备下大船重金，到了番禺四处搜索，今天果然得到了！"他说完就拿出玉液洗珠子，光芒照耀满屋。之后外国人急急忙忙开船返回大食国去了。

崔炜得到钱后，治下了家产。可是访求羊城使者竟毫无音讯。后来，到城隍庙去办事，忽然发现神像与使者相貌相同，又看神笔上有小字，乃是丫环写的。立即准备好酒肉祭祀，又重新彩绘神像，翻修庙宇。因此他明白了羊城即广州城，庙中有五只羊。又打听任老头的家，村中老年人说："是南海尉任嚣的墓吧！"又登上越王殿台，看见了父亲的诗："越秀山上的松柏已经苍老，越王台上长满了秋草。古墓多年没有子孙修补，乡野之人来往践踏成了官道。"又看到了越王的继和诗，这一切很令人惊异。他就此地情况询问看墓的人，看墓的人说："徐绅老先生登上此台，因为有感于崔御史的诗，所以重新粉刷修缮，台殿这才焕然一新。"

将要到中元节时，崔炜准备下了佳肴美酒，留在了蒲涧寺静室里。快到半夜时，四个女人果然陪着田夫人来了。夫人长得容貌艳丽，言语动作落落大方。四个女人同崔炜把酒言欢。快天亮时，四个女人告辞走了。崔炜一再拜谢，并致书给越王，言辞谦逊，礼物丰厚，深表敬意。他同夫人回到屋内，崔炜盘问夫人："既然是齐王的女儿，为什么嫁给了南越的人？"夫人说："我国破家亡被越王掠来，当了妃子。越王死了，我作了殉葬人，不知道今天是什么时候了，眼看着烹饪好的故国美食，犹如昨日啊。每逢一想起往事，就悲伤得流泪。"崔炜问道："四个女人是什么人呢？"夫人说："有两个是瓯越王摇进贡的，另外两个是闽越王无诸进献的，都是殉葬的人。"崔炜又问："以前，四个女人所说的鲍姑是什么人呢？"夫人说："鲍靓的女儿，葛洪的妻子。她经常在南海附近行灸治病。"崔炜这才知道当年的老太太是神人，不由得惊叹起来。又问："管蛇叫玉京子是怎么回事？"夫人说："从前安期经常骑这条龙到天上朝拜，所以叫它玉京子。"

崔炜因为在洞穴里喝过龙的唾沫，皮肤长得特别白嫩，筋骨特别强壮。后来，他在南海住了十多年，把家产都施舍了，皈依了道家，带着家属往罗浮山去访鲍姑，最后不知道他往何处去了。

………………………………………………

本文构思奇特，情节变化出人意料；景物、环境描写逼真，人物形象鲜明，语言生动。尤其把历史人物巧妙的编进故事中，更增加了故事的真实性、生动性。

樊夫人

裴铏

樊夫人者，刘纲妻也。纲仕为上虞令，有道术，能檄召鬼神，禁制变化之事，亦潜修密证，人莫能知。为理尚清静简易，而政令宣行，民受其惠，无水旱疫毒鸷暴之伤，岁岁大丰。暇日，常与夫人较其术用。俱坐堂上，纲作火烧客碓屋，从东起，夫人禁之即灭。庭中两株桃，夫妻各咒一株，使相斗击，良久，纲所咒者不如，数走出篱外。纲唾盘中，即成鲤鱼；夫人唾盘中成獭，食鱼。纲与夫人入四明山，路阻虎，纲禁之，虎伏不敢动，适欲往，虎即灭之。夫人径前，虎即面向地，不敢仰视，夫人以绳系虎于床脚下。纲每共试术，事事不胜。将升天，县厅侧先有大皂荚树，纲升树数丈，方能飞举，夫人平坐，冉冉如云气之升，同升天而去。

后至唐贞元中，湘潭有一媪，不云姓氏，但称湘媪，常居止人舍，十有余载矣。尝以丹篆文字救疾于闾里，莫不响应。乡人敬之，为结构华屋数间而奉媪。媪曰：“不然，但土木其宇，是所愿也。”媪鬓翠如云，肥洁如雪，策杖曳履，日可数百里。忽遇里人女，名曰逍遥，年二八，艳美，携筐采菊，遇媪瞪视，足不能移。媪目之曰：“汝乃爱我，可同之所止否？”

昆仑奴

逍遥欣然掷筐，敛衽称弟子，从媪归室。父母奔追及，以杖击之，叱而返舍。逍遥操益坚，窃索自缢。亲党敦谕其父母，请纵之，度不可制，遂舍之。复诣媪，但寻尘、易水、焚香、读道经而已。后月余，媪白乡人曰："某暂之罗浮，扁其户，慎勿开也。"乡人问："逍遥何之？"曰："前往。"如是三稔，人但于户外窥，见小松进笋而丛生阶砌。及媪归，召乡人同开锁，见逍遥憭坐于室，貌若平日，唯蒲履为竹梢串于栋宇间。媪遂以杖叩地曰："吾至，汝可觉。"逍遥如寐醒，方起，将欲拜，忽遗左足，如刖于地。媪遽令无动，拾足勘膝，噀之以水，乃如故。乡人大骇，敬之如神，相率数百里皆归之。

　　媪貌甚闲暇，不喜人之多相识。忽告乡人曰："吾欲往洞庭救百余人性命，谁有心为我设船一只？一两日可同观之。"有里人张拱，家富，将具舟楫，自驾而送之。欲至洞庭前一日，有大风涛蹙一巨舟，没于君山岛上而碎，载数十家，近百余人，然不至损，未有舟楫来救，各星居于岛上。忽有一白鼋，长丈余，游于沙上，数十人拦之挞杀，分食其肉。明日，有城如雪，围绕岛上，人家莫能辨。其城渐窄狭束，岛上人忙怖号叫，囊橐皆为齑粉，束其人为簌。其广不三数丈，又不可攀援，势已紧急。岳阳之人，亦遥睹雪城，莫能晓也。时媪舟已至岸，媪遂登岛，攘剑步罡，噀水飞剑而刺之，白城一声如霹雳，城遂崩。乃一大白鼋，长十余丈，蜿蜒而毙，剑立其胸，遂救百余人之性命，不然，顷刻即拘束为血肉矣。岛上之人咸号泣礼谢。命拱之舟返湘潭，拱不忍便去。忽有道士与媪相遇，曰："樊姑，尔许时何处来？"甚相慰悦。拱诘之，道士曰："刘纲真君之妻，樊夫人也。"后人方知媪即樊夫人也。拱遂归湘潭。后媪与逍遥一时返真。

57

译文：

　　樊夫人是刘纲的妻子，刘纲是上虞的县令，有法术，能画符招来鬼神。明里能制止种种的变化，暗中修真养性，对此人们都不了解。他崇尚清静无为，政令实施后，老百姓都得到了实惠，从没有发生过水旱病灾，也没有意外的伤害，年年都是大丰收。

　　在闲暇的日子里，刘纲常同夫人比法术。两人都坐在堂屋里，刘纲让火烧雇工舂米的屋，火就从东边烧起来；夫人让火熄灭，火立刻就熄灭了。院中有两棵桃树，夫妻二人各对一棵桃树念咒，令两棵桃树互相击打。打了好长时间，刘纲所咒的那棵桃树被打败了，数次跑出篱笆外边。刘纲往盘中吐一口唾沫，立刻变成了一条鲤鱼；夫人往盘中吐一口唾沫，变成了水獭，把鲤鱼吃了。刘纲和夫人到四明山去，路上碰见了老虎，刘纲一念咒，老虎趴下不敢动了，刚要往前走，老虎就不见了；夫人一直走上前去，老虎就脸朝着地，不敢抬头看，夫人便用绳把老虎拴在板凳腿上。刘纲每次与夫人斗法都屡屡失败。要升天时，县衙门旁边有一棵大皂荚树，刘纲爬到树上好几丈高之后，才能飞上天去；夫人端坐在那里，轻飘飘的像云彩似的升了起来，两人一同升天走了。

　　后来，在唐德宗贞元年间（公元785～804年），湘潭有一个老太婆，不说名姓，只称湘妪，常住在人们的家中，已有十多年了。她经常用朱笔画符在村里治病，治一个好一个。乡下人都很尊敬她，给她盖了数间高大漂亮的房子，请她去住。老太婆说："不用了，只要有小茅草土房住就可以了。"老太婆头发又黑又浓，身上又白又胖，拄着棍子，趿拉着鞋，一天能走好几百里地。

　　一次，老太婆忽然碰见街里一个姑娘，名叫逍遥，十六岁，长得很漂亮，挎着筐子在采菊花。一遇上老太婆，瞪大了眼睛，脚也迈不动了。老太婆看着姑娘说："你爱我呀，可以和我一同到我住的地方去吗？"逍遥高高兴兴地扔下了筐子，行个礼，自称是徒弟，跟着老太婆走。逍遥的爹妈追了上来，用棍子打她，大声叱责她，逼她回了家。逍遥决心已下定，暗中拿条绳子要自尽。亲戚朋友劝她的父母，让她随便去吧。父母估计也管不住她了，于是就不管了。逍遥又去拜访老太婆，在那里只是打扫尘土、挑水、烧香、读道经而已。过了一个多月，老太婆告诉同乡的人们说："我要到罗浮山去一次，把这房门关上，千万别打开呀。"乡人问道："逍遥往哪去呢？"老太婆说："一同走。"这样过了三年，人们从门外向里看看，但见小松树和发了芽的竹子，在台阶下面丛生着。等到老太婆回来，找来乡人开了锁，见逍遥闭着眼睛坐在屋内，容貌如平日一般，只是穿的蒲草鞋让竹子稍挑到房梁上了。老太婆就用手杖敲敲地，说："我回来了，你可以醒醒了。"逍遥如梦方醒，刚起身，正要施礼，忽然左脚不见了，好像割下丢在地上一样。老太婆急忙让她不要动弹，捡起了脚接到腿上，喷口水，又像从前一样了。乡人们特别惊奇，对老太婆像神一样恭敬，数百里之内的人们互相招呼着都来看她。

　　老太婆生活得很悠闲，不太喜欢跟人交往。有一天忽然告诉乡人说："我要去洞庭湖搭救数百人的性命，谁愿意给我准备一条船，这两天可一起去看看。"有个街坊叫张拱的，家中有钱，请老太婆允许他给准备船只，自己驾船送老太婆前去。要动身去洞庭湖的前一天，大风大浪把一只大船冲到君山，船碎了，所载的数十家近百余口人，虽然没有出危险，但没有船来相救，各散居在君山上。忽然有一只白色的水鼋（俗称猪婆龙），有一丈多长，游到了沙滩上，数十人拦住了它，打死之后，人们把肉分着吃了。第二天，有一座城像雪堆的一般，将君山围了起来，人们谁也不知道是什么东西。这座城逐渐变狭窄了，把君山上的人都包了起来，人们吓得连声呼叫，箱子笼子都变成了粉末，把人们挤成了一小堆，只剩下三丈左右的地方了。这座城还没法攀登，情势十分危急。岳阳城里的人也远远地看见了这座雪城，不知道是怎么回事。

这时，老太婆的船靠岸了。她登上君山，挥舞着宝剑，按照北斗七星的方位行走，喷了一口水，将宝剑向雪城掷去，宝剑刺中城墙，一声巨响，雪城就坍塌了，原来是一只大白鼋，有十多丈长，蜿蜒在地而死，宝剑插在它的胸口上。数百人的性命得救了，否则，转眼之间，人们将被挤成一堆血肉了！君山的人们都哭了起来，泪流满面地叩头，感激救命之恩。

老太婆吩咐张拱开船回湖潭，张拱不忍心马上离开。忽然来了一个道士与老太婆见面了，说："樊姑，你这些时候在什么地方来着？"两人很是亲近。张拱上前询问，道士说："这是刘纲神仙的妻子，樊夫人啊。"于是，人们方才知道老太婆就是樊夫人。张拱又开船回到了湘潭。后来，老太婆与逍遥同时回归了仙境。

本文用夫妻斗法、治病传道、杀鼍救人三个并列的小故事，以救助百姓为线索贯穿起来，刻画了樊夫人的崇高形象，具有较大的感染力。在学道成仙成为一种社会潮流的唐代，作者能提倡学道成仙是为了普救天下，在当时还是有一定的积极意义的。

薛　昭

裴　铏

　　薛昭者，唐元和末为平陆尉，以气义自负，常慕郭代公、李北海之为人。因夜值宿，囚有为母复仇杀人者，与金而逸之。故县闻于廉使，廉使奏之，坐谪为民于海东。敕下之日，不问家产，但荷银铛而去。有客田山叟者，或云数百岁矣；素与昭洽，乃赍酒拦道而饮饯之，谓昭曰："君，义士也，脱人之祸而自当之，真荆、聂之俦也！吾请从子。"昭不许，固请，乃许之。至三乡，夜，山叟脱衣赍酒，大醉，屏左右，谓昭曰："可遁矣。"与之携手出东郊，赠药一粒，曰："非唯去疾，兼能绝谷。"又约曰："此去但遇道北有林薮繁翳处，可且暂匿，不独逃难，当获美姝。"

　　昭辞行，过兰昌宫，古木修竹，四合其所。昭逾垣而入，追者但东西奔走，莫能知踪矣。昭潜于古殿之西间。及夜，风清月皎，见阶前有三美女，笑语而至，揖让升于花茵，以犀杯酌酒而进之。居首女子酹之曰："吉利！吉利！好人相逢，恶人相避。"其次曰："良宵宴会，虽有好人，岂易逢耶？"昭居窗隙间闻之，又志田生之言，遂跳出曰："适闻夫人云：'好人岂易逢耶？'昭虽不才，愿备好人之数。"三女愕然，良久，曰:"君是何人,而匿于此?"昭具以实对。乃设座于茵之南。昭询其姓氏。长曰:"云容张氏。"次曰:"凤台萧氏。"次曰:"兰翘刘氏。"饮将酣,兰翘命骰子,谓三女曰:"今夕佳宾相会,须有匹偶,请掷骰子,遇采强者,得荐枕席。"乃遍掷,云容采胜,翘遂命薛郎近云容姊坐,又持双杯而献曰:"真所谓合卺矣。"昭拜谢之。遂问:"夫人何许人?何以至此?"容曰:"某乃开元中杨贵妃之侍儿也。妃甚爱惜,常令独舞霓裳于绣岭宫,妃赠我诗曰:'罗袖动香香不已,红蕖袅袅秋烟里,轻云岭上乍摇风,嫩柳池边初拂水。'诗成,明皇吟咏久之,亦有继和,但不记耳。遂赐双金扼臂,因此宠幸愈于群辈。此时多遇帝与申天师谈道,予独与贵妃得窃听。亦数侍天师茶药。颇获天师悯之。因间处,叩头乞药。师云:'吾不惜,但汝无分,不久处世如何?'我曰:'朝闻道,夕死可矣。'天师乃与蜂雪丹一粒,曰:'汝但服之,虽死不坏,但能大其棺,广其穴,含以真玉,疏而有风,使魂不荡空,魄不沉寂,有物拘制,陶出阴阳。后百年,得遇生人,交精之气,或再生,便为地仙耳。'我没兰昌之时,具以白贵妃,贵妃恤之,命中贵人陈玄造受其事,送终之事,皆得如约,今已百年矣。仙师之兆,莫非今宵良会乎?此乃宿分,非偶然耳!"

昭因诘申天师之貌,乃田山叟之魁梧也。昭大惊曰:"山叟即天师,明矣!不然,何以委曲使予符曩日之事哉?"又问兰、凤二子。容曰:"亦当时宫人有容者,为九仙媛所忌,毒而死之,藏吾穴侧,与之交游,非一朝一夕耳。"凤台请击席而歌送昭、容。酒歌曰:"脸花不绽几含幽,今夕阳春独换秋。我守孤灯无白日,寒云坡上更添愁。"兰翘和曰:"幽谷啼莺整羽翰,犀沉玉冷自长叹,月华不忍扃泉户,露滴松枝一夜寒。"云容和曰:"韶光不见分成尘,曾饵金丹忽有神,不意薛生携旧律，独开幽谷一枝春。"昭亦和曰："误入宫垣漏网人，月华净洗玉阶尘，自疑飞到蓬莱顶，琼艳三枝半夜春。"诗毕，旋闻鸡鸣。三人曰："可归室矣。"

昭持其衣，超然而去，初觉门户至微，及经阃，亦无所妨。兰、凤亦告辞而他往矣。但灯烛荧荧，侍婢凝立，帐幄绮绣，如贵戚家焉。遂同寝处。昭甚慰喜，如此数夕，但不知昏旦。容曰："吾体已苏矣，但衣服破故，更得新衣，则可起矣。今有金扼臂，君可持往近县易衣服。"昭惧不敢去，曰："恐为州邑所执。"容曰："无惮！但将我白绡去，有急，即蒙首，人无能见矣。"昭然之，遂出三乡，货之，市其衣服。夜至穴，则容已迎门而笑，引入曰："但起样，当自起矣。"昭如其言，果见容体已生，及回顾帷帐，但一大穴，多冥器、服玩、金玉，唯取宝器而出。遂与容同归金陵幽栖，至今见在，容鬓不衰，岂非俱饵天师之灵药耳！

申师，名元也。

译文：

薛昭在唐朝宪宗元和（公元806～820年）末年，作平陆县尉，以尚气节、重道义而自负，特别羡慕郭子仪和李邕的为人。一次，薛昭值夜班，有一个犯人是为母亲报仇而杀人的，薛昭给犯人一些钱财并把他放了。县令报告了观察使，观察使报告了皇帝。薛昭因此被贬到海东为民。皇命颁布的当天，薛昭不管家中的产业，戴着手铐、脚镣就走了。薛昭有位客人叫田山叟，有人说他好几百岁了，平日与薛昭相处得很好，于是带着酒在道上给薛昭饯行。田山叟对薛昭说："先生，您是个义士啊，开脱了别人的灾难而自己来承担罪责，真是荆轲、聂政一流的人物啊，我请求跟您一同走。"起初薛昭不同意，田山叟坚持要同去，薛昭才答应。到了三乡驿，夜里，田山叟脱掉衣服去换酒，喝得大醉，躲开附近的人，对薛昭说："可以逃跑了。"于是便同薛昭拉着手出了东城门，赠给薛昭一粒药，说："吃了这药，不但能跑得快，而且还能越过山谷。"又嘱咐道："离开这里，只要遇着道的北边有树木繁茂的地方，可以暂时躲藏，不仅能逃过厄难而且还能得到美女。"

薛昭同田山叟告了别，经过杨贵妃曾经住过的兰昌宫，古老的树木，高大的竹子，长满了整个院内。薛昭跳墙进了去，后边追捕的人只是东奔西走，没有发现他的踪迹。薛昭躲藏在古殿的西间里，等到夜晚，风清月明，看见台阶下有三个美女，说笑着过来，互相谦让着坐在了花草地上，用犀角杯斟上酒喝了起来。坐在首位的女子，把一杯酒洒在地上，说："吉利，吉利，好人相逢，恶人相避。"坐在她下面的女人说："在这美好的深夜举行宴会，虽然有好人，哪里容易遇得到呢？"薛昭从窗缝听到了这些话，又记着田山叟的话，于是跳了出来说道："刚才听夫人说好人怎容易遇到，我薛昭虽然不怎么样，但是愿意算在好人堆里。"三个女人愣住了。过了好长时间，才说："您是什么人，藏在这里？"薛昭把实话全说了。女人们给薛昭设个座位在花草地的南边。薛昭询问她们的姓名，老大说："我叫张云容。"老二说："我叫萧凤台。"老三说："我叫刘兰翘。"酒喝到将要醉的时候，兰翘叫拿骰子来，对两个女子说："今晚有贵客相会，必须要有配偶才行，请掷骰子，谁点多谁就陪客人就寝。"于是，三人都掷了骰子。云容得的点多。兰翘叫薛昭靠近云容坐着，又持过两杯酒献上来，说："这才叫真的喝交杯酒呢！"薛昭行礼道谢，问道："夫人是什么人啊？为什么到这里来？"云容说："我乃是唐明皇开元年间杨贵妃的丫环。贵妃特别喜欢我，常常叫我自己在绣岭宫跳霓裳舞，贵妃赠给我的诗说：'罗袖飘香香不已，红莲轻盈秋烟里。岭上轻云乍经风，池边嫩柳刚拂水。'诗作成了，唐明皇朗诵好久，也作诗唱和，但是我记不住了。于是赏给我两只大金手镯，对我宠爱的超过了众人。这时候经常碰上皇帝与申天师谈道，唯独我与贵妃能够从旁听见。也曾经几次给天师端茶送药，很受天师的赏识。因此乘机给天师叩头讨点药，天师说：'我不是舍不得，只是你没有缘分。在世上活不久了，怎么办啊？'我说：'早晨听了道理，晚上死也甘心。'天师这才给了一粒绛雪丹，说：'你只管吃下，虽然死了，尸首也不坏，只要能装个大大的棺材，挖个大大的墓穴，嘴里含着宝玉，四处能通风，便令你的魂不凭空飘荡，你的魄不沉沦消失，有东西牵扯你，培养出阴阳二气。百年之后，能够碰上活人，精血相交，甚至可以复活，或者能够成为地仙。'我在兰昌宫临死之时，全告诉贵妃了。贵妃可怜我，命令太监陈玄造负责办这个事。死后送终的一切事，全按我说的那样办了。今天已有一百年了，仙师的预言，莫非是应在今晚这美好的相会吗？这乃是前世缘分，不是偶然的啊！"

薛昭于是盘问申天师的相貌，原来与田山叟的高大形象一样。薛昭大惊道："山叟就是天师，很清楚了！否则，为什么全部让我符合昔日的事情呢？"又问兰翘和凤台两位姑娘，云容说："她俩也都是当时宫女里长得漂亮的，被杨贵妃所嫉炉，毒死后埋在了我的坟旁，同她们交往也不是一天半天的了。"凤台当场要求唱歌，敬薛昭和云容一杯酒，唱道："脸上的花朵没有开放，含满了幽愁；今天晚上春天换成了秋天，我守着孤灯没有白日，寒云笼罩的坟上更添了忧愁。"兰翘接着唱道："幽静的山谷中夜莺啼着整理羽毛，犀角杯中的酒沉淀了，玉石也寒了，独自长叹；月光不忍锁上泉水的门户，露水滴在松枝上，一夜苦寒。"云容也和唱了一首："美好的时光不见了成了尘埃，曾经吃过金丹忽然有了神效，没想到薛生带来了旧日的音乐，使得寒冷的幽谷花开如春。"薛昭也和了一首："误入宫墙的漏网之人，明净的月光洗去阶上之尘，怀疑自己飞到蓬莱山顶，娇艳的三枝琼花使令夜半生春。"作完了诗，就听见了鸡叫，三人说道："可以回房了。"

薛昭拿起了衣服，轻快地去了。开始觉得门很小，等到了门坎前，也不感到有什么妨碍。兰翘、凤台也告辞往别处去了。只见得灯火荧荧，丫环伫立一旁，幔帐锦绣，如同贵族人家一般。于是，薛昭与云容一同睡下了。薛昭十分欣喜快慰。这样过了好几个晚上，也不知道是黑夜或白天。云容说："我的身体已经复原了，只是衣服太破了，换上新衣服就可以起来了。这里有只金镯子，您可以拿去到邻近的县城里卖了买衣服来。"薛昭害怕，不敢去，说："怕让州县抓住。"云容说："不要怕，只要拿着我的白绸子去，有危险时就蒙在头上，人们就看不见了。"薛昭答应了，离开三乡驿，卖了镯子，买了衣服。夜里回到洞穴，云容已经迎到门口，笑着把他领进来，说："只要打开棺材，我自己就能起来了。"薛昭按她的话办了，果然看见云容的肉身已经复活了，等回头看看睡过的幔帐，只是一个大坑，有许多死人用的东西，还有衣服和金玉，于是只拿了宝物走出坟穴。薛昭同云容一起回到了金陵，过着隐居的日子。直到如今，容颜一点也不衰老，岂不是靠吃了天师灵药的缘故么。

申天师名叫申元。

....

本文叙事婉转，刻画的人物个性鲜明，对后世产生了广泛的影响。金、元的戏曲，宋朝的话本都曾取材于本篇。清代的《聊斋志异》也受了本篇的启示，多有人鬼相恋的题材。

裴 航

裴 铏

长庆中，有裴航秀才，因下第游于鄂渚，谒故旧友人崔相国。值相国赠钱二十万，远挈归于京，因佣巨舟，载于湘汉。同载有樊夫人，乃国色也。言词问接，帷帐昵洽。航虽亲切，无计道达而会面焉。因赂侍妾袅烟而求达诗一章曰："同为胡越犹怀想。况遇天仙隔锦屏。倘若玉京朝会去，愿随鸾鹤入青云。"诗往，久而无答。航数诘袅烟，烟曰："娘子见诗若不闻，如何？"航无计。因在道求名酝珍果而献之。夫人乃使袅烟召航相识。及褰帷，而玉莹光寒，花明丽景，云低鬟鬓，月淡修眉，举止烟霞外人，肯与尘俗为偶？航再拜揖，愕眙良久之。夫人曰："妾有夫在汉南，将欲弃官而幽栖岩谷，召某一诀耳，深哀草扰，虑不及期，岂更有情留盼他人，的不然耶？但喜与郎君同舟共济，无以谐谑为意耳。"航曰："不敢。"饮讫而归，操比冰霜，不可干冒。夫人后使袅烟持诗一章，曰："一饮琼浆百感生，玄霜捣尽见云英。蓝桥便是神仙窟，何必崎岖上玉清。"

航览之。空愧佩而已，然亦不能洞达诗之旨趣。后更不复见，但使袅烟达寒暄而已。遂低襄汉，与使婢挈妆奁，不告辞而去，人不能知其所造。

航遍求访之，灭迹匿形，竟无踪兆。遂饰装归辇下。经蓝桥驿侧近，因渴甚，遂下道求浆而饮。见茅屋三四间，低而复隘，有老姬绩麻苎。航揖之求浆，姬咄曰："云英，擎一瓯浆来，郎君要饮。"航讶之，忆樊夫人诗有"云英"之句，深不自会。俄于苇箔之下出双玉手捧瓷，航接饮之，真玉液也，但觉异香氤郁，透于户外。因还瓯，遽揭箔。睹一女子，露裛琼英，春融雪彩，脸欺腻玉，鬓若浓云。娇而掩面蔽身，虽红兰之隐幽谷，不足比其芳丽也。航惊怛，植足而不能去。因白姬曰："某仆马甚饥，愿憩于此，当厚答谢，幸无见阻。"姬曰："任郎君自便。"且遂饭仆秣马。良久谓姬曰："向睹小娘子，艳丽惊人，姿容擢世，所以踌躇而不能适，愿纳厚礼而娶之，可乎？"姬曰："渠已许嫁一人，但时未就耳。我今老病，只有此女孙，昨有神仙，遗灵丹一刀圭，但须玉杵臼捣之百日，方可就吞，当得后天而老。君约取此女者，得玉杵臼，吾当与之也。其余金帛，吾无用处耳。"航拜谢曰："愿以百日为期。必携杵臼而至，更无他许人。"姬曰："然。"

航恨恨而去。及至京国，殊不以举事为意，但于坊曲闹市喧衢，而高声访其玉杵臼，曾无影响。或遇朋友，若不相识，众言为狂人。数月余日，或遇一货玉老翁，曰："近得虢州药铺卞老书，云有玉杵臼货之，郎君恳求如此，此君吾当为书导达。"航愧荷珍重。果获杵臼。卞老曰："非二百缗不可得。"航乃泻囊，兼货仆货马，方及其数。遂步骤独挈而抵蓝桥。昔日姬大笑曰："有如是信士乎？吾岂爱惜女子而不酬其劳哉？"女亦微笑曰："虽然，更为吾捣药百日，方议姻好。"

妪于襟带间解药，航即捣之，昼为而夜息，夜则妪收药臼于内室。航又闻捣药声，因窥之，有玉兔持杵臼，而雪光辉室，可鉴毫芒，于是航之意愈坚。如此日足，妪持而吞之，曰："吾当入洞而告姻戚，为裴郎具帐帏。"遂挈女入山，谓航曰："但少留此。"逡巡，车马仆隶，迎航而往。别见一大第连云。珠扉晃日，内有帐幄屏帏、珠翠珍玩，莫不臻至，愈如贵戚家焉。仙童侍女，引航入帐就礼讫，航拜妪，悲泣感荷。妪曰："裴郎自是清冷裴真人子孙，业当出世，不足深愧老妪也！"及引见诸宾，多神仙中人也。后有仙女，鬟髻霓衣，云是妻之姊耳。航拜讫，女曰："裴郎不相识耶？"航曰："昔非姻好，不醒拜侍。"女曰："不忆鄂渚同舟回而抵湘汉乎？"航深惊惮，恳恛陈谢。后问左右，曰："是小娘子之姊云翘夫人。刘纲仙君之妻也，已是高真，为玉皇之女吏。"妪遂遣航将妻入玉峰洞中，琼楼殊室而居之。饵以绛雪、琼英之丹。体性清虚，毛发绀绿，神化自在，趋为上仙。

至太和中，友人卢颢遇之于蓝桥驿之西，因说得道之事。遂赠蓝田美玉十斤，紫府云丹一粒，叙语永日，使达书于亲爱。卢颢稽颡曰："兄既得道，如何乞一言而教授。"航曰："老子曰，'虚其心，实其腹。'今之人，心愈实，何由得道之理。"卢子蒂慑然，而语之曰："心多妄想，腹漏精溢，即虚实可知矣。凡人自有不死之术、还丹之方，但子未便可教。异日言之。"卢子知不可请，但终宴而去。后世人莫有遇者。

　　唐穆宗长庆（公元821～824年）年间，有个叫裴航的秀才，因为考试落榜到湖北武昌游玩，拜访旧时的朋友崔丞相。崔丞相赠给他二十万钱，他带着这些钱远归京城。

　　裴航雇了一只大船，在湘江与汉水上航行。同船的有一个樊夫人，长得特别漂亮。裴航与樊夫人隔舱居住，言谈话语都能听见。虽然离得很近，但没有办法交谈或会面。裴航就贿赂她的丫环袅烟，让她送给樊夫人一首诗，诗是："天南海北尚且怀念，何况遇到天仙只隔一道锦屏风。如果你是上天赴盛会，我愿跟着鸾鸟仙鹤上云端。"诗送去之后，许久没有回音。裴航数次追问袅烟，袅烟说："我们家的夫人看见诗以后，好像无动于衷似的，怎么办？"裴航没招儿了，就在沿途买了好酒好果子送给樊夫人。樊夫人于是派丫环袅烟来请裴航相见。等掀开帘子，只见樊夫人如玉般晶莹，像花那样明媚，头发像低垂的云彩，长长的眉毛像淡淡的弯月，举止动作像神仙，怎么能与尘世中的人相比较呢！裴航连连作揖，怔怔地看了半天。夫人说："我有丈夫在汉南，打算要辞去官职到深山里去隐居，叫我前去同他会上最后一面。我心里十分悲伤而又特别烦恼，担心赶不上会面，哪里还有闲心顾及别人呢，这不是很明显的道理吗？但是，我很高兴同先生坐一条船过江，不要因为我开您个玩笑而介意吧？"裴航说："不敢。"裴航喝完酒就回来了。夫人的操守像冰霜一样凛然不可冒犯。夫人后来又派袅烟送来一首诗："喝上一杯玉液百感交集，捣尽了玄霜灵药才能见到云英。兰桥就是那神仙的洞府，何必历尽艰险去天外的仙境。"裴航看罢，只是感到惭愧、赞佩而已。可是，也不能通晓诗中的深意。以后，再也没见到夫人的面，只是袅烟经常过来问候一声罢了。就这样，船到了襄阳。夫人领着丫环，带着行李，没有同裴航告辞就走了。人们谁也不知道她的去向。

裴航四处打听个遍却毫无消息，于是整理行装回京去了。经过兰桥驿附近时，因为渴得厉害，就离开大路去找水喝。看见茅草房三四间，又矮又小。有个老太婆在那里纺麻线。裴航近前行礼，要碗水喝。老太婆嘟嘟囔囔地说："云英，拿一碗水来，先生要喝。"裴航一听很惊讶，想起了樊夫人的诗里有一句提到云英，怎么想也没想出个道理来。不一会儿，从苇帘子里面伸出一双洁白如玉的手，捧着一个瓷碗。裴航接过碗来就喝，原来喝的是玉液。只觉得异香扑鼻，一直飘到房门外。乘送碗的当儿，裴航猛一掀帘子，看见一个女人，好像带着露水的琼花、早春的白雪，脸比柔润的玉石还细腻，头发像浓厚的云彩，娇滴滴、羞答答捂着脸，躲着身子，就连那藏在幽静山谷里的红兰也赶不上她美好啊。裴航惊奇得呆立着，拔不动脚。他对老太婆说："我的仆人和马都饿了，想在这儿休息，一定多给您报酬，希望不要拒绝。"老太婆说："随先生您的便。"并且拿饭给仆人吃，拿草料喂了马。过了一阵，裴航对老太婆说："刚才看见的那个姑娘，长得漂亮出奇，容貌世上少有，所以我恋恋不舍，没有走开。我愿意出许多彩礼娶她，可以吗？"老太婆说："她该许配一个人了，只是还没到时候。我现在年老体弱，就这么一个孙女。昨天有个神仙给了一丁点仙丹，但是还需要玉槌子和玉臼子，用它捣一百天才能吃，能够长生不老。先生您打算娶这个姑娘，如果能够找到玉槌子和玉臼子，我就把她给您。其余的什么金钱，我是一点用处也没有。"裴航行礼说："希望以一百天为期限，我一定把玉槌子和玉臼子带来，不要再把她许给别人！"老太婆说："好。"裴航遗憾地走了。

等到了京城以后，裴航全然没把应考的事放在心上。只一心在大街小巷和集市打听玉槌子和玉臼子，但是一点结果也没有。有时碰上了朋友，也好像不认识一样，大家都说他是个疯子。

数月以后，偶然遇到一个卖玉的老头说："近日得到虢州药铺卞老板的信，说有玉槌子和玉臼子出卖。先生这样诚恳地寻找这东西，卞老板那里我一定给你写信介绍。"裴航对此美意十分感激。最终得到了玉槌子和玉臼子。卞老板说："还少二百吊钱，不卖。"裴航便倒空了口袋，又卖掉了仆人和马匹，才凑足了钱。然后独自一人带着玉槌子和玉臼子快步赶到兰桥。

老太婆大笑着说："真有这样守信用的人吗？我怎能爱惜女孩子而不酬劳他呢！"姑娘也微笑着说："虽然如此，还要给我捣药一百天，才能谈结婚。"老太婆从腰带上解下药来，裴航立刻就捣上了。他白天捣药，夜间休息。夜里，老太婆把药臼子拿到里屋去。裴航又听到捣药的声音，暗中一看，是一只白兔在捣药。满屋雪白通亮，每根毫毛都看得清清楚楚。这样一来，裴航的意志更坚定了。这样过了一百天，老太婆拿起药一口吃了下去，说："我应该回洞里去告诉亲戚们，为裴姑爷准备幔帐一类的东西。"于是带着姑娘进山去了，又对裴航说："您在这里稍候。"不久，车马和仆人来了，接裴航前去。

　　到了之后，只见一座头等大宅院，高耸入云，门窗上装饰的珠宝闪着金光，屋内有幔帐屏风，珍宝古玩，应有尽有，赛过了贵族之家。小童儿和小丫环领着裴航到幔帐里成了亲。裴航给老太婆行礼时感动得流下了眼泪。老太婆说："裴姑爷本来是清冷裴仙人的子孙，命中注定成仙，不必特别感激我老婆子啊！"给他引见的诸位客人，都是神仙一类的人。后边有一位仙女，梳着发髻，穿着彩衣，说是妻子的姐姐。裴航也行过了礼。那个仙女说："裴姑爷不认识我吗？"裴航说："以前也不是亲戚，不记得见过面。"仙女说："不记得从武昌一同坐船到襄阳吗？"裴航特别惊异，由衷地表示谢意。事后，裴航问跟前的人，那人对裴航说："这位仙女是夫人的姐姐，叫云翘夫人，是神仙刘纲的妻子。她已经是得道的仙人了，给玉皇大帝当女官。"老太婆于是打发裴航带着妻子到玉峰洞去，住在玉石盖的楼阁、珍珠做的房子里面，吃的是红色的雪同白色的琼花做的仙丹。裴航身体轻盈，性情淡泊，头发黑得发紫，可以随心所欲，成了神仙。

　　到了唐文宗太和（公元827～835年）年间，朋友卢颢在兰桥驿西边碰上了裴航。他说自己成仙得道的事情，还赠给卢颢蓝田出产的美玉十斤，仙宫的仙丹一粒，交谈了一天，并叫给亲戚朋友捎个信儿。卢颢叩头说道："老兄既然成了神仙，怎么样也得说一句话指教我呀！"裴航说："老子说心里要空虚，肚里要充实。现在的人心里塞得满满的，这怎么能是成仙的道理呢？"卢颢弄不懂。裴航又告诉他说："心里多杂念，肚子漏得丢了精华，这就可以知道虚和实了。大凡是人自然有不死的方法，炼丹的方法，还不可马上告诉你，以后再说吧。"卢颢知道不能再请求了，只好吃完了酒便告辞而去。后世的人们再也没有碰到裴航。

· ·

　　本文是裴铏的代表作之一，除公认的有情人终成眷属的喜剧型婚恋故事外，其中还蕴涵着更为深广的文化意蕴与独特的审美价值。裴航在追求爱情的过程中，超越了门第观念和始乱终弃的怪圈。他的成功不仅在婚恋领域有启迪意义，在人生事业等其他领域也有多方面的借鉴价值。

红
线

红　线

袁　郊

　　红线，潞州节度使薛嵩青衣。善弹阮，又通经史，嵩遣
掌笺表，号曰"内记室"。时军中大宴，红线谓嵩曰："羯鼓
之音调颇悲，其击者必有事也。"嵩亦明晓音律，曰："如汝
所言。"乃召而问之，云："某妻昨夜亡，不敢乞假。"嵩遽
遣放归。

　　时至德之后，两河未宁，初置昭义军，以釜阳为镇，命
嵩固守，控压山东。杀伤之余，军府草创。朝廷复遣嵩女嫁
魏博节度使田承嗣男，男娶滑州节度使令狐彰女；三镇互为
姻娅，人使日浃往来。而田承嗣常患热毒风，遇夏增剧。每
曰："我若移镇山东，纳其凉冷，可缓数年之命。"乃募军中
武勇十倍者得三千人，号"外宅男"，而厚恤养之。常令三
百人夜直州宅。卜选良日，将迁潞州。嵩闻之，日夜忧闷，
咄咄自语，计无所出。时夜漏将传，辕门已闭。杖策庭除，
唯红线从行。红线曰："主自一月，不遑寝食，意有所属，
岂非邻境乎？"嵩曰："事系安危，非汝能料。"红线曰："某
虽贱品，亦有解主忧者。"嵩乃具告其事，曰："我承祖父遗
业，受国家重恩，一旦失其疆土，即数百年勋业尽矣。"红线

曰："易尔。不足劳主忧。乞放某一到魏郡，看其形势，觇其有无。今一更首途，三更可以复命。请先定一走马兼具寒暄书，其他即俟某却回也。"嵩大惊曰："不知汝是异人，我之暗也。然事若不济，反速其祸，奈何？"红线曰："某之行，无不济者。"乃入闺房，饰其行具，梳乌蛮髻，攒金凤钗，衣紫绣短袍，系青丝轻履。胸前佩龙文匕首，额上书太乙神名。再拜而倏忽不见。

嵩乃返身闭户，背烛危坐。常时饮酒，不过数合，是夕举觞十余不醉。忽闻晓角吟风，一叶坠露，惊而试问，即红线回矣。嵩喜而慰问曰："事谐否？"曰："不敢辱命。"又问曰："无伤杀否？"曰："不至是。但取床头金合为信耳。"红线曰："某子夜前三刻，即到魏郡，凡历数门，遂乃寝所。闻'外宅男'止于房廊，睡声雷动。见中军士卒，步于庭庑。传呼风生。某发其左扉，抵其寝帐。见田亲家翁正于帐内，鼓跌酣眠，头枕文犀，髻包黄縠，枕前露一七星剑。剑前仰开一金合，合内书生身甲子与北斗神名；复有名香美珍，散覆其上。扬威玉帐，但期心豁于生前；同梦兰堂，不觉命悬于手下。宁劳擒纵，只益伤嗟。时则蜡炬光凝，炉香烬煨，侍人四布，兵器森罗。或头触屏风，鼾而歎者；或手持巾拂，寝而伸者。某拔其簪珥，縻其襦裳，如病如昏，皆不能寤，遂持金合以归。既出魏城西门，将行二百里，见铜台高揭，而漳水东注；晨飙动野，斜月在林。忧往喜还，顿忘于行役；感知酬德，聊副于心期。所以夜漏三时，往返七百里；入危邦，经五六城；冀减主忧，敢言其苦。"

嵩乃发使遗承嗣书曰："昨夜有客从魏中来，云：'自元帅头边获一金合。'不敢留驻，谨却封纳。"专使星驰，夜半方到。见搜捕金合，一军忧疑。使者以马檛扣门，非时请见。承嗣遽出，以金合授之。捧承之时，惊怛绝倒。遂驻使者止于宅中，狎以宴私，多其赐赉。明日遣使赍缯帛三万匹，名马二百匹，他物称是，以献于嵩曰："某之首领，系在恩私。便宜知过自新，不复更贻伊戚。专膺指使，敢议姻亲。役当奉毂后车，来则挥鞭前马。所置纪纲仆号为外宅男者，本防宅盗，亦非异图。今并脱其甲裳，放归田亩矣。"

由是一两月内，河北河南，人使交至。而红线辞去。嵩曰："汝生我家，而今欲安在？又方赖汝，岂可议行？"红线曰："某前世本男子，历江湖间，读神农药书，救世人灾患。时里有孕妇，忽患蛊症，某以芫花酒下之，妇人与腹中二子俱毙。是某一举，杀三人。阴司见诛，降为女子。使身居贱隶，而气禀贼星，所幸生于公家，今十九年矣。身厌罗绮，口穷甘鲜，宠待有加，荣亦至矣。况国家建极，庆且无疆。此辈背违天理，当尽弭患。昨往魏郡，以示报恩。两地保其城池，万人全其性命，使乱臣知惧，烈士谋安。某一妇人，功亦不小。固可赎其前罪，还其本身。便当遁迹尘中，栖心物外，澄清一气，生死长存。"嵩曰："不然，遗尔千金为居山之所给。"红线曰："事关来世，安可预谋。"嵩知不可驻，乃广为饯别。悉集宾客，夜宴中堂。嵩以歌送红线，诸坐客中冷朝阳为词曰："《采菱》歌怨木兰舟，送别魂消百尺楼。还似洛妃乘雾去，碧天无际水长流。"

歌毕，嵩不胜悲。红线拜且泣，因伪醉离席，遂亡其所在。

译文：

　　红线是潞州节度使薛嵩的侍女。擅长弹奏阮这种乐器，还熟悉经书、史书。薛嵩派她掌管文件和书信，送她个雅号叫"内记室"。一次，军营中举行大宴会，红线对薛嵩说："羯鼓的声音挺悲哀的，打鼓的人肯定有什么心事。"薛嵩也通晓音乐，说："诚如你所说。"于是，把打鼓的人叫来询问，那人说："我的妻子昨天夜里死了，今天我没敢请假。"崔嵩立刻打发他回家去了。

　　当时正是肃宗至德（公元756～757年）以后，河南河北的叛军还没肃清，开始设置昭义军节度使，衙门设在釜阳县城，命令薛嵩镇守，管辖治理山东一带。战乱之后，军政制度很不完备。皇帝又命令薛嵩将女儿嫁给魏博节度使田承嗣的儿子；命令薛嵩的儿子娶滑州节度使令狐彰的女儿。使令三个节度使互相结为姻亲，他们之间书信往来不断。田承嗣经常犯"热毒风"，每到夏天，病情发作更厉害。他常说："我如果去镇守山东，气候凉爽，可能多活几年啊。"于是，在军队中挑选特别勇敢善战的三千人，称他们为"外宅男"，给他们优厚待遇。经常命令三百人在衙门的住宅里值宿，并挑选了好日子，准备出兵占领潞州，把衙门搬过去。薛嵩听到后，日夜担忧，唉声叹气连连说奇怪，也没有对策。一天夜里，刚要起更的时候，军营的大门已经关上了，薛嵩拄个手杖在院子里散步，只有红线跟着他。红线说："主人您这一个月吃不好、睡

聶隱娘　◆　唐传奇精选

80

不稳，心里所考虑的难道是邻郡吗？"薛嵩说："事情关系到存亡，不是你能想到的。"红线说："我虽然是个低贱之人，也有替主人解忧的办法。"薛嵩于是把事情全告诉她了，并说："我继承祖父和父亲的官爵，又受到国家的恩惠，一旦把地盘丢了，也就是把几百年功劳事业全丢尽了。"红线说："这好办，不必劳您伤神。请叫我到魏博去一次，看看形势，侦察有没有举动。今夜一更天上路，三更天就可以回来报告。请事先备好一匹善走的马，另外准备好一封问候的信，其它等我回来再说。"薛嵩大吃一惊，说道："不知道你还是个了不起的奇人，是我糊涂啊。可是，事情若是不妥，反而会招来祸害，怎么办啊？"红线说："我去没有不成功的。"于是回到内室，收拾行装。梳了一个西南少数民族的发式，插上一支金凤钗，穿上紫色的绣花短袄和一双轻便的鞋，用黑色丝带系住。胸前插了一把带龙纹的匕首，额上写了北极神的名字。对薛嵩拜了两拜，突然就不见了。

薛嵩回身关上了房门，背着灯光端坐着。平日喝酒，不过几杯就醉了，今天晚上连饮十几杯也没醉。忽然间听到军营中起床号吹响了，院里似乎落下一片树叶，他吃了一惊，试着问了一声，原来是红线回来了。薛嵩高兴地拍着她的肩头问道："事情妥了吗？"红线说："不敢辱没您的使命。"薛嵩又问："没伤人吧？"红线说："没到这程度。只是把床头上的金盒子拿来作个见证吧。"又说："我离半夜还有一段时间就到了魏博郡，走过几道门才到了寝室。听见'外宅男'在走廊上鼾声如雷，看到给主帅打更的士卒在院子里走动，一呼百应。我打开他左边的门扇，走到就寝的地方。只看见田亲家翁正在帐子里弯着腿，跷着脚沉睡，头下枕着有花纹的犀牛皮枕头，头发用黄绸子包着，枕边放着一把七星宝剑，剑旁放着一个打开盖的金盒子，盒内写着生日时辰及死神的名字。还有一些名贵的香料及奇珍异宝散放在上面。他只想在主帅的玉帐里耀武扬威，活着的时候随心所欲，没想到内室做梦时小命就在别人手中。杀他是很容易的事，我怕那样惹来麻烦。当时蜡烛光也快要熄灭了，香炉里的香也烧尽了，他的侍者四散了，兵器也扔在一起，有的人头碰着屏风，低头打呼噜；有的人手里拿着手巾、毛掸，睡得直挺挺的。我拔下他的簪子、耳环，把上下身的衣服捆在一起，仍然睡得昏昏沉沉，没有一个人醒过来。于是，我拿着金盒就回来了。等出了魏博郡的西城门，差不多走了二百里，只见铜雀台巍然矗立，漳河水滚滚东流，晨风吹拂着原野，月亮斜挂树梢。我带着忧愁前去，高高兴兴地回来，立刻忘了途中的奔波劳碌。为了感谢您的恩德，我半宿工夫，往返七百里，去危险的地方，经过五六座城镇。这一切是为了减轻主人的忧虑，怎么敢说自己的辛苦呢！"

薛嵩于是派使者给田承嗣送信，信中说："昨天夜里，有人从魏博郡来到这里，说是从元帅枕边拿了一个金盒。我不敢留下，小心地包好给你送回。"送信的人骑马飞跑，半夜才到达。正赶上军营里在查找金盒，全军都感到震惊。送信的人用马鞭子敲门，他们认为非常时刻来见必有要事，田承嗣因此急忙出来接见。送信的人把金盒给他，他接金盒时吓得软瘫在地上。于是，把送信的人留在家中，设宴款待，还赏给许多东西。第二天，田承嗣派人带着丝绸三万匹，好马二百匹及其他珍贵的礼品，去送给薛嵩，并写信说："我的脑袋所以没掉，全仗着您不计私怨。我已知过自新，不再自找苦恼，完全服从你的命令，怎敢以亲戚关系来计较呢。有事的时候，我一定紧跟在你的车子后面；你来时我一定给你前面牵马带路。我所预备的那些称为'外宅男'的仆人，本来是为了防备强盗，没有什么别的企图。现在，已全让他们脱去军装，打发回乡种地去了。"

后来的一两个月之内，河北、河南之间的使者来往不断，而红线则向薛嵩告辞了。薛嵩说："你生在我家，现在想到哪里去呢？我又正依赖你，怎么能要走呢？"红线说："我前世本来是个男子，周游四方，读过神农氏的药书，能解救世人的灾病。当时，街里有一个孕妇，忽然腹内有了虫子，我用芫花酒给她服下，结果孕妇和肚里的两个孩子全死了。我一下杀了三个人，阎王爷处罚我，让我托生为女子，贬为侍女。幸而生在您的家中，至今十九年了。身上穿够了绸缎，口里吃腻了美味，您对我特别偏爱，也够荣幸的了。何况国家树立法度，完美无缺以传万代，这群人违背天理，应当把他们消灭以除祸患。上次去魏博，是为了表示报恩。两处地方都保住了城池，上万人保全了性命，使悖乱的官吏知道害怕，将士们安分守己，我一个女人，功劳也就不小了，可以赎我上一辈子的罪过了，也可以还我本来的面目了。我想离开尘世，摒除杂念，修真养性，长生不老。"薛嵩说："你既然不肯留下，我送给你千金作为你在深山里居住的花费。"红线说："事情关乎来世，怎么可以预先计划呢。"

薛嵩知道留不住了，便为她饯别。把宾客都请了来，夜宴中堂。薛嵩唱歌送别红线，请座中客人冷朝阳作词，其词是："采菱曲怨恨那木兰舟，送别时在百尺高楼上把灵魂丢，你好像是洛水女神乘雾离去，蓝天无边啊河水长流。"薛嵩唱完歌，禁不住悲伤之情，红线边哭边下拜，于是装作醉酒，离开了宴席，从此，就不知所踪了。

　　袁郊，字子乾（一作之乾），唐朝蔡州朗山（今河南汝南县）人，唐懿宗时作过祠部郎中、翰林学士、虢州刺史。他所作的小说集名为《甘泽谣》。

　　文中人物形象生动，环境描写和心理描写统一，情景交融。结尾戛然而止，余味无穷。

陶　岘

袁　郊

　　陶岘者，彭泽之孙也。开元中，家于昆山，富有田业。择家人不欺而了事者悉付之，身则泛艚江湖，遍游烟水，往往数岁不归。见其子孙成人，初不辨其名字也。

　　岘之文学，可以经济；自谓疏脱，不谋宦游。有生之初，通于八音，命陶人为甓，潜记岁时，敲取其声，不失其验。撰《乐录》八章，以定八音之得失。自制三舟，备极坚巧。一舟自载，一舟置宾，一舟贮饮馔。客有前进士孟彦深、进士孟云卿、布衣焦遂，各置仆妾共载。而岘有女乐一部，奏清商曲。逢奇遇兴，则穷其景物，兴尽而行。岘且闻名朝廷，又值天下无事，经过郡邑，无不招延，岘拒之曰："某麋鹿间人，非王公上客。"亦有未招而自请者，系方伯之为人，江山之可驻耳。吴越之士，号为"水仙"。

　　曾有亲戚，为南海守，因访韶石，遂往省焉。郡守喜其远来，赠钱百万，遗古剑长二尺许，玉环径四寸，海舶昆仑奴名摩诃——善泅水而勇捷。遂悉以所得归，曰："吾家之三宝也。"

　　及回棹，下白芒，入湘江，每遇水色可爱，则遗环剑于水，令摩诃下取，以为戏笑也。如此数岁。因渡巢湖，亦投环剑而令取之。摩诃才入，获剑环，跳波而出焉，曰："为毒蛇所啮。"遽刃去一指，乃能得免。焦遂曰："摩诃所伤，得非阴灵为怒乎？犀烛下照，果为所仇。盖水府不欲人窥也。"岘曰："敬奉渝矣。然某尝慕谢康乐之为人，云终当乐死山水间，但徇所好，莫知其他。且栖迟于逆旅之中，载于大块之上，居布素之贱，擅贵游之欢，浪迹怡情垂三十年，固其分也；不得升玉墀，见天子，施功惠养，得志平生，亦其分也。"乃命移舟，曰："要须一别襄阳山水，后老吴郡也。"

行次西塞山，泊舟吉祥佛舍，见江水黑而不流，曰："此下必有怪物。"乃投环剑，命摩诃下取。见摩诃汩没波际，久而方出，气力危断，殆不任持，曰："环剑不可取。有龙高二丈许，而环剑置前。某引手将取，龙辄怒目。"岘曰："汝与环剑，吾之三宝。今者既亡环剑，汝将安用？必须为我力争也。"摩诃不得已，被发大呼，目眦流血。穷泉一入，不复出矣。久之，见摩诃肢体磔裂，浮于水上，如有示于岘也。

岘流涕水滨，乃命回棹。因赋诗自叙，不复议游江湖矣。诗曰："匡庐旧业自有主，吴越新居安此生。白发数茎归未得，青山一望计还成。鸦栖枫叶夕阳动。鹭立芦根秋水明。从此舍舟何所诣？酒旗歌扇正相迎。"

孟彦深复游青琐，出为武昌令；孟云卿当时文学乃南朝上品；焦遂，天宝中为长安饮徒，时好事者为《饮中八仙歌》云，云："焦遂五斗方卓然，高谈雄辩惊四筵。"

译文：

陶岘，是陶渊明的后代。唐玄宗开元（公元713～741年）末年，在昆山县安了家，有许多土地房屋，挑了一个诚实能干的仆人，把家中的事情统统交付他管理。陶岘泛舟江湖之上，游历各地名山胜水，经常数年不回家。他的儿孙们都长大了，他刚一见到都叫不上名字来。陶岘的才学本可以从政做官，但是他不愿受拘束，不去谋求官职。

陶岘生下来就通音律。他曾让陶匠烧制一些砖，暗中记下制造的年月，敲打这些砖时，都符合音律，没有不准确的。他还写了一本音乐理论书，名为《乐录》，以此来校正音律。他自己造了三只船，特别坚固、精致，一只船自己乘坐，一只船给客人用，一只船装吃喝。他的客人有从前的进士孟彦深，本朝的进士孟云卿及没有功名的焦遂。他们各自带着仆人和使女，一同坐船。陶岘还有一个私人的乐队，演奏中国的古典音乐。他们游览名胜，兴致很高，所到处必尽兴而游。

陶岘名气很大，连朝廷都知道他。当时又是天下太平，陶岘所经过的地方，郡、县官没有不宴请他的。陶岘拒绝他们说："我是一个同麋鹿厮混的闲人，不是王公大人们的座上客。"还有的官员没请陶岘而自己登船拜访。陶岘本是个能管辖一方的大人物，可是却流连山水，四海为家。江浙一带的士人，称他为"水仙"。

陶岘有个亲戚是南海郡守。陶岘因为到韶石游历，顺便去探访这个亲戚。郡守因为他远道而来，很高兴，赠给他一百万钱；一把古剑，长二尺多；一个玉环，圆径足有四寸；海外买来的黑奴名叫摩诃，擅长游泳而又很勇敢。陶岘把这些礼物全带回来了，说："这是我们家的三件宝贝啊。"陶岘在归途中，经过白芷，进入湘江。每逢看到水色清亮可爱的地方，就把玉环、古剑扔下去，然后命令摩诃下水去取，以此取乐。

一直这样玩了好几年。渡巢湖时，也把玉环、古剑扔下水，命摩诃去取。摩诃下水，得到玉环、古剑后，踏着水急忙就上来了，说："被毒蛇咬了。"急忙砍掉一个手指头，才免去生命危险。焦遂说："摩诃所以负伤，莫非是阴灵发怒了吗？"带着犀牛角照着下水，果然被下边阻挡，原来是水府不想让人们窥探啊。陶岘说："敬听尊命。然而，我常羡慕谢灵运的为人，说是终究要欢欢喜喜地死在山水之间。只管满足自己的爱好，不知道别的。况且，生活在天地之间，立足在大地之上，处在白丁这低贱的地位，有着达官贵人游历的权利，漂泊遣情取乐，快三十年了，确实是理所当然的呀。不能踏上玉石台阶见皇帝，建立功业、救济百姓、一生得志，也是理所当然的呀。"于是命令开船，说："去一趟襄阳山，然后再在江苏养老吧。"

船到西塞山，停泊在吉祥佛舍，只见江水黑而不流动，便说："这下面必有怪物。"于是把玉环、古剑扔下，命摩诃潜水下去。许久，摩诃方才出水面来，一丝气力也没有了，几乎支持不住了，说："环、剑不能取了。有条龙高两丈多，而环、剑放在它前面，我刚要伸手去取，龙就发怒瞪大了眼睛看着我。"陶岘说："你和玉环、古剑，是我的三件宝贝。今天既然丢了玉环、古剑，你还有什么用，必须给我拚命去取呀！"摩诃不得已，披散开头发，大叫一声，眼角裂了，流出了鲜血，

聂隐娘 ◆ 唐传奇精选

舍出性命一下跳进江里，再也没有出来。过了很长时间，只见摩诃身体裂成好几块，飘了上来，眼睛好像盯着陶岘。陶岘在水边掉下眼泪，命令开船回去。因此作诗记叙，不再谈游江湖了。诗中说道："庐山原来的产业谁是主人呢？江浙新家可以安度此生了。头上添了几根白发还不能回家，满眼的青山还可以看上一看。乌鸦翻飞枫叶映照夕阳西下，鹭鸶站在芦苇丛中秋水呜咽。从此离开船只去往何处？酒店的小旗舞女的歌扇正在将我欢迎。"

孟彦深又游历了青琐，到武昌当了县令。孟云卿当时文章有名，在南方数第一流。焦遂在天宝年间是长安有名的酒徒。当时有好事的人作了一首《饮中八仙歌》，说什么焦遂喝了五斗酒兴致正高，高谈阔论惊动了周围的人们。

··

本文在客观上为人们提供了唐代社会生活的一个小侧面。陶岘多才多艺，但放浪江湖，寄情山水，不与达官贵人为伍，似乎很清高；而他为了取乐全不以奴隶的生命为意，十足地表现了封建士人的阶级本性。

懒 残

懒残者，名明瓒，天宝初衡岳寺执役僧也。退食，即收所余而食，性懒而食残，故号"懒残"也。昼专一寺之功，夜止群牛之下，曾无倦色，已二十年矣。

时邺侯李泌寺中读书，察懒残所为，曰："非凡物也。"听其中宵梵唱，响彻山林。李公情颇知音，能辨休戚，谓："懒残经音先凄婉而后喜悦，必谪堕之人，时将去矣。"候中夜，李公潜往谒焉，望席门通名而拜。懒残大诟，仰空而唾曰："是将贼我。"李公愈加谨敬，惟拜而已。懒残正拨牛粪火，出芋啖之，良久乃曰："可以席地。"取所啖芋之半以授焉。李公捧承就食而谢。谓李公曰："慎勿多言，领取十年宰相。"公一拜而退。

居一月，刺史祭岳，修道甚严。忽中夜风雷，而一峰颓下，其缘山磴道为大石所拦。乃以十牛縻绊以挽之，又以数百人鼓噪以推之，物力竭而石愈固。更无他途，可以修事。懒残曰："不假人力，我试去之。"众皆大笑，以为狂人。懒残曰："何必见嗤？试可乃已。"寺僧笑而许之。遂履石而动，忽转盘而下，声若震雷。山路既开，众僧皆罗拜，一郡皆呼"至圣"，刺史奉之如神。懒残悄然，乃怀去意。

寺外虎豹忽尔成群，日有杀伤，无由禁止。懒残曰："授我梃，为尔尽驱除之。"众皆曰："大石犹可推，虎豹当易制。"遂与之荆梃，皆蹑而观之。才出门，见一虎衔之而去。懒残既去，虎豹亦绝踪。

后李公果十年为相也。

译文：

懒残，是天宝初年衡岳寺里干杂活的和尚。别人剩下的饭菜，他全拿过来吃掉。因他性情懒惰，又喜欢吃剩东西，所以叫懒残。白天他一个人干全寺的杂活，夜间就住在群牛的脚下，一点没有厌倦的意思，已有二十年了。

当时，邺侯李泌在庙里读书，他观察了懒残的行为，说："这不是个一般人。"听他半夜念经的声音响彻山林，李公通晓音律，能从声音中分辨祸福，说："懒残念经的声音开始时凄凉惋转，而后来充满喜悦，他肯定是个被贬下凡的神仙，不久就要离去了。"等到半夜，李泌偷偷地去拜会懒残。看见他住的房门上挂着破席子，就一边通报自己的名字，一边行礼。懒残大骂一通，仰脸向天上吐了一口唾沫说："这是要害我呀！"李泌更加恭敬小心，只有施礼而已。懒残正在拨弄牛粪火堆，从中拿出一个芋头吃了。过了好长时间，才说："你可以坐在地上吧。"拿着吃剩下的一半芋头递给了李泌。李泌双手接过来吃光了并道了谢。懒残对李泌说:"当心不要多说话,可以当十年宰相。"李泌又行了礼,便走了。

过了一个月,刺史祭衡山,认真修路。忽然一天半夜里刮风打雷,一座山峰塌了下来,山边的台阶被大石头拦阻了。于是用十头牛套上大绳子拉,又用数百人连喊带推,劲都使没了,大石头却纹丝不动。再也没有别的办法可以继续施工了。懒残说:"不用别人,我去试试把石头弄开。"众人都大笑起来,以为他是疯子。懒残说:"何以见笑,试试总可以的吧。"庙里的和尚笑着答应了他。于是懒残用脚踹石头,一下就动了,忽然大石头翻着个儿滚下山去,声音像打雷一般。山路通了,众和尚围着懒残施礼。全郡的人都说他是个大圣人,刺史对他如同神仙。懒残显出忧愁的样子,于是下决心离开这里。

寺庙外边虎豹忽然聚成了群,每天都伤人,没有办法制止。懒残说:"给我个棒子,我给你们把虎豹都赶跑。"众人都说:"大石头既然能推开,虎豹应当更容易制服了。"于是给了他一根带刺的木棒,大家都跟在他后边去观看。懒残刚一出庙门,只见一只老虎叼着他就跑了。

懒残离开之后,虎豹也都绝迹了。后来,李泌果然当了十年宰相。

···

唐代佛教盛行,所以和尚的生活在文学作品中也有所反映。

这篇作品在描写手法上也有独到之处,通篇反复采用反衬的方法,使人物形象鲜明,增强了效果。比如,懒残要排除巨石，众人笑他发狂了，结果懒残一举排除巨石；懒残要驱除虎豹时，众人认为这很容易，可是结果懒残却被老虎叼走。凡此，既出人意料，增添了文章的波澜，又反衬出懒残的非同一般，使这一形象更加生动。

懒
残

许 云 封

袁 郊

许云封，乐工之笛者。贞元初，韦应物自兰台郎出为和州牧，非所宜愿，颇不得志。轻舟东下，夜泊灵璧驿。时云天初秋，瀼露凝冷，舟中吟讽，将以属词。忽闻云封笛声，嗟叹久之。韦公洞晓音律，谓其笛声酷似天宝中梨园法曲李暮所吹者。遂召云封问之，乃是李暮外孙也。

云封曰："某任城旧士，多年不归。天宝改元，初生一月。时东封回驾，次至任城。外祖闻某初生，相见甚喜，乃抱诣李白学士，乞撰令名。李公方坐旗亭，高声命酒。当垆贺兰氏，年且九十余，邀李置饮于楼上，外祖送酒。李公握管醉书某胸前曰：'树下彼何人，不语真吾好。语若及日中，烟霏谢成宝。'外祖辞曰：'本于学士乞名，今不解所书之语。'李公曰：'此即名在其间也。树下人是木子；木子，李字也。不语是莫言；莫言，暮也。好是女子；女子，外孙也。语及日中，是言午；言午，是许也。烟霏谢成宝，是云出封中，乃是云封也。即李暮外孙许云封也。'后遂名之。某才始十年，身便孤立，因乘义马，西入长安。外祖悯以远来，令齿诸舅学业，谓某性知音律，教以横笛。每一曲成，必抚背赏叹。值梨园法部置小部音声，凡三十余人，皆十五以下。天宝十四载六月日，时骊山驻跸，是贵妃诞辰。上命小部音声，乐长生殿，仍奏新曲，未有名。会南海进荔枝，因以曲名《荔枝香》。左右欢呼，声动山谷。是年安禄山叛，车驾还京。自后俱逢离乱，漂流南海近四十载。今者近访诸亲，将抵龙邱。"

韦公曰："我有乳母之子，其名千金，尝于天宝中受笛李供奉，艺成身死，每所悲嗟。旧吹之笛，即李君所赐也。"遂囊出旧笛。云封跪捧悲切，抚而观之，曰："信是佳笛，但非外祖所吹者。"又谓韦公曰："竹生云梦之南，鉴在柯亭之下。以今年七月望前生，明年七月望前伐。过期不伐，则其音窒；未期而伐，则其音浮。浮者，外泽中干；干者，受气不全；气不全，则其竹夭。凡发扬一声，出入九息。古之至音者，一叠十二节，一节十二敲，今之名乐也。至如《落梅》流韵，感金谷之游人；《折柳》传情，悲玉关之戍客。诚有清响异音，非至音，无以降神而祈福也。其已夭之竹，遇至音必破，所以知非外祖所吹者。"韦公曰："欲信汝鉴，笛破无伤。"云封乃捧笛吹《六州遍》。一叠未尽，曥然中裂。韦公惊叹久之，遂礼云封于曲部。

译文：

许云封是乐工里面吹笛子的。唐德宗贞元（公元785～805年）初年，韦应物从御史任上调到和州当刺史，他不愿做这个官，心里很不舒服，乘着小船往东走，夜里停泊在灵璧驿。当时天刚放晴，秋露也下来了，很有寒意。韦应物在小船中口里哼着歌谣，将要提笔作诗，忽然听到了许云封吹的笛子声音，赞叹了许久。韦应物精通音乐，认为这笛声很像玄宗天宝年间（公元742～756年）宫廷乐队中擅长吹法曲的李暮的笛声。于是把许云封叫过来，问他，原来他是李暮的外孙子。

许云封说："我在任城的老家，多年没有回去了。改元天宝那年，我刚生下一个月，当时皇帝到泰山去回来，经过任城。外祖父听说我刚出生，来看我，很高兴。于是抱着我去见李白学士，求他给取个名。李公正坐在酒楼里，大声要酒。酒楼掌柜的姓贺兰，快到九十岁了，请李白到楼上去吃酒。外祖父把酒给他送上去，李公拿起笔，趁着醉意在我胸前写道："树下彼何人，不语真吾好。语若及日中，烟霏谢成宝。"外祖说道："本来求李先生取名，现在不知道所写的是什么意思。"李白说："这名字就在这字里行间啊。树下人是木子，木子是李字呀。不语是莫言，莫言是谟字。好是女子，女之子，是外孙。语及日中是言午，言午是许字。烟霏谢成宝是云出封中，乃是云封。这几句诗的意思即是李谟外孙许云封。"以后，就管我叫许云封了。我才十岁就成了孤儿，骑了公家的马来到了长安。外祖可怜我远道而来，叫我跟着舅舅学音乐。说我有音乐的才能，教我吹横笛。每吹完一支曲子，外祖必定拍着我的脊背夸奖我。正好赶上宫廷乐队吹法曲的增设小演员，我当上了小演员，共有三十多人，都在十五岁以下。天宝十四年六月一天，皇帝住在骊山，那天是杨贵妃的生日。皇帝命令我们这些小演员在长生殿演出，于是演奏了一只新曲子，没有曲名。正赶上南海送来荔枝，因此给这曲子起名为《荔枝香》。左右侍候的人们高声欢呼，震动了山谷。这年，安禄山叛乱，皇帝回到了京城。此后，赶上混乱，我漂流到南海快有四十年了。

今天，我就近去访亲戚，将要到龙丘。"

韦应物说："我的乳母有个儿子，他叫千金，曾经在天宝年间跟李暮先生学过笛子，学好了技艺却死了，我时时因此而感叹。他过去吹的笛子就是李老先生赏的。"于是从袋里拿出那只笛子。云封跪下捧着笛子很是悲哀，抚摸着仔细观看，说："实在是好笛子，但不是外祖吹的笛子。"于是为韦应物解说道："竹子生在云梦泽以南，看出是生在柯亭之下的，当年七月十五以前生的，次年七月十五以前砍伐，过期不砍伐，吹出的音发闷。不到时候就砍伐，吹出的音发虚。虚是因为外表光滑而里面干涩。干则受气不全。受气不全则这竹子就要早死。凡是高高的发出一个声音，就得出入九种气息。古代最好的音，一叠有十二小节，一小节有十二拍，在今天是最好的音乐。至于像《落梅》余韵，能感动金谷的游人；《折柳》表达思乡情怀，使玉门关的戍客感到悲哀。虽然是清音，而与古代最好的音乐不同，不能用它请神求福啊。那纹理已损的竹子，碰到古代最好的声音就要破裂。因此知道这不是外祖父所吹过的笛子。"韦应物说："为了证明你的见识，笛子破了也没有妨碍。"云封于是捧起笛子吹《六州遍》一叠，曲未完，嚯的一声，笛子从中间裂开了。韦应物十分惊奇，赞叹了许久。于是礼聘许云封为乐部官员。

··

本文通过许云封的故事，宣扬了乐工们高超的技艺及广博的知识，对于安史之乱给社会造成的混乱，表示了深深的不平。

本文作者借着名诗人韦应物之口，对乐工许云封给以很

高的评价，并对他的遭遇寄予深切的同情，是很可贵的。在
唐代传奇中有不少作品的主人翁是市井中卑贱的小人物，这
一类作品，对于认识唐代社会，了解唐代的社会思潮有一定
参考价值。

田膨郎

文宗皇帝常持白玉枕，德宗朝于阗国所献，追琢奇巧，盖希代之宝。置寝殿帐中，一旦，忽失所在。然而禁卫清密，非恩渥嫔御莫能至者。珍玩罗列，他无所失。上惊骇移时，下诏于都城索贼。密谓枢近及左右广中尉曰："此非外寇所能及，盗者当在禁掖，苟求之不获，且虞他变。一枕诚不足惜，卿等卫我皇宫，必使罪人斯得。不然天子环列，自兹无用矣。"

内官惶栗谢罪，请以浃旬求捕。大悬金帛购求，略无寻究之迹。圣旨严切，收系者渐多。坊曲间巷，靡不搜捕。有龙虎二番将军王敬宏，常蓄小仆，年甫十八九，神采俊丽，使之无往不届。敬宏曾与流辈于威远军会宴，有侍儿善鼓胡琴，四座酒酣，因请度曲。辞以乐器非妙，须常御手者弹之。钟漏已传，取之不及。因起解带，小仆曰："若要琵琶，顷刻可至。"敬宏曰："禁鼓才动，军门已锁，寻常汝岂不见，何言之谬也！"既而就饮数巡，小仆以绣囊将琵琶而至。座客欢笑曰："乐器本相随，所难者惜其妙手。"

南军去左广回复三十里，入夜且无行伍，既而倏忽往来，敬宏惊异如失。时又搜捕严紧，意以为窃盗疑之。宴罢及明，遽归其第，引而问曰："使汝累年，不知矫捷如此。我闻世有侠客，汝莫是否？"小仆谢曰："非有此事，但能行尔。"因言："父母俱在蜀川，顷年偶至京国，今欲却归乡里。有一事欲以报恩，偷枕者已知姓名，三数日当令伏罪。"敬宏曰："如此事即非等闲，因兹全活者不少，未知贼在何许，可报司存掩获否。"小仆曰："偷枕者，田膨郎也，市廛军伍，行止不恒，勇力过人，且善超越。苟非伺便折其足，虽千兵万骑亦将奔走。自兹再宿，候之于望仙门，伺便擒之必矣。将军随某观之，此事仍须秘密。"

是时涉旬无雨，向晓埃尘颇甚，车马践蹋，跬步间人不相见。膨郎与少年数辈，连臂将入军门，小仆执球杖击之，欻然已折左足，仰而观之曰："我偷枕来，不怕他人，惟惧于尔。既而相值，岂复多言！"于是昇至左军，一款而服。上喜于得贼，又知获在禁旅，引膨郎临轩诘问。具陈常在宫掖往来。上曰："此乃任侠之流，非常窃盗。"内外因系数百人，于是悉令原之。小仆初得膨郎，已告敬宏归蜀，于是寻之不可，但赏敬宏而已。

译文：

唐文宗曾经把白玉枕视作珍宝，那是唐德宗时于阗国进贡来的。枕头雕琢得特别精巧，是当代稀有的宝贝。白玉枕放在皇帝卧室的帐子里，一天忽然不见了。宫中警卫严密可靠，不是宠爱的妃子不可能到这里。贵重的古玩摆得满满的，可其他东西一件也没丢。

　　唐文宗又惊又怕地过了一个时辰，才命令在京城里抓贼。暗中对宰相、近臣及左右禁军中尉说："这不是外边的贼，贼肯定在宫里。如果抓不住，朕担心发生别的变放。一个枕头实在不值得可惜，你们守卫朕的宫殿，一定要使犯罪的人得到应有的惩处，不然的话，天子的警卫从此也就没有用了！"宫中的人吓得连连请罪，请求限百日之内将贼捉到。他们用许多金钱悬赏捉贼，却一点没有破案的线索。皇帝的命令很严厉，逮捕的人逐渐多了起来，大街小巷都搜遍了。

　　有一个在龙武军任二藩将叫王敬弘的，雇了一个小仆人，年纪才十八九，聪明伶俐，派他出去没有到不了的地方。王敬弘曾经与同僚们在威远军的营内举行宴会，有一个使女会弹少数民族的乐器。座中的客人喝得正有兴头，要求唱支歌。使女推辞说乐器不好，必须用经常弹奏的乐器伴奏才行。这时，已经是夜间了，报夜的钟声也响过了，去取乐器已来不及了。于是站起身来去解捆乐器的带子。小仆人说："如果要琵琶，一会儿工夫就能取来。"王敬弘说："戒严的鼓才敲过，军营的门已经上锁了，平素你没见到过吗，为什么你有这个荒谬的说法呢？"又喝了几杯酒以后，小仆人拿着绣花的口袋装着琵琶来了。座中的客人们高兴得笑出了声。从威远军军营到龙武左军军营往返三十多里，夜里部队都不出来，小仆人不大功夫就走个来回。王敬弘惊奇得呆住了，好像失去魂魄一般。

　　当时，搜捕盗白玉枕的人特别紧急。王敬弘怀疑是小仆人偷盗的。宴会散后，等到天亮，急忙回到家中，把小仆人带到跟前问道："使唤你好几年了，不知道你这样灵敏，我听说世界上有侠客，你莫非就是吗？"小仆人推托道："没有这个事，我只是走得快罢了。"又说："父母亲都在四川，前几年偶然来到了京城，今天想回老家了。有一件事想报答您的恩惠，偷枕头的人我早知道姓名了，三五天内就叫他伏法。"王敬弘说："像这件事可不是一般的，可以救活不少人的命。不知道贼在哪里，可以报告衙门逮捕他吗？"小仆人说："偷枕头的人是田膨郎，他混迹在市民和士兵之中，行踪不定，勇气和力量超过一般人，而且还擅长跳高，如果不是马上弄断他的腿脚，就是有千军万马，他也能逃走。从今天起再过两天，在望仙门等着，看准机会就肯定能抓住他了。将军可以跟我去看，这件事可得保密。"

当时，有十多天没下雨了。天亮时尘土很大，车马奔跑践踏，半步内人们互相看不着。田膨郎同几个小青年并肩将要走进军营大门，小仆人拿着打马球的棍子打田膨郎，眨眼间田膨郎的左腿被打折了。田膨郎仰头看了一眼说："我偷来枕头，不怕别人，只害怕你。既然在这里相遇，还有什么多余的话可说呢？"人们把田膨郎抬到左右军中，一审问就全部招认了。

皇帝高兴抓住了贼，又知道是在禁卫军中捉到的，把田膨郎带到走廊下亲自审问。田膨郎把他常在军营里出入的事全说了。皇帝说："这人是侠客一类的，不是一般的小偷。"内外拘留的嫌疑犯数百人，全部被释放了。小仆人一捉住田膨郎就告别王敬弘回了四川，找他时已经找不到了，只好奖赏王敬弘了。

∙∙

康骈，字驾言，晚唐池阳（今陕西泾阳县西北）人。唐僖宗乾符四年（公元877年）中进士，后来官至崇文馆校书郎。著有《剧谈录》二卷，多记唐玄宗天宝年间以来的事情，其中尤以写游侠的最为吸引入。

　　本文运用了衬托的手法,明写小仆人取琵琶,暗写田膨郎盗白玉枕。明写暗写互相衬托,有详有略,既避免了类似情节的重复出现,又不影响对人物形象的刻画。小仆人与田膨郎的形象刻画尽管详彼略此,因为互相衬托,均能栩栩如生。

定婚店

李复言

杜陵韦固，少孤，思早娶妇，多岐求婚，必无成而罢。

元和二年，将游清河，旅次宋城南店。客有以前清河司马潘昉女见议者，来日先明，期于店西龙兴寺门。固以求之意切，且往焉。斜月尚明。有老人倚布囊坐于阶上，向月捡书。固步觇之，不识其字，既非虫篆、八分、科斗之势，又非梵书，因问曰："老父所寻者何书？固少小苦学，世间之字，自谓无不识者。西国梵字，亦能读之。唯此书目所未觌，如何？"老人笑曰："此非世间书，君因何得见？"固曰："非世间书，则何也？"曰："幽冥之书。"固曰："幽冥之人，何以到此？"曰："君行自早，非某不当来也。凡幽吏皆掌人生之事，掌人可不行冥中乎。今道途之行，人鬼各半，自不辨尔。"固曰："然则君又何掌？"曰："天下之婚牍耳。"固喜曰："固少孤，常愿早娶，以广胤嗣。尔来十年，多方求之，竟不遂意。今者，人有期此，与议潘司马女，可以成乎？"曰："未也。命苟未合，虽降衣缨而求屠博，尚不可得，况郡佐乎。君之妇适三岁矣。年十七，当入君门。"因问："囊中何物？"曰："赤绳子耳。以系夫妻之足。及其生，则潜用相系，虽仇敌之家，贵

丁秀才

贱悬隔，天涯从宦，吴楚异乡。此绳一系，终不可逭。君之脚，已系于彼矣。他求何益？"曰："固妻安在？其家何为？"曰："此店北卖菜陈婆女耳。"固曰："可见乎？"曰："陈尝抱来鬻菜于市。能随我行，当即示君。"

及明，所期不至。老人卷书揭囊而行。固逐之入菜市。有眇妪，抱三岁女来，弊陋亦甚。老人指曰，"此君之妻也。"固怒曰："杀之可乎？"老人曰："此人命当食天禄，因子而食邑，庸可杀乎？"老人遂隐。固骂曰："老鬼妖妄如此！吾士大夫之家，娶妇必敌。苟不能娶，即声伎之美者，或援立之，奈何婚眇妪之陋女？"磨一小刀子，付其奴曰，"汝素干事，能为我杀彼女，赐汝万钱。"奴曰："诺。"明日，袖刀入菜行中，于众中刺之而走。一市纷扰。固与奴奔走获免。问奴曰："所刺中否？"曰："初刺其心，不幸才中眉间。"后固屡求婚，终无所遂。

又十四年，以父荫参相州军。刺史王泰俾摄司户掾，专鞫词狱，以为能，因妻以其女。可年十六七，容色华丽，固称惬之极。然其眉间常贴一花子，虽沐浴间处，未尝暂去。岁余，固讶之，忽忆昔日奴刀中眉间之说，因逼问之。妻潸然曰："妾郡守之犹子也，非其女也。畴昔父曾宰宋城，终其官。时妾在褓褓，母兄次没，唯一庄在宋城南，与乳母陈氏居。去店近，鬻蔬以给朝夕。陈氏怜小，不忍暂弃。三岁时，抱行市中，为狂贼所刺，刀痕尚在，故以花子覆之。七八年前，叔从事卢龙，遂得在左右。仁念以为女嫁君耳。"固曰："陈氏眇乎？"曰："然。何以知之？"固曰："所刺者固也。"乃曰："奇也！命也！"因尽言之，相敬愈极。后生男鲲，为雁门太守，封太原郡太夫人。乃知阴骘之定，不可变也。

宋城宰闻之，题其店曰"定婚店"。

定婚店

译文：

杜陵的韦固，从小死了父母，想早些娶妻子，多方设法求婚，全都没有办成。

元和二年（公元807），韦固将要到清河去游历，住在宋城南街一个旅店里。有人要把从前的清河司马潘昉的女儿说给他做媳妇，第二天一大早按约定在旅店西边龙兴寺门前碰头。韦固娶亲心切，天刚蒙蒙亮就去了，偏西的月亮还亮晶晶的。

庙门前有一个老头，靠着个布口袋，坐在台阶上，对着月亮翻书本。韦固走过去用眼一扫，不认得书上的字。既不是篆字、八兮、蝌蚪文的样子，也不是梵文，于是问道："老爹翻的是什么书？我韦固从小下苦工夫读书，世上的字我自以为没有不认识的，印度的梵文也能读，唯有这书上的字从未见过，是啥呀？"老头笑着说："这不是人间的书，您怎么能见到过呢？"韦固说："不是人间的书那又是什么呢？"老头说："阴间之书。"韦固说："阴间的人，为什么到这里来了？"老头说："您出来得早，不是我不应该来呀。凡是阴间的官管的全是活人的事，管人的能不在黑暗中行走吗？目前在道上走的一半是人，一半是鬼，只是你分不出来罢了。"韦固说："那么您又是管什么的呢？"老头说："管天下的婚姻簿子。"韦固高兴地说："我韦固从小没有父母，常想早娶亲，好多生几个儿女。近十年来，想方设法求婚，可是都不称心。今天，有人约我到这里来，给提潘司马的闺女，能成吗？"老头说道："不行啊。

命要是不合，虽然自己降低身份到卖肉的这类小贩家去求亲，也会不成功，更何况司马是一郡长官的助手呢？您的妻子才三岁。十七岁时就过门到您家来了。"韦固于是又问："口袋里装的什么啊？"老头说："是红绳子。用它来系夫妻们的脚。他们一生下来，就暗中用这系上，仇敌之家，或者是贵贱悬殊，或者是在天涯海角当差，或者是一个在江苏，一个在湖北，只要这红绳一系上，终究逃不了。您的脚已同那个小孩的脚系上了，追求别人又有什么用呢？"韦固说："我妻子在哪里？她家是干什么的？"老头说："这个旅店的北边，就是卖菜的陈老太婆的闺女。"韦固说："可以见见吗？"老头说："陈婆子经常抱她来，在市场上卖菜。您能跟我走，就立刻指给您看。"

等到天亮，与韦固约会的人也没来。老头卷起了书，扛起口袋走了。韦固跟在他后面，进了菜市场。有一个瞎一只眼的老太婆抱个三岁的小女孩来了，穷苦、丑陋到了极点。老头指着说："这就是您的妻子。"韦固怒气冲冲地说："杀了她可以吗？"老头说："这个人命中注定吃老天的俸禄，因为儿子的功劳她可以被封为夫人得到一块领地，怎么能杀呢？"说完老头不见了。韦固骂道："老鬼头子如此古怪无知。我出身在士大夫之家，娶媳妇也得门当户对，即或娶不到媳妇，在卖唱的当中也可找个漂亮的当老婆，怎么能娶那个瞎一只眼老太婆的丑丫头？"他磨了一把小刀子，交给仆人，说："你平时很会办事，如果能替我杀了那个丫头，就赏你一万钱。"仆人说："好。"第二天，仆人袖里藏着刀，来到了菜市场。在人群中用刀扎了那个小丫头就跑了。整个市场全乱了，韦固与仆人跑得很快，没有被捉住。韦固问仆人："扎中没有？"仆人说："本想要扎她的心口，不幸扎在了眼眉中间。"自此以后，韦固屡次求婚，到底没有成功。

又过了十四年，韦固因父亲生前的功劳当上了相州参军。相州刺史王泰让他兼管地方上的民事，专门审问案子。他很有才能，王泰就把女儿嫁给了他。王女才十六七岁，模样很漂亮。韦固心里非常满意。可是妻子两条眼眉之间经常贴一个花子（古代妇女贴在脸上的一种装饰品），就是洗头洗澡的时候，也不把花子拿下来。过了一年多，韦固对此感到奇怪。忽然想起当日仆人说的刀扎在眼眉当间的话，就追问妻子。妻子悲伤地说："我是刺史的侄女，不是他的亲女儿。以前我父亲在宋城当县令，死在任上。当时我还是婴儿，母亲和哥哥也相继死了。只有一块小园子在城南，同乳母陈氏住在那里，离旅店较近，靠卖菜过日子。陈氏可怜我小，不忍心离开我一步。三岁那年，她抱我在市场里走，被一个狂徒给刺伤了。刀痕至今还在，所以用花子盖上。七八年前，叔叔在卢龙节度使手下做官，我才到了叔叔跟前。叔叔关心我，把我当做亲生女儿嫁给了您啊。"韦固说："陈氏瞎一只眼吧？"妻子说："对。你怎么知道的？"韦固说："刺你的人就是韦固呀。"又说："真是太奇怪了，这是命啊！"于是把所有的事情都说了，夫妻间的感情更好了。

后来，韦固的妻子生了个男孩，起名叫鲲，长大当了雁门太守。韦固的妻子被封为太原郡太夫人。从此知道命运中注定的事，是不可改变的。

宋城的县令听说了这件事，把那个旅店改名为"定婚店"。

作者李复言，晚唐时甘肃人，经历不详。他的作品名为

《续玄怪录》，可见，是受了牛僧孺的《玄怪录》的影响。

　　本文在艺术表现上有特色，用民间广泛流传的月下老人作线索，结构严谨，情节曲折，注意运用对话刻画人物性格。

李卫公靖

李复言

卫国公李靖微时，常射猎霍山中，寓食山村，村翁奇其为人，每丰馈焉，岁久益厚。

忽遇群鹿，乃逐之，会暮，欲舍之不能。俄而阴晦迷路，茫然不知所归，怅怅而行，困闷益极，乃极目有灯火光，因驰赴焉。既至，乃朱门大第，墙宇甚峻。叩门久之，一人出问。公告其迷，且请寓宿。人曰："郎君皆已出，惟太夫人在，宿应不可。"公曰："试为咨白。"乃入告而出曰："夫人初欲不许，且以阴黑，客又言迷，不可不作主人。"邀入厅中。有顷，一青衣出曰："夫人来。"年可五十余，青裙素襦，神气清雅，宛若士大夫家。公前拜之，夫人答拜曰："儿子皆不在，不合奉留。今天色阴晦，归路又迷，此若不容，遣将何适？然此乃山野之居，儿子往还，或夜到而喧，忽以为惧。"公曰："不敢。"既而命食。食颇鲜美，然多鱼。食毕，夫人入宅。二青衣送床席茵褥，衾被香洁，皆极铺陈。闭户，系之而去。公独念山野之外，夜到而闹者，何物也？惧不敢寝。端坐听之。

夜将半，闻叩门声甚急。又闻一人应之。曰："天符：大郎子报当行雨，因此山七里，五更须足，无慢滞！无暴伤！"

应者受符入呈。闻夫人曰："儿子二人未归。行雨符到，固辞不可，违时见责。纵使报之，亦已晚矣。僮仆无任专之理，当如之何？"一小青衣曰："适观厅中客，非常人也，盍请乎？"夫人喜。因自扣厅门曰："郎觉否？请暂出相见。"公曰："诺。"遂下阶见之。夫人曰："此非人宅，乃龙宫也，妾长男赴东海婚礼。小男送妹。适奉天符次当行雨。计两处云程，合逾万里，报之不及，求代又难，辄欲奉烦顷刻间，如何？"公曰："靖俗客，非乘云俊者，奈何能行雨？有方可教，即唯命耳。"夫人曰："苟从吾言，无有不可也。"遂敕黄头被青骢马来，又命取雨器，乃一小瓶子，系于鞍前。诫曰："郎乘马，无漏衔勒，信其行，马躍地嘶鸣，即取瓶中水一滴，滴马鬃上，慎勿多也。"于是上马，腾腾而行，其足渐高，但讶其稳疾，不自知其云上也。风急如箭，雷霆起于步下。于是，随所躍，辄滴之。既而，电掣云开，下见所憩村，思曰："吾扰此村多矣，方德其人，计无以报。今久旱苗稼将悴，而雨在我手，宁夏惜之？"顾一滴不足濡，乃连下二十滴。

俄顷，雨毕。骑马复归，夫人者泣于厅曰："何相误之甚。本约一滴，何私感而二十之。天此一滴，乃地上一尺雨也。此村夜半，平地水深二丈，岂复有人？妾已受谴，杖八十矣。"祖视其背，血痕满焉。儿子并连坐，如何？公惭怖，不知所对。夫人复曰："郎君世间人，不识云雨之变，诚不敢恨。即恐龙师来寻，有所惊恐，宜速去此。然而劳烦未有以报。山居无物，有二奴奉赠，总取亦可，取一亦可，唯意所择。"于是，命二奴出来。一奴从东廊出，仪貌和悦，怡怡然；一奴从西廊出，愤气勃然，拗怒而立。公曰："我猎徒，以斗猛为事。一旦取奴而取悦者，人以我为怯乎。"因曰："两人皆取则不敢。夫人既赐，欲取怒者。"夫人微笑曰："郎之所欲乃尔。"遂揖与别，奴亦随去。出门数步，回望失宅。顾问其奴，亦不见矣。独寻路而归。及明，望其村，水已极目，大树或露梢而已，不复有人。

其后竟以兵权静寇难，功盖天下，而终不及于相，岂非悦奴之不两得乎？世言："关东出相，关西出将，岂东西而喻耶？所以言奴者，亦臣下之像。向使二奴皆取，即位极将相矣。"

译文：

卫国公李靖在没发迹时，常在霍山打猎，在一个山村里住宿、吃饭。村里老年人认为他不寻常，经常送给他好吃的。时间长了，对他更好了。

一次，李靖忽然碰上一群鹿，就追上去。天晚了，想不追吧，还舍不得。不一会儿，天阴得黑乎乎的便迷了路，迷迷糊糊不知从哪里回去，稀里糊涂地走着，心里越发感到烦闷，就抬头往四处观看。远处刚能看见一点灯光，就飞快地向灯光处奔去。

到跟前一看，有一座红门大院，房屋和院墙都很高。李靖敲了好半天门，一个人才出来问话。李靖告诉他说迷路了，并想借宿。那个人说："少爷们都出外面去了，只有老夫人在家，借宿不行。"李靖说："试着给通报一声。"那个人进去报告后又出来说："夫人开始时想不答应，可是因为天又阴又黑，客人又说迷了路，不能不作一次主人了。"请李靖进到客厅里，不大一会儿，一个使女出来说："夫人来了。"夫人五十来岁，系着黑裙子，穿着白上衣，态度文雅，好像读书做官的人家。李靖上前施礼，夫人回礼说："孩子都不在家，不应该留客人。今天天气不好，时间也晚了，又迷了路，这里要不留，让您到何处去。然而，这里乃是山村僻野之处，儿子来去有时赶上夜间到了会吵吵闹闹的，不要害怕。"李靖说："不敢麻烦。"过一会儿，让李靖吃饭，饭菜很好，做了许多鱼。吃完了饭，夫人回内宅去了。两个使女送来了被褥，被褥很干净，散发着幽香，一切都很有排场。铺完床关上门，插上门走了。

李靖自己思量，荒山野地里，夜间来到还喧闹的，是什么呢？心里害怕不敢睡，直挺挺坐在那里听着。快到半夜时，听见敲门声很急，又听见一个人答应。有人说道："上天命令大先生应该通知下雨，围绕此山七里之内，五更天亮前要下够，不要耽搁了，也不要下过量造成灾害！"答应的那个人接过命令送进去了。听见夫人说："两个儿子没回来，下雨的命令到了，推辞固然不可，过了时间也要受处分。纵然派人去通知也晚了。仆人们去干，还没这个道理。这可怎么办呢？"一个小丫环说："刚才看见客厅里的客人不是一般的人，何不请他呢？"夫人高兴了。于是自己来敲客厅的门说："先生醒了吗？请出来见见。"李靖说："好。"于是走下台阶与夫人相见。夫人说："这不是人的住宅，乃是龙宫啊。我的大儿子到东海去参加婚礼，小儿子送妹妹去了。刚才接到上天让立刻下雨的命令。算一下，到两个孩子那儿去有一万多里地，通知也来不及了，求别人代替又困难，就想麻烦您一下，怎么样？"李靖说："我李靖是个凡夫俗子，不是能驾云的人，怎么能下雨呢？有办法教给我，就唯命是听。"夫人说："只要听我的话，没有不可以的。"于是命令牵来黄脑袋身上长黑毛的马来，又命令取雨器，乃是一个小瓶子，系在马鞍子前边。嘱咐李靖道："先生骑马，不要凭空勒嚼子，听凭它自个走，马蹬蹄子嘶鸣时，就从瓶里倒出一滴水来，滴在马鬃上，小心别滴多了。"

于是，李靖骑上了马。马像飞腾一样，脚离地面逐渐升高了。李靖只是惊奇，马跑得又稳又快，自己并不知道马腾空驾云了。急风如箭一般，炸雷在脚下响起。只要马一蹬蹄子，就滴一滴水。不一会儿，闪电过后，云彩散开了。李靖往下一看，见到他打猎借宿的小村子，心里琢磨："我打扰这村子好久了。想感谢这村里的人正没法报答。现在太旱了，庄稼苗要枯了，然而雨就在我手中，怎能还舍不得下它呢？"考虑下一滴不够，于是连着下了二十滴。

过一会儿，下完了雨，骑着马回来了。夫人在客厅里哭着说："为什么误事这么厉害！本来说好了滴一滴，为什么出于个人感情滴了二十滴。天上这一滴，地上就是一尺雨呀。这个村子半夜里，平地水深两丈，还能再有人吗？我已经受过了责罚，挨了八十棍子了。看看这背上，血迹斑斑啊。儿子也受了牵连，怎么办呐？"李靖又惭愧又害怕，不知说什么好。夫人又说了："先生是世上的人，不了解云雨的变化，实在不敢怨恨您。就怕龙师来找，有什么惊吓，最好快点离开这。然而麻烦您一场没有报答，住在山里没什么东西，有两个奴仆赠送给您，一块儿带走也可以，带一个走也行，凭您的意思挑吧。"于是命令两个奴仆出来。一个从走廊东边出来，态度和蔼，笑呵呵的；一个从走廊西边出来，一脸怒容，气哼哼地站在那里。李靖核计："我是个打猎的，制服凶猛的人是我的本事。一旦选个和和气气的，别人会以为我胆小吧？"就说道："两个人都要，我实在不敢当。夫人既然赏赐，想要那个怒冲冲的。"夫人笑着说："先生所希望的乃是这个呀。"于是李靖向夫人敬礼告别，奴仆也跟着走了。出了大门几步，回头一看宅院不见，扭回脸问那个奴仆，也不见了。李靖一个人找路回去了。等到天亮，看见了那个村子，目之所及全是水，大树只露个树梢而已，不再有人。

以后，李靖因为握有兵权，打败了群贼，功满天下。可是，终究没有当上丞相，岂不是那和蔼的奴才没有一起带来的缘故吗？俗话说，关东出相，关西出将，岂不是那走廊东边、走廊西边的暗示吗？听说那奴仆，也是臣下的象征。当初假使两个奴仆都要，也就既能当上大将也能当上丞相了。

···

唐传奇有一些是专门写李靖的，把他描写成传奇式的英雄。反映了人们普遍地热爱李靖。本篇以李靖没发迹时代替龙王行雨的故事，赞美了李靖的仁义之风。

张　老

李复言

　　张老者，扬州六合县园叟也。其邻有韦恕者，梁天监中，自扬州曹掾秩满而来。有长女既笄，召里中媒妪，令访良婿。张老闻之，喜而候媒于韦门。妪出，张老固延入，且备酒食。酒阑，谓妪曰：“闻韦氏有女将适人，求良才于妪，有之乎？”曰：“然。”曰：“某诚衰迈，灌园之业，亦可衣食。幸为求之，事成厚谢。”妪大骂而去。他日又邀妪。妪曰：“叟何不自度？岂有衣冠子女，肯嫁园叟耶？此家诚贫，士大夫家之敌者不少。顾叟非匹，吾安能为叟一杯酒乃取辱于韦氏？”叟固曰：“强为吾一言之。言不从，即吾命也。”妪不得已，冒责而入言之。韦氏大怒曰：“妪以我贫，轻我乃如是！且韦家焉有此事。况园叟何人，敢发此议？叟固不足责，妪何无别之甚耶？”妪曰：“诚非所宜言。为叟所逼，不得不达其意。”韦怒曰：“为吾报之，今日内得五百缗则可。”妪出，以告张老，乃曰：“诺。”未几，车载纳于韦氏。诸韦大惊曰：“前言戏之耳。且此翁为园，何以至此？吾度其必无而言之，今不移时而钱到，当如之何？”乃使人潜候其女。女亦不恨，乃曰：“此固命乎。”遂许焉。

张老既娶韦氏，园业不废。负秽钁地，鬻蔬不辍，其妻躬执爨濯，了无作色。亲戚恶之，亦不能止。数年，中外之有识者责恕曰："君家诚贫，乡里岂无贫子弟，奈何以女妻园叟？既弃之，何不令远去也？"他日，恕致酒召女及张老，酒酣，微露其意。张老起曰："所以不即去者，恐有留念。今既相厌，去亦何难。某王屋山下有一小庄，明旦且归耳。"天将曙，来别韦氏："他岁相思，可令大兄往天坛山南相访。"遂令妻骑驴戴笠，张老策杖相随而去，绝无消息。

后数年，恕念其女，以为蓬头垢面，不可识也，令其男义方访之。到天坛南，适遇一昆仑奴，驾黄牛耕田。问曰："此有张老家庄否？"昆仑投杖拜曰："大郎子何久不来？庄去此甚近，某当前引。"遂与俱东去。初上一山，山下有水，过水连绵凡十余处，景色渐异，不与人间同。忽下一山，见水北朱中甲第，楼阁参差，花木繁荣，烟云鲜媚，鸾鹤孔雀，徊翔其间，歌管廖亮耳目。昆仑指曰："此张家庄也。"韦惊骇不测。俄而及门，有紫衣门吏，拜引入厅中。铺陈之华，目所未睹，异香氤氲，遍满崖谷。忽珠佩之声渐近，二青衣出曰："阿郎来此。"次见十数青衣，容色绝代，相对而行，若有所引。俄见一人戴远游冠，衣朱绡，曳朱履，徐出门。一青衣引韦前拜。仪状伟然，容色芳嫩，细视之，乃张老也。言曰："人世劳苦若在火中。身未清凉，愁焰又炽，固无斯须泰时。兄久客寄，何以自娱？贤妹略梳，即当奉见。"因揖令坐。未几，一青衣来曰："娘子已梳头毕。"遂引入见妹于堂前。其堂沉香为梁，玳瑁贴门，碧玉窗，珍珠箔，阶砌皆冷滑碧色，不辨其物。其妹服饰之盛，世间未见。略叙寒暄，问尊长而已，意甚鲁莽。有顷，进馔，精美芳馨，不可名状。食讫，馆韦于内厅。

明日方曙，张老与韦生坐。忽有一青衣附耳而语。张老笑曰："宅中有客，安得暮归。"因曰："小妹暂欲游蓬莱山，贤妹亦当去。然未暮即归，兄但憩此。"张老揖而入。俄而五云起于庭中，鸾凤飞翔，丝竹并作。张老及妹，各乘一凤，余从乘鹤者十数人，渐上空中，正东而去。望之已没，犹隐隐闻音乐之声。韦君在后，小青衣供侍甚谨。迨暮，稍闻笙簧之音，倏忽复到。及下于庭，张老与妻见韦曰："独居太寂寞，然此地神仙之府，非俗人得游。以兄宿命，合得到此，然亦不可久居。明日当奉别耳。"及时，妹复出别兄，殷勤传语父母而已。张老曰："人世遐远，不及作书。奉金二十镒，并与一故席帽。"曰："兄若无钱，可于扬州北邸卖药王老家，取一千万，持此为信。"遂别，复令昆仑奴送出。却到天坛，昆仑奴拜别而去。韦自荷金而归。其家惊讶问之，或以为神仙，或以为妖妄，不知所谓。

五六年间，金尽，欲取王老钱，复疑其妄。或曰："取尔许钱，不持一字，此帽安足信？"既而困极，其家强逼之曰："必不得钱，亦何伤。"乃往扬州，入北邸，而王老者方当肆陈药。韦前曰："叟何姓？"曰："姓王。"韦曰："张老令取钱一千万，持此席帽为信。"王曰："钱即实有，席帽是乎？"韦曰："叟可验之，岂不识耶？"王老未语，有小女自青布帏中出，曰："张老常过，令缝帽顶，其时无皂线，以红线缝之。线色手踪，皆可自验。"因取看之，果是也。遂得载钱而归，乃信真神仙也。其家又思女，复遣义方往天坛南寻之。到即千山万水，不复有路。时逢樵人，亦无知张老庄者，悲思浩然而归。举家以为仙俗路殊，无相见期。又寻王老，亦去矣。

复数年，义方偶游扬州，闲行北邸前，忽见张老昆仑奴前拜曰："大郎家中何如？娘子虽不得归，如日侍左右。家中事无巨细，莫不知之。"因出怀金十斤以奉曰："娘子令送与大郎君，阿郎与王老会饮于此酒家。大郎且坐，昆仑当入报。"义方坐于酒旗下，日暮不见出，乃入观之，饮者满坐，坐上并无二老，亦无昆仑。取金视之，乃真金也。惊叹而归。又以供数年之食，后不复知张老所在。

◆
张
老
◆

译文：

张老，是扬州六合县种菜园子的老头。他的邻居有个叫韦恕的，梁武帝天监年间（公元502～520年）给扬州刺史当助手，任满从扬州回家来。他有个大女儿，已到结婚年龄了，找街里的媒婆给物色个好女婿。张老听到这个消息，很高兴，在韦家的大门口等候媒婆。媒婆一出韦家大门，张老极力将她请到家中，并且预备好了酒饭。喝足了酒，张老对媒婆说："听说韦家有个女儿将要找个人家，求你老太太给找个好样的，有这回事吗？"媒婆说："有。"张老说："我实在是老了，种菜园子也可以维持生活。希望您给我说说，事情成了以后一定有重谢。"媒婆把张老狠狠地臭骂了一通走了。

第二天，张老又请媒婆。媒婆说："你这个老家伙怎么不自己想想，哪里有官宦人家的小姐肯嫁给一个种菜园子老头子的呢？这家就是穷，门户相当的读书做官的人家也不少。我看你这个老头不儿配，我怎么能因为你的一杯酒，而到老

119

韦家去讨一场没趣呢！"张老坚持说："勉强替我说一句，说了不答应，我就认命了。"媒婆不得已，冒着被责怪的危险到韦家去说。韦恕一听，立刻大怒，说道："老太太以为我穷，就轻视我到这种程度么！而且老韦家怎么能有这样的事！种菜园子的老头儿是个什么人，敢说这样的话？他固然不值得责备，可你这个老太太怎么不明事理到这种程度呢？"媒婆说："实在是不应该说。叫那个老头儿逼的，不得不把他的意思传达一下。"韦恕气冲冲地说："替我告诉他，叫他一天之中拿出五百吊钱才行。"媒婆离开韦家告诉了张老，张老于是说："行。"不多功夫，张老就用车装着钱送到了韦家。韦家的人都很惊奇，韦恕说道："先前说的是玩笑话啊。这位老先生是种园子的，怎么弄到这么些钱？我猜想他肯定没钱才说那番话，现在不一会儿就把钱送到了，这可怎么办呀？"他派人暗中去观察女儿的反应，而他女儿竟然也不怨恨，他只好说："这肯定是命吧！"所以就答应了亲事。

张老娶了韦氏，仍照旧种园子，成天挑粪锄地，不停地种菜卖菜。他的妻子韦氏亲手做饭、洗衣，一点没有不好意思的感觉。虽然亲戚们很厌恶这一套，但也不能使她罢手不干。

数年以后，韦家的亲属朋友当中有见识的人，责备韦恕道："您家固然清贫，可是同乡中难道没有清贫的子弟吗？怎么把女儿嫁给种菜园的老头子？既然你抛弃了女儿，为什么又不叫他们远远地走开呢？"第二天，韦恕摆酒席请来了女儿及张老，酒席宴间，稍稍流露出让他们远走的意思。张老站起来说："我之所以不立刻走，是恐怕您留恋啊。今天你既然对我们表示厌烦，走又有什么难的。我在王屋山下有一个小庄园，明早就回那里去。"第二天，天刚亮，张老来向

聂隐娘 ◆ 唐传奇精选

120

韦恕告别，并说："他年想念你女儿的时候，可以让大哥到天檀山南边去打听我们。"于是让妻子骑上毛驴，戴上草帽，张老拄着手杖跟在后面走了。去后一直没有消息。

此后数年，韦恕想念女儿，以为一定是蓬头垢面的，认不出来了，就让儿子义方去探访。到了天檀山南面，正好碰上一个黑奴赶着黄牛种田，义方问："这里有个张老家的庄园没有？"黑奴扔下棍子跪下叩头说："大先生怎么这么久没来呀。庄园离此很近，我给您引路。"于是一起往东走了。翻过第一座山，山下有河，过了河有十多处，山山水水相连，周围的景色逐渐不同了，与人世上的不一样。忽然下了一座山，河边有一座红门楼的上等宅院，里面楼阁相连，花木繁茂，云雾缭绕动人，鸾鸟、仙鹤、孔雀往来飞舞，歌声乐曲响亮，使人耳目为之一新。黑奴指着红门楼说："这就是张家庄。"韦义方惊异不止。

不一会儿，到了门前。门口有穿紫色衣服听差的人，施礼后把他们引入大厅里。厅里摆设豪华，世上人从未见识过，不知是什么香味，弥漫了山谷。忽然听见珠宝珮玉的声响渐渐近了，两个小丫环出来说："先生来了。"接着，看见十多个丫环，漂亮非常，一对一对走出来，好像给谁引路。过一会儿，看见一个人戴着远游冠，穿着红纱袍，拖着大红鞋，慢慢地走出门来。一个丫环带领韦义方上前拜见。那人仪表堂堂，红光满面，皮肤细嫩。仔细打量，原来是张老啊！张老说道："人间劳苦，好像在火中一般。身体没等清凉一会儿，愁苦的火焰又燃烧起来，而没有一点平安的时间。大哥长时间在外作客，用什么事情使自己高兴呢？令妹梳梳头就来见您。"于是作揖后给韦义方让坐。不长时间，一个丫环来说："夫人已梳完头了。"说完就把韦义方领进后

◆ 张 老 ◆

121

面的房子去见妹妹。后面的大房子是用沉香木做的房梁，玳瑁装饰着门户，碧玉做成的窗子，珍珠穿的帘子，台阶都光滑湛绿，不知是什么东西做的。韦义方的妹妹穿戴得富丽堂皇，实在是人间所未见。妹妹不过说了几句寒暄话，问问父母情况而已，既不亲热也不客气。过一会儿，给韦义方端上吃的，精美无比，言语难以形容。吃完饭，他们让韦义方住在里面的小客厅。

第二天，天刚亮，张老正陪韦义方坐着，忽然一个丫环过来附在张老耳边低语。张老笑着说："家中有客人，怎么能晚上回来呢。"之后又对韦义方说："我的妹妹想到蓬莱山玩，令妹也应当去。天黑前就回来，大哥只管在这休息。"张老作个揖就进去了。

不大功夫，五色祥云从院中升起，鸾鸟凤凰飞舞盘旋，各种乐器同时演奏。张老和妹妹各乘一只凤凰，后面跟着乘仙鹤的十多个人，逐渐升上天空，往正东方去了。再看已经没影了，耳边隐隐约约还可以听到乐曲的声音。韦义方在后面的小客厅里，小丫环侍候得很小心周到。等到晚上，微微听到乐器的声音，张老一行人又都回来了。等下到院中，张老同妻子见到韦义方说："一个人待着，太寂寞了，虽然如此，这里是神仙住的地方，不是世上俗人能来游玩的。因为大哥命中注定，应该到此。然而也不可久留，明天就该分别了。"

到分手时，妹妹又出来见哥哥，一再嘱咐给父母捎个话。张老说："人间离此太远，来不及写信了。"临别时，他赠送给韦义方四百八十两黄金，还送给他一项旧草帽，说："大哥若没钱时，可在扬州北大街市场上卖药的王老家取一千万钱，拿着这个作为凭证。"说完就分手了，仍然叫黑奴送义方走。到了天檀山，黑奴拜别而去。

韦义方自己带着金子回到了家。家中人很惊讶地询问他。有人认为是神仙，有人认为是妖怪，始终说不清是什么。五六年之后，韦家把金子花光了，想要到王老那里去取钱，又怀疑是假的。有的人说："取这么多钱不拿一个字，这顶帽子怎么可以作为凭信呢？"过一阵子，因为实在穷到极点了。韦家的人强逼着韦义方说："得不到钱又有什么坏处呢。"于是，韦义方往扬州去了。到了北大街的市场，那王老正在门市卖药呢。韦义方上前说："老人家贵姓？"回答道："姓王。"韦义方说："张老叫取一千万钱，拿这个帽子作证明。"王老说："钱是真有，这草帽是真的吗？"韦义方说："你老可以检查，难道能不认识吗？"没等王老说话，有个小姑娘从青布帘后面出来说："张老经常路过这里，曾叫我缝过帽子顶，当时没有黑线，用红线缝的，线的颜色和活计都可以认出来。"说着就拿过帽子来看，果然是那顶。因此，韦义方得以带着钱回去了。这才真的相信张老是神仙啊。韦家的人又想姑娘了，又叫韦义方往天檀山南面去寻找。到了之后，只看到千山万水，不再有路了。当时碰到一个打柴的人，询问结果也不知道张老的庄园。义方非常难过的走了。全家以为神仙与凡人相隔悬殊，没有相见之日了。

数年以后，韦义方偶然到扬州去。闲走到北大街市场，忽然看见张家的黑奴上前来说道："大先生家中怎样呀？夫人虽然不能回去，但是好像天天在家里一般，家中无论大事小情，没有不知道的。"说完从腰里拿出十斤黄金送过来说："夫人叫送给大先生。我家先生与王老在这个酒家吃酒，大先生且坐一坐，奴才去禀报。"义方坐在酒店的幌子下面，天黑了也不见出来，于是进店去看，满座都是喝酒的，座上并没有张、王两个老头，也没有黑奴。拿出金子看看，还是真的金子，他感到很惊讶，于是回家了。这些金子花费了好几年，后来再也不知道张老到什么地方去了。

··

　　本文表面上看是写的神仙故事，其实作者寓义深远。这篇作品通篇采取对比的写法，韦家的前倨后恭，张老的先贱后贵，情节曲折生动，人物个性鲜明，以悬念结尾，余味盎然。文中的细节也很别致，一顶旧草帽引出后半段文字，验证草帽一节，颇有风趣。

僧
侠

僧　侠

段成式

　　唐建中初，士人韦生，移家汝州。中路逢一僧，因与连镳，言论颇洽。日将夕，僧指路歧曰："此数里是贫道兰若，郎君能垂顾乎？"

　　士人许之，因令家口先行。僧即处分从者供帐具食。行十余里，不至，韦生问之，即指一处林烟曰："此是矣。"及至又前进。日已昏夜，韦生疑之。素善弹，乃密于靴中取张卸弹，怀铜丸十余，方责僧曰："弟子有程期，适偶贪上人清论，勉副相邀。今已行二十里，不至，何也？"僧但言且行。是僧前行百余步，韦生知其盗也，乃弹之，正中其脑。僧初若不觉，凡五发中之。僧始扪中处，徐曰："郎君莫恶作剧。"韦骇之，无可奈何，亦不复弹。

　　良久，至一庄墅，数十人列火炬出迎。僧延韦生坐一厅中，笑曰："郎君勿忧。"因问左右："夫人下处如法无？"复曰："郎君且自慰安之，即就此也。"韦生见妻女别在一处，供帐甚盛，相顾涕泣。即就僧，僧前执韦生手曰："贫道盗也，本无好意，不知郎君艺若此，非贫道亦不支也。今日固已无他，幸不疑耳。适来贫道所中郎君弹悉在。"乃举手搦脑后，五丸坠焉。

有顷布筵，具蒸犊，犊上札刀子十余，以蒯饼环之。揖韦生就座，复曰："贫道有义弟数人，欲令谒见。"言已，朱衣巨带者五六辈列于阶下。僧叱曰："拜郎君！汝等向遇郎君，则成蒯粉矣！"食毕，僧曰："贫道久为此业，今向迟暮，欲改前非。不幸有一子，技过老僧，欲请郎君为老僧断之。"乃呼飞飞出参郎君。飞飞年才十六七，碧衣长袖，皮肉如腊。僧曰："向后堂侍郎君。"僧乃授韦一剑，及五丸，且曰："乞郎君尽艺杀之，无为老僧累也。"引韦入一堂中，乃反锁之。堂中四隅，明灯而俟。飞飞当堂执一短鞭，韦引弹，意必中，丸已敲落。不觉跃在梁上，循壁虚蹑，捷若猱玃。弹丸尽，不复中。韦乃运剑逐之，飞飞倏忽逗闪，去韦身不尺。韦断其鞭数节，竟不能伤。僧久乃开门，问韦："与老僧除得害乎？"韦具言之。僧怅然，顾飞飞曰："郎君证成汝为贼也，知复如何！"

僧终夕与韦论剑及弧矢之事。天将晓，僧送韦路口，赠绢百疋，垂泣而别。

译文：

唐德宗李适建中（公元780～783年）初年，一个姓韦的书生搬家到汝州去，路上碰到一个和尚，两人结伴同行，谈话很投机。傍晚，和尚指着岔路口说："从这下去几里地是我的寺庙，先生能光顾吗？"书生答应了，叫家属先走。和尚吩咐跟随的人准备食宿所用的东西。

走了十多里路，还没到。韦生问和尚，他指着一片树林说："这里就是了。"到了跟前，又往前走。天已经漆黑了，韦生对和尚产生了怀疑。韦生平时善于打弹弓，就暗中从靴子里取出弹弓，挂上弦，装上弹子，又揣了十几粒铜弹子，才责问和尚道："我赶路是有日期的，刚才偶然听了师傅的高谈阔论，勉强地答应了您的邀请，现在已经走了二十多里了，没到达是什么原因呀？"和尚只说尽管走。这个和尚往前走了一百多步，韦生明白了他是个强盗，就用弹弓打他，正好打中和尚的后脑勺。和尚开始时好像没有感觉，连打五弹弓都打中了，和尚才摸摸被打的地方，不紧不慢地说："先生别开玩笑。"书生知道奈何不得，也就不打了。

过了好久，到了一个庄园，好几十人举着火炬排着队出来迎接。和尚请韦生到一座大厅里坐下，笑着说："先生别发愁。"于是问左右的人："夫人安歇的地方安排好了吗？"又说："先生先去安慰一番，然后就到这里来吧。"韦生看见妻子和孩子在另外的地方，吃住都挺好，见面后哭了一场，立刻又到和尚这里。和尚上前握住韦生的手说："我是个强盗啊，本来没怀好意，不知先生有这样好的武艺，要不是我也受不了啊。今天绝对没有别的意思，希望不要疑虑了。刚才您打我的弹子都在。"他举起手来抓后脑勺，五颗弹子掉了下来。

不一会儿，摆上了酒席。端上来蒸的小牛犊，上面插着十几把刀子，四周摆着用捣碎的姜、蒜、韭菜做的饼。和尚请韦生入席，又说："我有几个把兄弟，想让他们拜见您。"说罢，穿红衣扎大带子的五六个人，站到了台阶下边。和尚招呼道："给先生行礼，你们刚才要是碰上先生，就全都粉身碎骨了！"吃过了饭，和尚说："我好久以来就干强盗这行，现在年老了，想洗手不干。不幸的是有一个小子也想干这行，他武艺比我强，想请先生为我决定一下。"于是叫飞飞出来拜见先生。

飞飞才十六七岁，穿着长袖绿袄，皮肤黄黄的。和尚说："到后边大厅里侍候先生。"和尚给了韦生一把剑，五颗弹子，并且说："求先生拿出全身武艺把他杀了，不要给我留下麻烦。"带领韦生进了一个大厅，将门从外反锁上。大厅中空空的，只是角落有明灯而已。

飞飞站在屋当中，拿一条短鞭。韦生拉开弹弓，以为能打中。弹丸打出，被飞飞击落，不知不觉间，飞飞跳到房梁上，沿着墙壁脚不沾尘飞快地走着，像猴子那样灵活。韦生把弹丸打光了也没打中。于是韦生挥舞宝剑追赶飞飞，飞飞迅速敏捷地躲闪着，离开韦生不足一尺远。韦生把他的短鞭砍断了好几节，竟然伤不了他。很长时间，和尚才开了门，问韦生："给我老和尚除掉祸害了吗？"韦生把经过全说了，和尚显出愁闷的样子，瞅着飞飞说："先生证明了你肯定是要做强盗了，谁知今后又怎么样呢？"

和尚整宿与韦生谈论剑术和弓箭的事，天快亮时，和尚把韦生送到路口，赠给他一百匹绸缎，与韦生洒泪而别。

· ·

作者段成式，字柯古，唐齐州临淄（今山东淄博市）人，父亲是宰相。段成式作过校书郎、刺史、太常少卿。他的家中藏书很多，有不少是世上少有的珍本。他博学强记，少年时代就以善写文章出了名。他的作品流传下来的有《酉阳杂俎》，是一部有独创性的志怪著作，是唐代传奇的代表作。

本文的描写很精彩，韦生、和尚、飞飞形象鲜明，栩栩如生。结构紧严，语言洗练。

柳　毅　传

李朝威

　　仪凤中，有儒生柳毅者，应举下第，将还湘滨。念乡人有客于泾阳者，遂往告别。至六七里，鸟起马惊，疾逸道左。又六七里，乃止。见有妇人，牧羊于道畔。毅怪视之，乃殊色也。然而蛾脸不舒，巾袖无光，凝听翔立，若有所伺。毅诘之曰："子何苦而自辱如是？"妇始楚而谢，终泣而对曰："贱妾不幸，今日见辱问于长者。然而恨贯肌骨，亦何能愧避？幸一闻焉。妾，洞庭龙君小女也。父母配嫁泾川次子。而夫婿乐逸，为婢仆所惑，日以厌薄。既而将诉于舅姑。舅姑爱其子，不能御。迨诉频切，又得罪舅姑。舅姑毁黜以至此。"言讫，歔欷流涕，悲不自胜。又曰："洞庭于兹，相远不知其几多也？长天茫茫，信耗莫通。心目断尽，无所知哀。闻君将还吴，密通洞庭。或以尺书，寄托侍者，未卜将以为可乎？"毅曰："吾义夫也。闻子之说，气血俱动，恨无毛羽，不能奋飞。是何可否之谓乎！然而洞庭，深水也。吾行尘间，宁可致意耶？惟恐道途显晦，不相通达，致负诚托，又乖恳愿。子有何术可导我耶？"女悲泣且谢，曰："负载珍重，不复言矣。脱获回耗，虽死必谢。君不许，何敢言；既许而问，则洞庭之与京邑，不足为异也。"毅请闻之。女曰："洞庭之阴，有大橘树焉，乡人谓之'社橘'。君当解去兹带，束以他物，然后叩树三发，当有应者。因而随之，无有碍矣。幸君子书叙之外，悉以心诚之话倚托，千万无渝！"毅曰："敬闻命矣。"女遂于襦间解书，再拜以进，东望愁泣，若不自胜。毅深为之戚。乃置书囊中，因复谓曰："吾不知子之牧羊，何所用哉，神祇岂宰杀乎？"女曰："非羊也，雨工也。""何为雨工？"曰："雷霆之类也。"毅顾视之，则皆矫顾怒步，饮龁甚异，而大小毛角，则无别羊焉。毅又曰："吾为使者，他日归洞庭，幸勿相避。"女曰："宁止不避，当如亲戚耳。"语竟，引别东去。不数十步，回望女与羊，俱亡所见矣。

其夕，至邑而别其友。月余到乡。还家，乃访于洞庭。洞庭之阴，果有社橘。遂易带向树，三击而止。俄有武夫出于波间，再拜请曰："贵客将自何所至也？"毅不告其实，曰："走谒大王耳。"武夫揭水止路，引毅以进。谓毅曰："当闭目，数息可达矣。"毅如其言，遂至其宫。始见台阁相向，门户千万，奇草珍木，无所不有。夫乃止毅，停于大室之隅，曰："客当居此以伺焉。"毅曰："此何所也？"夫曰："此灵虚殿也。"谛视之，则人间珍宝，毕尽于此：柱以白璧，砌以青玉，床以珊瑚，帘以水精，雕琉璃于翠楣，饰琥珀于虹栋。奇秀深杳，不可殚言。然而王久不至。毅谓夫曰："洞庭君安在哉？"曰："吾君方幸玄珠阁，与太阳道士讲《火经》，少选当毕。"毅曰："何谓《火经》？"夫曰："吾君，龙也，龙以水为神，举一滴可包陵谷。道士，乃人也。人以火为神圣，发一灯可燎阿房。然而灵用不同，玄化各异。太阳道士精于人理，吾君邀以听焉。"语毕而宫门辟。景从云合，而见一人，披紫衣，执青玉。夫跃曰："此吾君也！"乃至前以告之。

君望毅而问曰："岂非人间之人乎？"毅对曰："然。"毅而设拜，君亦拜，命坐于灵虚之下。谓毅曰："水府幽深，寡人暗昧，夫子不远千里，将有为乎？"毅曰："毅，大王之乡人也。长于楚，游学于秦。昨下第，闲驱泾水之涘，见大王爱女牧羊于野，风环雨鬓，所不忍视。毅因诘之，谓毅曰：'为夫婿所薄，舅姑不念，以至于此。'悲泗淋漓，诚怛人心。遂托书于毅。毅许之，今以至此。"

因取书进之。洞庭君览毕，以袖掩面而泣曰："老父之罪，不能鉴听，坐贻聋瞽，使闺窗孺弱，远罹构害。公，乃陌上人也，而能急之。幸被齿发，何敢负德！"词毕，又哀咤良久。左右皆流涕。时有宦人密侍君者，君以书授之，令达宫中。须臾，宫中皆恸哭。君惊，谓左右曰："疾告宫中，无使有声，恐钱塘所知。"毅曰："钱塘，何人也？"曰："寡人之爱弟。昔为钱塘长，今则致政矣。"毅曰："何故不使知？"曰："以其勇过人耳。昔尧遭洪水九年者，乃此子一怒也。近与天将失意，塞其五山。上帝以寡人有薄德于古今，遂宽其同气之罪。然犹縻系于此，故钱塘之人，日日候焉。"语未毕，而大声忽发，天拆地裂。宫殿摆簸，云烟沸涌。俄有赤龙长千余尺，电目血舌，朱鳞火鬣，项掣金锁，锁牵玉柱。千雷万霆，激绕其身，霰雪雨雹，一时皆下。乃擘青天而飞去。毅恐蹶仆地。君亲起持之曰："无惧，故无害。"毅良久稍安，乃获自定。因告辞曰："愿得生归，以避复来。"君曰："必不如此。其去则然，其来则不然。幸为少尽缱绻。"因命酌互举，以款人事。

俄而祥风庆云，融融怡怡，幢节玲珑，箫韶抱以随。红妆千万，笑语熙熙。中有一人，自然蛾眉，明珰满身，绡縠参差。迫而视之，乃前寄辞者。然若喜若悲，零泪如丝。须臾，红烟蔽其左，紫气舒其右，香气环旋，入于宫中。君笑谓毅曰："泾水之囚人至矣。"君乃辞归宫中。须臾，又闻怨苦，久而不已。有顷，君复出，与毅饮食。又有一人，披紫裳，执青玉，貌耸神溢，立于君左。君谓毅曰："此钱塘也。"毅起，趋拜之。钱塘亦尽礼相接，谓毅曰："女侄不幸，为顽童所辱。赖明君子信义昭彰，致达远冤。不然者，是为泾陵之土矣。飨德怀恩，词不悉心。"毅撝退辞谢，俯仰唯唯。然后回告兄曰："向者晨发灵虚，已至泾阳，午战于彼，未还于此。中间驰至九天以告上帝。帝知其冤，而宥其失。前所谴责，因而获免。然而刚肠激发，不遑辞候，惊扰宫中，复忤宾客。愧惕惭惧，不知所失。"因退而再拜。君曰："所杀几何？"曰："六十万。""伤稼乎？"曰："八百里。""无情郎安在？"曰："食之矣。"君忾然曰："顽童之为是心也，诚不可忍，然汝亦太草草。赖上帝显圣，谅其至冤。不然者，吾何辞焉？从此以去，勿复如是。"钱塘君复再拜。是夕，遂宿毅于凝光殿。

明日，又宴毅于凝碧宫。会友戚，张广乐，具以醴醢，罗以甘洁。初，笳角鼙鼓，旌旗剑戟，舞万夫于其右。中有一夫前曰："此《钱塘破阵乐》。"旌钺杰气，顾骤悍栗。座客视之，毛发皆竖。复有金石丝竹，罗绮珠翠，舞千女于其左，中有一女前进曰："此《贵主还宫乐》。"清音宛转，如诉如慕，坐客听之，不觉泪下。二舞既毕，龙君大悦，锡以纨绮，颁于舞人。然后密席贯坐，纵酒极娱。酒酣，洞庭君乃击席而歌曰："大天苍苍兮，大地茫茫。人各有志兮，何可思量。狐神鼠圣兮，薄社依墙。雷霆一发兮，其孰敢当？荷贞人兮信义长，令骨肉兮还故乡。齐言惭愧兮何时忘！"洞庭君歌罢，钱塘君再拜而歌曰："上天配合兮，生死有途。此不当妇兮，彼不当夫。腹心辛苦兮，泾水之隅。风霜满鬓兮，雨雪罗襦。赖

明公兮引素书，令骨肉兮家如初。永言珍重兮无时无。"钱塘
君歌阕，洞庭君俱起，奉觞于毅。毅踧踖而受爵，饮讫，复以
二觞奉二君。乃歌曰："碧云悠悠兮，泾水东流。伤美人兮，
雨泣花愁。尺书远达兮，以解君忧。哀冤果雪兮，还处其休。
荷和雅兮感甘羞。山家寂寞兮难久留。欲将辞去兮悲绸缪。"
歌罢，皆呼万岁。洞庭君因出碧玉箱，贮以开水犀；钱塘君复
出红珀盘，贮以照夜玑，皆起进毅，毅辞谢而受。然后宫中之
人，咸以绡彩珠璧投于毅侧，重叠焕赫，须臾埋没前后。毅笑
语四顾，愧揖不暇。洎酒阑欢极，毅辞起，复宿于凝光殿。

　　翌日，又宴毅于清光阁。钱塘因酒作色，踞谓毅曰："不
闻'猛石可裂不可卷，义士可亲不可羞'耶？愚有衷曲，欲一
陈于公。如可，则俱在云霄；如不可，则皆夷粪壤。足下以为
何如哉？"毅曰："请闻之。"钱塘曰："泾阳之妻，则洞庭君之
爱女也。淑性茂质，为九姻所重。不幸见辱于匪人，今则绝
矣。将欲求托高义，世为亲戚，使受恩者知其所归，怀爱者知
其所付，岂不为君子始终之道者？"毅肃然而作，欻然而笑
曰："诚不知钱塘君孱困如是！毅始闻夸九州，怀五岳，泄其
愤怒；复见断金锁，掣玉柱，赴其急难。毅以为刚决明直，无
如君者。盖犯之者不避其死，感之者不爱其生，此真丈夫之
志。奈何萧管方洽，亲宾正和，不顾其道，以威加人？岂仆人
素望哉！若遇公于洪波之中，玄山之间，鼓以鳞须，被以云
雨，将迫毅以死，毅则以禽兽视之，亦何恨哉！今体被衣冠，
坐谈礼义，尽五常之志性，负百行之微旨，虽人世贤杰，有不
如者，况江河灵类乎？而欲以蠢然之躯，悍然之性，乘酒假
气，将迫于人，岂近直哉！且毅之质，不足以藏王一甲之间，
然而敢以不服之心，胜王不道之气。惟王筹之！"钱塘乃逡巡
致谢曰："寡人生长宫房，不闻正论。向者词述疏狂，妄突高

明。退自循顾，戾微不容责。幸君子不为此乖间可也。"其夕，复饮宴，其乐如旧。毅与钱塘遂为知心友。

明日，毅辞归。洞庭君夫人别宴毅于潜景殿，男女仆妾等悉出预会。夫人泣谓毅曰："骨肉受君子深恩，恨不得展愧戴，遂至睽别。"使前泾阳女当席拜毅以致谢。夫人又曰："此别岂有复相遇之日乎？"毅其始虽不诺钱塘之情，然当此席，殊有叹恨之色。宴罢，辞别，满宫凄然。赠遗珍宝，怪不可述。毅于是复循途出江岸，见从者十余人，担囊以随，至其家而辞去。毅因适广陵宝肆，鬻其所得，百未发一，财已盈兆。故淮右富族，咸以为莫如。遂娶于张氏，亡。又娶韩氏，数月，韩氏又亡。徙家金陵。常以鳏旷多感，或谋新匹。有媒氏告之曰："有卢氏女，范阳人也。父名曰浩，尝为清流宰。晚岁好道，独游云泉，今则不知所在矣。母曰郑氏。前年适清河张氏，不幸而张夫早亡。母怜其少，惜其慧美，欲择德以配焉。不识何如？"毅乃卜日就礼。既而男女二姓，俱为豪族，法用礼物，尽其丰盛。金陵之士，莫不健仰。居月余，毅因晚入户，视其妻，深觉类于龙女，而艳逸丰厚，则又过之。因与话昔事。妻谓毅曰："人世岂有如是之理乎？"

经岁余，有一子。毅益重之。既产，逾月，乃秾饰换服，召毅于帘室之间，笑谓毅曰："君不忆余之于昔也？"毅曰："夙非姻好，何以为忆。"妻曰："余即洞庭君之女也。泾川之冤，君使得白。衔君之恩，誓心求报。洎钱塘季父论亲不从，遂至睽违。天各一方，不能相问。父母欲配嫁于濯锦小儿某，遂闭户剪发，以明无意。虽为君子弃绝，分无见期。而当初之心，死不自替。他日父母怜其志，复欲驰白于君子。值君子累娶，当娶于张，已而又娶于韩。迨张、韩继卒，君卜居于兹，故余之父母乃喜余得遂报君之意。今日获奉君子，咸善终世，死无恨矣。"

因呜咽，泣涕交下。对毅曰："始不言者，知君无重色之心；今乃言者，知君有感余之意。妇人匪薄，不足以确厚永心，故因君爱子，以托相生。未知君意如何？愁惧兼心，不能自解。君附书之日，笑谓妾曰：'他日归洞庭，慎无相避。'诚不知当此之际，君岂有意于今日之事乎？其后季父请于君，君固不许。君乃诚将不可邪，抑忿然邪？君其话之！"毅曰："似有命者。仆始见君子，长泾之隅，枉抑憔悴，诚有不平之志。然自约其心者，达君之冤，余无及也。以言：'慎无相避者'，偶然耳，岂有意哉。洎钱塘逼迫之际，唯理有不可直，乃激人之怒耳。夫始以义行为之志，宁有杀其婿而纳其妻者邪？一不可也。某素以操真为志尚，宁有屈于己而伏于心者乎？二不可也。且以率肆胸臆，酬酢纷纶，唯直是图，不遑避害。然而将别之日。见君有依然之容，心甚恨之。终以人事扼束，无由报谢。吁，今日，君，卢氏也，又家于人间。则吾始心未为惑矣。从此以往，永奉欢好，心无纤虑也。"妻因深感娇泣，良久不已。有顷，谓毅曰："勿以他类，遂为无心，固当知报耳。夫龙寿万岁，今与君同之。水陆无往不适。君不以为妄也？"毅嘉之曰："吾不知国客乃复为神仙之饵。"乃相与觐洞庭。既至，而宾主盛礼，不可具纪。

后居南海，仅四十年，其邸第、舆马、珍鲜、服玩，虽侯伯之室，无以加也。毅之族咸遂濡泽。以其春秋积序，容状不衰，南海之人，靡不惊异。

洎开元中，上方属意于神仙之事，精索道术。毅不得安，遂相与归洞庭。凡十余岁，莫知其迹。至开元末，毅之表弟薛嘏为京畿令，谪官东南。经洞庭，晴昼长望，俄见碧山出于远波。舟人皆侧立，曰："此本无山，恐水怪耳。"指顾之际，山

135 · 柳毅传 ·

与舟相逼，乃有彩船自山驰来，迎问于嘏。其中有一人呼之曰："柳公来候耳。"嘏省然记之，乃促至山下，摄衣疾上。山有宫阙如人世，见毅立于宫室之中，前列丝竹，后罗珠翠，物玩之盛，殊倍人间。毅词理益玄，容颜益少。初迎嘏于砌，持嘏手曰："别来瞬息，而发毛已黄。"嘏笑曰："兄为神仙，弟为枯骨，命也。"毅因出药五十丸遗嘏，曰："此药一丸，可增一岁耳。岁满复来，无久居人世以自苦也。"欢宴毕，嘏乃辞行。自是已后，遂绝影响。嘏常以是事告于人世。殆四纪，嘏亦不知所在。

陇西李朝威叙而叹曰："五虫之长，必以灵著，别斯见矣。人，裸也，移信鳞虫。洞庭含纳大直，钱塘迅疾磊落，宜有承焉。嘏咏而不载，独可邻其境。愚义之，为斯文。"

译文：

唐高宗仪凤年间（公元676～678年），有个书生名叫柳毅，科举未中，将要回湘江边上的故乡去。想起有个同乡住在泾阳，于是前去告别。走了六七里地，突然地上飞起一只鸟把马惊了。惊马离开了道向左边飞跑，一口气跑了几里地才停下来，只见一个女人在道边放羊。柳毅很奇怪，一看，是一个特别漂亮的女人。可是板着脸皱着眉，衣服上落满了尘土，呆呆地站在那里，好像在等待什么。柳毅问她："你怎么弄成这个样子啊？"那女人开始哭丧着脸表示谢意，后来流着泪回答："我很不幸，今天被您先生见笑了。可是，我的怨恨都钻进骨头里去了，还怎么能顾得上躲避人呢。希望请您听听我的话。我是洞庭龙王的小女儿，父母把我嫁给泾川龙王的二儿子。我的丈夫吃喝玩乐，让那些奴仆们迷惑了，对我一天不如一天好了。为此，我告诉了公婆。公婆溺爱儿子，不能管教他。等告诉的次数多了，又得罪了公婆，公婆把我责骂，并赶到了这里来。"说完，泣不成声，难过得没法子。又说："洞庭湖距这不知有多远，天高路远，音信不通，望穿了眼，想碎了心，也无处诉苦。听说您要回湖南，就近到洞庭湖去一次，我写封信，麻烦您给捎回去，不知是否可以呢？"柳毅说："我是个讲义气的人。听你这么一说，火气全上来了，恨没长翅膀，不能一下子飞起来。还有什么可以不可以的呢？然而洞庭湖水特别深呀，水陆相隔怎么能给你捎信呢？只担心无路可通，联系不上，辜负了你诚心的托付，对不起你那一片诚意。你有什么方法可以帮助我吗？"女人悲伤地哭着，表示感谢并说："您一路平安自不必说了。如果能得到回信，我就是死了也要感激您。您不答应，怎么敢说呢。既然您答应了，又问这事，那洞庭湖同京城没什么两样的。"柳毅请她说下去。女人说："洞庭湖南岸，有棵大桔树，当地人叫社桔。您到那里就把这条腰带解下来，结上一件东西，然后敲三下树，就会有人答应的了。您跟随他，就不妨事了。我除拜托您送这封书信外，把心里的话全告诉您了，您千万别改变主意。"柳毅说："我牢牢记下了。"女人于是在衣襟下拿出一封信，拜了又拜，递给了柳毅，望着东方，满脸愁容，两行热泪，好像已到了支持不住的程度了。柳毅也深深替她感到难过。于是把信装进书箱中，又问："我不知道你放羊有什么用处？难道神仙也宰杀牲畜吗？"女人说："不是羊啊，这是雨工。"柳毅问："什么叫雨工？"女人说："是雷神一类的。"柳毅仔细看了又看，只见个个昂首阔步，吃喝同羊也大不一样，而毛和角则同羊没有区别。柳毅又说："我给你当使者，以后你回到洞庭，千万别躲着我。"女人说："何止不躲，还应当像对亲戚一样呢"。说完，告别向东去了。柳毅走出几十步，回头看那女人和羊，都不知哪里去了。

当天晚上，柳毅到泾阳城里，与朋友告了别。一个多月以后，回到家乡，就到洞庭湖去了。洞庭湖南岸果然有棵社桔。于是解下了衣带，对着树敲了三下就停下了。不一会儿，有个武士从水波里钻出来，对柳毅拜了两拜说："贵客您是从什么地方到这里来的？"柳毅没告诉他实话，说："来拜访大王的。"武士把水一指，出现一条道路，领着柳毅就走，对柳毅说。"只要闭上眼睛，不一会儿就到了。"柳毅按他说的办了，于是到了宫殿。只见楼台相对，千门万户，奇花异草，无所不有。武士让柳毅止步，待在大厅的一角，并说："客人在这里等候吧。"柳毅说："这是什么地方？"武士说："这是灵虚殿。"柳毅仔细一瞧，只见人间的珍宝，全集中到了这里。柱子是白玉的，上边砌着青玉，床是珊瑚的，帘子是水晶的，翠玉做的框上还有雕刻的琉璃，房梁上还装饰着琥珀。千奇百怪，说都说不过来。

可是等了好长时间，大王也没来。柳毅对武士说："洞庭君在哪里呀？"回答说："我们王爷正在玄珠阁，与太阳道士讲火经，稍过一阵就完了。"柳毅说："什么叫火经？"武士说："我们的王爷是龙啊！龙因为水才成神，拿一滴水可以淹没高山大谷。道士是人啊！人因为火才成为神圣，用一只灯就可以烧掉阿房宫。然而灵气不相同，变化也不一样。太阳道士精通人的道理，我们的王爷请他来讲讲。"说完，宫门大开了。五彩祥云飘飘，只见一个人披着紫衣，拿着青玉。武士跳起来说："这是我们王爷啊！"于是近前报告了。洞庭君望着柳毅问道："难道不是人间来的吗？"柳毅答道："正是"。柳毅于是向洞庭君行礼，洞庭君也回礼，并让他在灵虚殿坐下。洞庭君对柳毅说："水府幽深，寡人我知道的事不多，先生不远千里而来，有什么事吗？"柳毅说："我是大王的同乡。生长在湖南，学习在陕西。前不久考试落榜，有空到洛水东边闲走，看见大王的爱女在野地里放羊，风吹雨淋，目不忍睹。柳毅我询问她。她对我说，受丈夫的气，公婆也不管，所以到了这地步。痛哭流涕，实在让人心疼。于是她求我捎来封信，我答应了，所以今天到此地来。"说着，拿出书信递了上去。洞庭君看完信，用袖子掩着脸哭了起来，说："我这个老父亲有罪过呀，没有很好了解，像聋子瞎子一样上了当，致使家里的小闺女在远处受折磨。先生您乃是走路之人，而能见义勇为，我也是有牙齿有头发的！怎么敢辜负您的好心。"说完这话，又叹息了好久，跟前的人都流下了眼泪。当时，有个随身的宦官在旁边，洞庭君把信交给了他，让他送进后宫。

　　不一会儿，宫中都痛哭了起来。洞庭君吃了一惊，吩咐左右快点告诉宫里，不要有声音，恐怕钱塘君知道。柳毅说："钱塘君是什么人啊？"洞庭君说："是我的老弟。以前在钱塘江当大王，现在被撤下来了。"柳毅说："为什么不让他知道？"洞庭君说："因为他勇力过人。古代尧遇上九年洪水，就是这位老弟一怒发的水。近来与天将闹别扭，把天将的五座山都给堵塞了。上帝因为我从古至今还有些功德，才把我们俩的罪过免了。然而把他拘留在我这里，钱塘的人天天等他回去呢。"话未说完，忽然发出了很大的声音，地动天摇，宫殿也晃动了起来，云气蒸蒸。不一会儿，有一条红色的龙，长有一千多尺，两眼如电，舌头如血，鳞甲像朱砂，鬃毛像火炭一般，脖子上锁个金锁头，锁链挂着个玉柱子，千万个雷霆围绕着它，轰轰隆隆，雪和雹子一起落下来。那红龙冲破青天直飞去了。柳毅吓得跌倒在地上。洞庭君亲手扶起他，说："别怕，肯定没事情！"柳毅好长时间才镇定下来，于是告辞说："我情愿活着回去，下次再也不敢来了。"洞庭君说："一定再不会这样了。他去时是这个样子，回来就不会这样了。请您稍坐坐。让我尽尽主人的情谊"。于是，命令摆酒，互相举杯敬酒，礼节十分周到。

不长时间，吹起微风，彩云飘飘，各色旗帜，忽忽喇喇，笙管笛箫，跟在后面，成千上万的美女，喜笑颜开，后面跟着一个美人，细眉大眼，满身珠宝，穿着长短的丝绸衣服。柳毅近前一看，原来是上次求他捎信的那个女人。只是又像高兴又像悲哀，脸上两道眼泪痕迹如同丝线一样。不一会儿，红烟从她的左边弥漫，紫气在她右侧飞腾，香气围绕着她，进入了后宫。洞庭君笑着对柳毅说："泾水的遭罪人来了。"并向柳毅告别转回后宫。一会儿，又听见了埋怨声、叹息声，很长时间也不停。过了一阵子，洞庭君又出来了，同柳毅饮酒吃饭。又有一个人，披着紫色的袍子，拿着青玉，仪表堂堂，站在洞庭君的左手边。洞庭君对柳毅介绍说："这就是钱塘君"。柳毅站起身来，忙走过去行礼。钱塘君也以礼相还，对柳毅说："我的侄女不幸，被那个小子欺侮，幸亏您有信有义，把她的冤屈告诉了我们，不然，她就变成泾陵的土了。感激您的恩德，不是用言语所能表达出来的。"柳毅谦逊了一番。钱塘君又回头告诉他哥哥："刚才七点钟从灵虚殿出发，九点钟到了泾阳，中午在那里打了一仗，下午一点钟回来了。这中间我还到了九霄云外，报告了上帝。上帝知道我们受了委屈，原谅了我的过错，就连以前的处罚也取消了。然而，我这火爆性子，没等告别就冲出去了，惊扰了宫中，触犯了客人，实在是惭愧不安，真是不懂礼貌。"说完又退身下拜。洞庭君说："杀了多少？"钱塘君说："六十万"。洞庭君又问："毁坏了庄稼吗？"钱塘君答道："坏了八百里"。洞庭君再问："那个无情的人哪去了？"钱塘君说："吃了！"洞庭君叹息着说："那个小毛孩子做出这样的事，实在是不可忍受的，但是你也太鲁莽了。幸亏上帝英明，理解我女儿的冤屈，不然的话，我又如何推卸得了责任。从此以后，不要再这样了。"钱塘君拜了又拜，连连答应。

这天晚上，柳毅被安排住在凝光殿。第二天，又在凝碧宫设宴招待柳毅。请来了亲朋，排好了乐队，拿出来好酒，端上来好菜。开始的时候，吹号擂鼓，一万名男子拿着武器，打着旗帜，在右侧跳舞，舞蹈队里一个男人出来报告："这是钱塘破阵乐。"只见旌旗飞舞，杀气腾腾，举手投足，威风凛凛。客人看得头发根直发麻。另外还有在弹琴吹笙的伴奏下，穿着绸缎衣服，戴着珠宝首饰的一千名女子，在左边跳舞。队中一个女子出来说："这是贵主还宫乐。"清音宛转，如泣如诉，座中客人们听后，不觉流下眼泪。两个舞蹈结束后，洞庭君特别高兴，把绸缎赏给了跳舞的人。然后，大摆宴席，坐满了宾客，开怀畅饮起来。喝到痛快时，洞庭君拍着桌子唱起来："天空青青啊，大地茫茫。人各有志啊，怎能思量。装神弄鬼的狐鼠啊，逼近了社稷。雷霆一发啊，谁个敢当？多亏这位有道德的人啊，信深义长，使我们骨肉回到了故乡。都说惭愧啊什么时候也不能忘。"洞庭君歌完，钱塘君拜了两拜，唱起来："上天的配合啊，生死各有道路。这个不是媳妇啊，那个不够丈夫。心中痛苦啊，在泾水之隅。满鬓的风霜啊，雨雪湿透了衣服。多亏这位贤明的人捎来了书信，让一家骨肉团圆如同当初。永远保重啊没有一点不舒服。"钱塘君唱完一曲，洞庭君跟着站起来，捧着酒杯献给柳毅。柳毅手足无措地接过酒杯。干杯后，柳毅又将两杯酒献给洞庭君和钱塘君。于是，柳毅唱道："碧云悠悠啊，泾水东流。可怜那个美人啊像带雨的花在发愁。一封书信啊往远处投，解除了大王的忧。冤屈得到了昭雪啊回家后欢乐如初。承蒙热情招待，多谢好饭好酒。我的家冷清无人啊难在此久留。要想告别啊心潮起伏。"唱完，人们高呼万岁。洞庭君拿出碧玉箱，里面装着个分水的犀牛角，钱塘君又拿出一个红色的琥珀盘，装着夜明珠，一齐赠给柳毅。柳毅辞谢不过，才接受了。然后，宫中的人们纷纷拿出绸缎、珠宝，放在柳毅身旁，成垛成堆，光彩夺目，不大功夫就把柳毅身前身后都堆满了。柳毅笑着同大家打招呼，忙着作揖还礼都来不及。等到酒酣兴尽，柳毅起身告退，又睡在凝光殿。

第二天，又在清光阁宴请柳毅。钱塘君趁着酒劲，红着脸，蹲在席上对柳毅说："可曾听说巨石可以裂开不能卷起来，义士可杀不可羞辱么？我有一句心里话想告诉您。如果同意，则全在天堂；如果不同意，则都变成粪土。先生认为怎么样？"柳毅说："请讲。"钱塘君说："泾阳君的妻子就是洞庭君的爱女。人品很好，亲朋们都佩服。不幸被那个不是人的东西欺侮了。现在断绝了关系。今天打算恳求您这位义士，世世代代结为亲属。使受恩的人知道自己的归属，使心里怀有爱的人知道抒发自己的感情。这岂不是正人君子善始善终的道理吗？"柳毅严肃地站起来，立刻又笑了："真不知道钱塘君这样浅薄。柳毅我开始时听说你足跨九州，怀揣五岳，发泄愤怒。以后又看见你扯断金锁，拽走玉柱，救人急难。我柳毅以为英明果敢没有赶上您的。大概对付敌人不怕身死，对待好人不吝惜自己的生命，这才真是大丈夫的志气。怎么乐器演奏得正好，亲朋们交谈得正欢，居然不顾道理，耍起威风逼迫人？这哪里是我平常想的那个样啊？如果在洪水之中，高山之间，碰上了您，您张牙舞爪、兴风作浪，要把我弄死，我柳毅则把您当做禽兽来看待，也没有什么遗憾的。可是今天您身上穿着衣服，头上戴着帽子，坐在那里谈仁义，什么是天地君亲师的道理，什么是各种行为的不足，虽然是世上的圣人贤者也不如您，何况江河中的精灵呢？可是您居然想用您庞大的身体，凶残的性情，假酒使气来逼迫人，这哪里是什么正直呀！况且我柳毅这个身躯，填您的鳞甲缝都不满，可是我却敢以不佩服的心情来对抗大王那不道德的脾气。请大王好好思量思量！"钱塘君连忙离座近前行礼道歉："我生长在深宫，没听见过高明的道理，刚才言语粗暴，冒犯了先生。我躲在一边思量，实在是罚不当罪。请先生不要因此疏远就行了。"当晚大摆宴席，欢乐的情形一如既往。柳毅与钱塘君成了知心朋友。

　　第二天，柳毅告辞回家。洞庭君的夫人另外在潜景殿设宴给柳毅送别。连仆人丫环男男女女都出席了宴会。夫人哭着对柳毅说："我们全家骨肉深受您的大恩，遗憾的是没能很好报答，就这样离别了"。又让从泾阳归来的女儿在席前给柳毅行礼，表示谢意。夫人又说："这一分别，以后还有相见的日子吗？"柳毅在前番虽然没有答应钱塘君的请求，但是，在此时，很有些遗憾的意思。宴罢，柳毅告辞，宫内所有的人无不难过。赠给的各种宝贝，奇奇怪怪都叫不出名来。

　　柳毅仍然按来时的道路上了岸，只见有十几个人挑着担子跟随他，一直送他到家才回去。柳毅来到广陵的珠宝店，把得到的宝物出卖，还没有卖完百分之一，所得的银钱就超过了百万。江淮一带的世家富户都不如他有钱。于是娶了张家一个姑娘，不久，妻子就死了。又娶了一个姓韩的姑娘，几个月后，又死了。柳毅把家搬到金陵，经常因为自己单身没有妻子而感到寂寞，打算再娶一房妻子。有个媒人告诉他说："有个姓卢的姑娘，本是范阳人。父亲叫卢浩，曾当过清流县县官。晚年好道，独自外出游历，现在不知下落了。母亲姓郑。这姑娘前年嫁给清河的张家，不幸丈夫又早早地死去了。她妈妈可怜孩子年纪轻轻，长的漂亮，人又聪明，想挑选个好样儿的人做女婿，不知这个人家你看怎么样？"柳毅于是择了个吉日举行了婚礼。因为男女双方都是有名的大户人家，一切排场、用品都特别讲究。金陵的读书人，没有一个不羡慕的。

婚后一个多月，一天，柳毅晚上回到家里，抬眼一看，觉得妻子特别像那个龙女，而娇媚丰满又超过了龙女。因此与妻子谈起从前经历的那段事。妻子对柳毅说："人间哪有这个事理呀？我和你已经有孩子了。"柳毅更加关怀妻子了。孩子满月后，妻子浓妆艳抹，衣着华丽，遍请亲友。聚会的时候，妻子笑着对柳毅说："你想不起我过去的情况吗？"柳毅说："以前我给洞庭君的女儿传递过书信，到现在还记忆犹新。"妻子说："我就是洞庭君的女儿啊。以前在泾川含冤受苦，是您搭救了我。我感谢您的恩德，一心要报答。自从钱塘叔父向您提亲没有成，就彼此分离，天各一方，连个消息也不通。父母亲想把我嫁给濯锦江龙君的儿子，只是我的心志难改，父母的意思又难违背，想到您拒绝我的亲事，再也没有见面的日期了。过去的冤屈虽然能够告诉父母，但是我立誓报答您的这一片心意却没有实现，想再找您说一说，正好赶上您两次结婚，先娶张氏，不久又娶韩氏。等张氏、韩氏相继死去，您搬到这里来了，因此，我的父母高兴我有机会报答您的好心了。今天得以侍候您，好好过一辈子，死了也不遗憾了。"说着哭了起来，泪流满面，又对柳毅说："早先不说，是因为您没有好色之心，今日才说破，是知道您还在怀念我。我是个女人，身份低微，不值得您永远放在心上，但因为您喜爱孩子，我才以命相托，不知您的想法如何？我心里又愁又怕，自己不能排解。您给我传递书信那时，笑着对我说：'以后回洞庭湖，请不要躲着我。'真不知那时您是否想到过今天这样的事情？后来，我叔父求您，您坚决不答应。您是真的不愿意还是因为生气的缘故，请您说说。"柳毅说："这好像是命中注定吧。我开始在泾川边上见到你，满脸委屈一身憔悴，我是真的感到不平。但是，我能克制自己的感情，就是为了传达你所受的委屈，没有想到别的。而说以后不要躲避我，那是随便说的，哪里是有什么意思呢。钱塘君硬逼我允婚时，因为在道理上实在说不过去，才激起我发怒。开始以伸张正义为目的，最终怎能是杀了人家丈夫娶人家的妻子呢？这是第一个不可以；我平素是以坚持真理为志向，怎么能低三下四违背良心呢？这是第二个不可以。况且，我是心怀坦荡，彼此有分歧，只求公正，不考虑利害。可是，分别那天，看到你有依恋之意，我心里也很难过。终于因受人事的约束，没有报答你的好意。啊，今天，你姓卢，又住在人间，开始时我就没有什么疑惑，从今以后，永远快快乐乐，心上一点顾虑都没有了。"妻子很感动，娇滴滴地哭了起来，好久也止不住。

过了一阵子，妻子对柳毅说："不要认为不是人类就没有心肝，当然也是知道报恩的。龙可以活一万年，现在同您一道永生，水里陆上无处不可去，你不要以为是假的呀！"柳毅说："我不知道便作了驸马，又登上了神仙的台阶。"于是他同妻子一起去拜访洞庭君。到达以后，主人举行了盛大的礼仪，不用一一细说。后来，在南海居住，才四十年，但他的房屋、车马、衣服、器物，都是王侯家比不过的。柳毅的同族人也都跟着沾了光。因为柳毅年复一年，总不见老，南海地方的人没有不感到惊奇的。

自从玄宗开元年间（公元713~741年），皇帝喜好神仙，到处寻求法术。柳毅不得安宁，就又同妻子回到了洞庭湖。一连十多年也不知道他的行踪。到了开元末年，柳毅的表弟薛嘏，在京城附近做县令，被贬斥到东南方去，路过洞庭湖时，大白天极目远望，突然看到一座青山从远处的波涛中冒出来。船家都跑到船边上来，说："这里本来没有山，恐怕是水怪吧？"正在议论间，山和船快要碰上了。只见一只彩船从山那里飞也似的过来了，问这是薛嘏的船吗？彩船上有一个人高喊："柳先生差我们来等候您呢！"薛嘏恍然大悟，急命船驶到山前，手提衣襟飞跑上山。山上有宫殿和人间的一样，只见柳毅站在宫殿里，前边有乐队，后边摆满了珍珠翡翠，陈设的阔气，远远超过了人间。柳毅的言谈更玄妙，容貌更年轻了。一见面，在台阶上迎接薛嘏，握着他的手说："分别是一转眼的时间，可你的头发都花白了。"薛嘏笑着说："哥哥是神仙，小弟我不过是一把枯骨，这是命运呀。"柳毅于是拿出五十丸药赠送给薛嘏，说："这药一丸可使人多活一年。到时候你再来，不要久居人间，自讨苦吃了。"吃过酒饭，薛嘏告辞了。从此以后，再也没有听到柳毅的消息了。薛嘏经常把这件事告诉人们，过了五十来年，薛嘏也不知去向了。

陇西的李朝威记述了这些后，又感慨地说："五种虫类中的杰出者，必然有灵性，区别一下就能看清。人是裸虫，可以同鳞虫的龙通信息。洞庭君有修养、很正直；钱塘君雷厉风行，光明磊落，应该有接续的。薛嘏传说了这件事，却没有记载下来，这是因为他自己仅仅是接近这事而已。我很受感动，因此，写成了这篇文章。

....

作者李朝威。唐代陇西（今甘肃陇西）人，生卒日期与生平事迹均不详。

《柳毅传》在唐传奇中是属于一流的作品。自问世以来，一直广为流传，经久不衰。这篇作品除了情节离奇动人而外，还塑造了诸多个性鲜明的人物形象。柳毅的刚正、钱塘君的嫉恶如仇、龙女的善良、洞庭君的仁厚等等，均给人以强烈的印象。另外，语言简练，对话个性化，闻其声如见其人。凡此种种，对于后世的小说创作都产生了很大的影响。

板桥三娘子

薛渔思

唐汴州西有板桥店，店娃三娘子者，不知何从来。寡居，年三十余，无男女，亦无亲属。有舍数间，以鬻餐为业，然而家甚富厚，多有驴畜。往来公私车乘，有不逮者，辄贱其估以济之。人皆谓之有道，故远近行旅多归之。

元和中，许州客赵季和，将诣东都，过是宿焉。客有先至者六七人，皆据便榻。季和后至，最得深处一榻，榻邻比主人房壁。既而三娘子供给诸客甚厚，夜深致酒，与诸客会饮极欢。季和素不饮酒，亦预言笑。至二更许，诸客醉倦，各就寝。三娘子归室，闭关息烛。人皆熟睡，独季和辗转不寐。隔壁闻三娘子悉窣，若动物之声。偶然隙中窥之，即见三娘子向覆器下，取烛挑明之。后于巾箱中，取一副耒耜，并一木牛，一木偶人，各大六七寸。置于灶前，含水噀之，二物便行走。木人则牵牛驾耒耜，遂耕床前一席地，来去数出。又于箱中取出一裹荞麦子，授于木人种之。须臾生，花发麦熟。令木人收割持践，可得七八升。又安置小磨子，磑成面讫，却收木人子于箱中。即取面作烧饼数枚。有顷鸡鸣，诸客欲发。三娘子先起点灯，置新作烧饼于食床上，与诸客点心。季和心动，遽辞，开门而去，即潜于户外窥之。乃见诸客围床，食烧饼未尽，忽一时踣地作驴鸣，须臾皆变驴矣。三娘子尽驱入店后，而尽没其货财。季和亦不告于人，私有慕其术者。

后月余日，季和自东都回，将至板桥店，预作荞麦烧饼，大小如前。既至，复寓宿焉。三娘子欢悦如初。其夕更无他客，主人供待愈厚。夜深，殷勤问所欲？季和曰："明晨发，请随事点心。"三娘子曰："此事无疑，但请稳睡。"半夜后，季和窥见之，一依前所为。天明，三娘子具盘食，果实烧饼数枚于盘中讫，更取他物，季和乘间走下，以先有者易其一枚，彼不知觉也。季和将发，就食，谓三娘子曰："适会某自有烧饼，请撤去主人者，留待他宾。"即取已者食之，方饮次，三娘子送茶出来。季和曰："请主人尝客一片烧饼。"乃拣所易者与啖之。才入口，三娘子据地作驴声，即立变为驴，甚壮健。季和即乘之发，兼尽收木人、木牛子等。然不得其术，试之不成。季和乘策所变驴，周游他处，未尝阻失，日行百里。

后四年，乘入关，至华岳庙东五六里。路旁忽见一老人，拍手大笑曰："板桥三娘子，何得作此形骸。因捉驴谓季和曰："彼虽有过，然遭君亦甚矣，可怜许，请从此放之。"老人乃从驴口鼻边，以两手擘开。三娘子自皮中跳出，宛复旧身，向老人拜讫，走去。更不知所之。

译文：

　　唐代汴州西边有个板桥店，店主人三娘子不知是从什么地方来的。守寡，三十多岁，没儿女也没有亲属，只有几间房，以卖饭为业。然而，家中很有钱，养了不少驴。来来往往的官府和私人的车辆，有的牲口拉不动了，就减价把家中的牲口卖给车主，帮助解决困难。人们都说她有道德，所以远近的旅客都愿意到她店里投宿。

　　唐宪宗元和（公元806～820年）年间，许州的客人赵季和，将要到洛阳去，路过这里时住宿。客人有先来的六七位，都住的是简易铺位。赵季和后到的，住到最靠里边的一个床上，这个床位紧挨着店主人房间的墙壁。

　　不一会儿，三娘子给客人准备好了丰盛的饭菜。夜深时，还送来了酒，同客人们一起喝酒，特别愉快。赵季和平时不会喝酒，也同大伙在一块说笑。到了二更天，客人们喝醉了，很感困倦，分头去睡下了。三娘子也回到自己房间，关上门，熄了灯。人们都睡熟了，只有赵季和翻来覆去睡不着。隔墙听见三娘子屋里有一些小动静，好像搬动什么东西发出的声音。偶然从墙壁缝中偷看一眼，只见三娘子从一个罩子下面把灯取出来，挑亮了灯捻，然后在一个装杂物的箱子里拿出一副犁杖及一个木牛，一个木偶人，都有六七寸高，放在了灶前。含口水喷了一下，两个东西便行走起来，小木人就牵上牛套上犁杖，开始耕床前那块地，来来去去好几遍。三娘子又从箱子里拿出一包荞麦籽，交给小木人种荞麦。不大功夫，荞麦开花，成熟了。又叫小木人收割、打场，大约有七八升荞麦。又安好一盘小磨，磨成了面粉，再将小木人收进了箱里。立刻拿面做成好几个烧饼。

过一会儿，鸡叫了。客人们要起身了。三娘子先起来点上灯，把新做的烧饼放在饭桌上，请客人吃早点。赵季和心中一机灵，连忙告辞，开门就走了。马上又藏在窗外偷看。只见客人们围着饭桌吃烧饼，没等吃完，忽然同时摔倒在地，发出驴叫声，眨眼间全变成了驴。三娘子把驴全赶到店房后面，把客人们的钱财、物资都收了起来。赵季和也没告诉别人，心里暗暗羡慕三娘子有这个法术。

一个多月以后，赵季和从洛阳回来，将要到板桥店时，预先做好了荞麦烧饼，大小像他以前看见的那样。到了板桥店后，又在店里住下了。三娘子快活的样子同从前一样。当天晚上没有其他客人，店主人供应的更丰厚了。夜深时，很热情地问还要些什么。赵季和说："明天早晨动身，请随便搞些点心。"三娘子说："这事不用担心，只请您稳稳当当地睡吧。"半夜以后，赵季和偷看一下，一切像上次干的那样。

天亮了，三娘子准备好盘子，果然盛了几个烧饼在盘子里。赵季和趁她转身去取东西的时候，用自己的烧饼换掉了一个三娘子的烧饼，三娘子没有发现。赵季和要动身了，开始吃饭，对三娘子说："碰巧我自己有烧饼，请把您店里的烧饼端下去，留着给别的客人吧。"立刻拿出自己的烧饼吃了。正吃的时候，三娘子送茶来了。赵季和说："请店主人尝尝客人的烧饼。"于是，他挑那个换过了的烧饼给她吃。才吃一口，三娘子趴在地上发出驴叫声，立刻变成了驴，很壮实。赵季和就骑上走了，并把小木偶、木牛等也都带走了。然而，他没有学会法术，试验没有成功。

赵季和骑着三娘子变的驴，周游各地，这头驴一点差错也没发生，一天能走一百里地。

四年后，赵季和骑着这头驴进了潼关，到华岳庙东五六里的地方。路旁忽然出现一个老头，拍手大笑道："板桥三娘子怎么弄成这个样子了？"说完，他拽住驴对赵季和说："她虽然有过错，但被您整治得也够受的了！可怜些吧，请您从此放了她。"老头从驴的嘴巴和鼻子两边，用手掰开，三娘子从驴皮里跳了出来，仍旧恢复了原来的样子，向老头行礼道谢后走了，再不知下落。

作者薛渔思，唐朝人，经历不详，著有《河东记》。

本文的构思巧妙，立意新奇。人物刻画得很生动。

荆十三娘

胡 媚 儿

薛渔思

唐贞元中，扬州坊市间，忽有一妓术丐乞者，不知所从来。自称姓胡，名媚儿，所为颇甚怪异。旬日之后，观者稍稍云集。其所丐求，日获千万。一旦怀中出一琉璃瓶子，可受半升，表里烘明，如不隔物。遂置于席上，初谓观者曰："有人施与满此瓶子，则足矣。"瓶口刚如苇管大，有人与之百钱，投之，玎然有声，则见瓶间大如粟粒，众皆异之。复有人与之千钱，投之如前。又有与万钱者，亦如之。俄有好事人，与之十万二十万，皆如之。或有以马驴入之瓶中，见人马皆如蝇大，动行如故。须臾，有度支两税纲，自扬子院部轻货数十车至。驻观之，以其一时入，或终不能致将他物往，且谓官物不足疑者。乃谓媚儿曰："尔能令诸车皆入此中乎？"媚儿曰："许之则可。"纲曰："且试之。"媚儿乃微侧瓶口，大喝，诸车辂辂相继，悉入瓶，瓶中历历如行蚁然。有顷，渐不见。媚儿即跳身入瓶中，纲乃大惊，遽取扑破。求之一无所有，从此失媚儿所在。

后月余日，有人于清河北，逢媚儿。部领车乘，趋东平而去。是时李师道为东平帅也。

译文：

　　唐德宗贞元（公元785～804年）年间，扬州街市上，忽然来了一个变戏法讨小钱的女艺人，不知从什么地方来的，自称姓胡，名叫媚儿。她所变的戏法特别出奇。十多天以后，看戏法的人渐渐多了起来。她所得到的钱，每天不下千、万文。

　　一天早晨，她从怀里掏出一个玻璃瓶子，可装半升水。里外透明净亮，隔着瓶子看东西好像中间没有玻璃一般。她把瓶子放在地上，开始对观众说："有哪位赏钱，装满这个瓶子就够了。"瓶口刚赶上苇管那么粗，有人给她一百文钱，扔到瓶里当当作响。看看瓶里的大钱像小米粒似的，众人对此都很诧异。又有个人给她一千文钱，扔到瓶里又同刚才一样。又有人给了一万钱，还是那样。过一会儿，有喜欢多事的人给了她十万、二十万钱，全是那样。或有人把马和驴赶进瓶里，看那马和驴都像苍蝇那么大，行动和平常一样。

　　不大功夫，有户部一个官员押送着上缴国库物资的车队，从扬州的办公地点来到了。车上分别装着当地的土产，共有好几十车，停在那里看戏法。这位官吏以为那些东西即使装到瓶里，终究不能被弄到别的地方去，况且官家的东西不必担心弄没了。于是对胡媚儿说："你能让这些车辆全都进到这个瓶子里吗？"胡媚儿说："只要允许就行。"带队的官员说："暂且试试。"胡媚儿将瓶口微微倾斜一下，大声吆喝，车辆一个挨一个全进瓶里了，在瓶里清清楚楚好像爬行的蚂蚁一般。过了一阵子，车辆逐渐不见了，胡媚儿立即跳进瓶里。带队的官员大吃一惊，急忙拿过瓶子摔碎了，什么东西也没有了。从此，胡媚儿也不见了。

以后过了一个多月，有人在清河县北边碰到了胡媚儿，赶着那个车队，往东平方向去了。当时，李师道是东平的节度使啊。

◆◆◆

本文通过胡媚儿变戏法的故事，曲折地反映了唐代藩镇割据势力同中央政权闹独立，巧取豪夺，甚至公然劫夺国库物资，唐王朝对此却毫无办法的社会现实。

枕 中 记

沈既济

开元七年，道士有吕翁者，得神仙术，行邯郸道中，息邸舍，摄帽弛带，隐囊而坐。俄见旅中少年，乃卢生也。衣短褐，乘青驹，将适于田，亦止于邸中，与翁共席而坐，言笑殊畅。久之，卢生顾其衣装敝亵，乃长叹息曰："大丈夫生世不谐，困如是也。"翁曰："观子形体，无苦无恙，谈谐方适，而谈其困者，何也？"生曰："吾此苟生耳，何适之谓？"翁曰："此不谓适，而何谓适？"答曰："士之生世，当建功树名，出将入相，列鼎而食，选声而听，使族益昌而家益肥，然后可以言适乎。吾尝志于学，富于游艺，自惟当年青紫可拾。今已适壮，犹勤畎亩，非困而何？"言讫而目昏思寐。时主人方蒸黍，翁乃探囊中枕以授之，曰："子枕吾枕，当令子荣适如志。"

其枕青瓷，而窍其两端，生俯首就之。见其窍渐大，明朗，乃举身而入，遂至其家。数月，娶清河崔氏女。女容甚丽，生资愈厚。生大悦，由是衣装服驭，日益鲜盛。明年，举进士，登第。释褐秘校；应制，转渭南尉。俄迁监察御史；转起居舍人，知制诰。三载，出典同州，迁陕牧。生性好土功，自陕西凿河八十里，以济不通。邦人利之，刻石纪德。移节汴州，领河南道采访使，征为京兆尹。是岁，神武皇帝方事戎狄，恢宏土宇。会吐蕃悉抹逻及烛龙莽布支攻陷瓜沙，而节度使王君㚟新被杀，河湟震动。帝思将帅之才，遂除生御史中丞，河西道节度。大破戎虏，斩首七千级，开地九百里，筑三大城以遮要害。边人立石于居延山以颂之。归朝册勋，恩礼极盛。转吏部侍郎，迁户部尚书兼御史大夫。时望清重，群情翕习，大为时宰所忌。以飞语中之，贬为端州刺史。三年，征为常侍。未几，同中书门下平章事。与萧中令嵩、裴侍中光庭同执大政十余年，嘉谟密命，一日三接。献替启沃，号为贤相。同列害之，复诬与边将交接，所图不轨。下制狱。府吏引从至其门而急收之。生惶骇不测，谓妻子曰："吾家山东，有良田五顷，足以御寒馁。何苦求禄？而今及此，思衣短褐、乘青驹，行邯郸道中，不可得也。"引刃自刭。其妻救之，获免。其罹者皆死，独生为中官保之，减罪死，投驩州。数年，帝知冤，复追为中书令，封燕国公，恩旨殊异。生五子，曰俭、曰传、曰位、曰倜、曰倚，皆有才器。俭进士登第，为考功员外；传为侍御史；位为太常丞；倜为万年尉；倚最贤，年二十八，为左襄。其姻媾皆天下望族，有孙子十余人。两窜荒徼，再登台铉。出入中外，徊翔台阁。五十余年，崇盛赫奕。性颇奢荡，甚好佚乐。后庭声色，皆第一绮丽。前后赐良田、甲第、佳人、名马，不可胜数。后年渐衰迈，屡乞骸骨，不许。病，中人候问，相踵于道。名医上药，无不至焉。将殁，上疏曰："臣本山东诸生，以田圃为娱。偶逢圣运，得列官叙。过蒙殊奖，特秩鸿私。出拥节旄，入升台辅。周旋中外，绵历岁时。有忝天恩，无裨圣化。负乘贻寇，履薄增忧。日俱一日，不知老至。今年逾八十，位极三事，钟漏并歇，筋骸俱耄。弥留沉顿，待时溘尽。顾无成效，上答休明，空负深恩，永辞圣代。无任感恋之至，谨奉表陈谢。"诏曰："卿以俊德，作朕元辅。出拥藩翰，入赞雍熙，升平二纪，实卿所赖。比婴疾疹，日谓痊平。岂斯沉痼，良用悯恻。今令骠骑大将军高力士就第候省。其勉加针石，为予自爱。犹冀无妄，期于有瘳。"是夕，薨。

卢生欠伸而悟，见其身方偃于邸舍，吕翁坐其旁，主人蒸黍未熟，触类如故。生蹶然而兴，曰："岂其梦寐也？"翁谓生曰："人生之适，亦如是矣。"生怃然良久，谢曰："夫宠辱之道，穷达之运，得丧之理，死生之情，尽知之矣。此先生所以窒吾欲也。敢不受教。"稽首再拜而去。

译文：

唐开元七年（公元719年），有位名叫吕翁的道士，学得一身神仙的法术。一天，走在通往邯郸的大道上。他来到一家旅店进门休息，摘下帽子，松开衣带，靠着布口袋坐了下来。过了不久，旅店里出现一位年轻人，姓卢，穿着短衫布衣，骑匹小青马，准备去狩猎，也是到旅店来休息的。他与吕翁坐在一起，两人说说笑笑，谈得很投机。

谈过了一阵子，卢生低头看着自己一身破旧的衣服，长叹一声，说："大丈夫生在世上却不走运，穷困到这种地步！"吕翁说："看您的模样，没病没灾的，有说有笑，挺称心如意的，却嫌自己受穷，这是为什么呀？"卢生说："我现在不过是对付活着罢了，哪里说得上是称心如意呀！"吕翁说："这样还不算称心如意，那什么样才算呢？"卢生回答说："读书人生在世上，应该立功扬名。出征当任将军，回朝应任宰相。吃饭的时候，装满山珍海味的鼎一个挨着一个。听歌曲时，我喜欢听什么，就叫唱什么。还要让我的家族越来越昌盛，让我的家庭越来越富裕。有了这一切，然后才能说得上是称心如意呢！我曾立志攻读，学问也算渊博。自己满以为年轻轻就可以轻易把高官得到手，没有想到如今，我这么大年岁了，仍然不得不奔波在围场上，这不是穷困潦倒又是什么呢？"说完，睡意突然袭来，两眼就有些睁不开了，打算告辞回房睡觉。当时，旅店的老板正在忙着蒸煮黄米饭。吕翁于是伸手到布口袋里取出一个枕头，递给卢生，说："您枕我的枕头，就会使您富贵荣华，称心如意。"

枕中记

159

这是个青瓷做成的枕头，两端是空的。当卢生俯下身子，把头枕到枕头上时，两眼只见枕头上的窟窿越来越大了起来，里面亮堂堂的。于是，他感到自己站起身来，走了进去。不一会，就回到了自己的家里。几个月后，卢生娶了清河地方一位姓崔人家的女儿，姑娘长得很美丽。家里的钱财愈来愈多，他十分高兴。从此后，穿的衣服、坐的马车一天比一天华丽了。第二年，科考时，他中了进士。殿试后被任命在秘书省做校书官。后来，皇帝调他到渭南县当县尉。不久，又升为监察御史。接着调任为起居舍人，负责替皇帝起草诏书公文。三年后，调到同州任刺史，又调陕州当刺史。他平生最愿意大兴土木、搞建筑。他在陕西开了一条河，疏通了当地的交通、解决了运输的困难。为此，陕州的百姓得到了不少便利。于是，百姓刻石立碑颂扬他的功德。后来，又调往汴州当刺史，兼任河南道采访使。时隔不久，调回京城当了京兆尹。

　　这一年，神武皇帝向西边少数民族地区进兵，开拓疆土。当时，吐蕃地方的悉林逻和独龙地方的龙莽布支攻下了瓜沙城，节度使王君㚟刚刚被杀死。甘肃境内的黄河流域、湟河流域形势异常紧张。皇帝希望能得到一位有才能的大将，结果，卢生被皇帝封为御史中丞兼河西道节度使。卢生领兵大破敌兵，杀死七千多人，占领了九百多里土地，建起三座大城，镇守在要害之处。边境的居民在延居山竖立起石碑来颂扬他这些丰功伟绩。卢生胜利回到京城，被皇帝加官进爵，很受重用，晋升为吏部侍郎，后来又升为户部尚书兼御史大夫。在当时，他很有威信，人们都很佩服，因此却遭到当朝宰相的嫉妒，对他造谣中伤。结果，他被贬为端州刺史。三年后，又调回京城，任常侍。不久，当上了宰相。与中书令萧嵩、侍中裴光庭共同处理军国大事达十余年，经常受到皇帝的赞许，深得皇帝的信任。有时一天之内就接到皇帝好几道密令，做起事来十分能干，被称为贤相。同僚们陷害他，诬告他与边将勾结，要阴谋推翻朝廷，皇帝下令把他抓进监狱，命令官吏带着兵丁来到他家立刻将他逮捕。卢生得知后十分惊慌，知道自己将要被处死，便对妻子说："我家在山东，原有五顷好地，足够吃穿。何苦出来当官呢？如今到了这种地步，再想像从前那样穿件短布衫，骑一匹小青马，在邯郸道上漫游，都是不可能的喽！"说完，操起刀来便要自杀，他的妻子急忙上前救下了他，才没有死成。同卢生一道被抓起来的人都被处死了，单单卢生因有太监的庇护，才没有被处死，而被流放到驩州。几年以后，皇帝发觉卢生受了冤枉，恢复了他的官职，任命他为中书令，晋封为燕国公，对他宠信异常。

　　卢生有五个儿子，叫卢俭、卢传、卢位、卢倜、卢倚，都很有才干。卢俭中了进士，当上了考功员外；卢传当上了侍御史；卢位当上了太常丞；卢倜当上了万年尉；卢倚最好，二十八岁就当上了左丞相。他们的岳父家都是天下有名的大族。卢生有十几个孙子。卢生两次官复原职，一直在中央政府掌权，五十多年来声威显赫。卢生为人奢侈、喜好声色犬马，家中的歌女舞伎都是第一流的美人。皇帝前后赏赐给他的良田、好房、美女、名马，不可胜数。后来，卢生渐渐衰老了，屡次请求辞职，皇帝都不允许。生病时，皇帝派太监一个接一个前来探望。名医、好药无时不送来。卢生病危临终时，给皇帝上书："臣原本是山东的一个读书人，以耕田种菜为乐，偶然机会被圣上所发现，才能到朝廷来做官。承蒙圣上宠信，使我这个德薄才疏、出身贫贱的人骤登高位，在外统帅大军、在内执掌大议。里里外外任职数年，辜负了皇帝的信赖，名望不足以震慑国威，致使给盗贼有可乘之机。我为国事而忧心，就如同走在薄冰上一般，忧虑日甚一日，不知不觉老之将至。今年我已经超过八十岁了，官至宰相，总管政事、军事、民事，现在已经到了晚年，身体不行了。这就如同钟停摆了，水沉静了一般，仅仅剩下一口气，眼看着也要没了。回顾自己一生没有做出什么像样的业绩，来报答圣上的宠爱，辜负了圣上的大恩大德。我即将要同这盛世永别，此时真有无限的感激和怀念。谨上书一封，以表我对圣上衷心的谢意。"皇帝阅后，下了一道诏书："你因为具有美好的品德，才做了我的宰相，在外你是捍卫国家的屏障；在内你是完成光辉业绩的助手。二十多年的太平日子，实在是靠着你才出现的。等到你不幸患病，我满以为不久就会痊愈，哪里想到会越来越重，心里实在是非常不好受。现在，我命令骠骑大将军高力士到你府上探视，你要注意医治，为了我，你要爱惜身体。我仍然希望你这意想不到的疾病能早日治愈。"收到皇帝诏书的当天傍晚，卢生就死去了。

卢生伸个懒腰就睡醒了，发现自己正躺在旅店里，吕翁还坐在自己身边，旅店老板蒸的黄米饭还没有熟呢！眼前的一切毫无变化。卢生突然一翻身站了起来，说："这难道是个梦吗？"吕翁对卢生说："人生所追求的也和这梦一样啊！"卢生听后一句话也说不出来，过了好一阵子才向吕翁道谢，说："啊，荣誉和耻辱的道路，顺利还是不顺利的运气，得到或失去的道理，死亡和生存的情况，我全都知晓了。这是您老先生制止了我的贪欲啊，我怎么敢不接受您的教诲呢？"说完，对着吕翁恭恭敬敬地磕了一个头，作了一个揖，便扬长而去了。

作者沈既济（公元750？～800年），唐苏州吴（今江苏苏州）人。他很有学问，尤擅长经学，在杨炎的推荐下，被唐代宗任为左拾遗，在国史馆担任修撰。唐德宗继位后，建中年间（公元780～783年）杨炎获罪，沈既济也因受株连而被贬到处州当参军。后来，又回到京都长安任礼部员外郎。他的历史著作有《建中实录》。在唐传奇中，他有多篇著作，均为名篇。

《枕中记》是通过卢生梦中的宦海浮沉和生老病死，反映了唐代政治的黑暗，统治阶级内部勾心斗角的丑恶现实。对于热衷名利的人，进行了辛辣的嘲讽。这部作品通过形象反映唐代生活的一个侧面，对于了解唐代社会及社会思潮有一定的认识作用，产生过广泛的社会影响。元代马致远写的《黄粱梦》杂剧；明代汤显祖写的《邯郸梦》传奇，皆取材于这篇传奇；直至今日仍为众人所经常使用的"黄粱梦"这一典故，也是源于此。

离 魂 记

陈玄祐

天授三年，清河张镒因官家于衡州。性简静，寡知友。无子，有女二人。其长早亡，幼女倩娘，端妍绝伦。镒外甥太原王宙，幼聪悟，美容范。镒常器重，每曰："他时当以倩娘妻之。"后各长成，宙与倩娘常私感想于寤寐，家人莫知其状。后有宾寮之选者求之，镒许焉。女闻而郁抑，宙亦深恚恨。托以当调，请赴京，止之不可，遂厚遣之。

宙阴恨悲恸，决别上船，日暮。至山郭数里，夜方半，宙不寐，忽闻岸上有一人行声甚速，须臾至船。问之，乃倩娘徒行跣足而至。宙惊喜发狂，执手问其从来。泣曰："君厚意如此，寝梦相感。今将夺我此志，又知君深情不易，思将杀身奉报，是以亡命来奔。"宙非意所望，欣跃特甚。遂匿倩娘于船，连夜遁去。倍道兼行，数月至蜀。

凡五年生两子。与镒绝信。其妻常思父母，涕泣言曰："吾曩日不能相负，弃大义而来奔君。向今五年，恩慈间阻，覆载之下，胡颜独存也？"宙哀之，曰："将归，无苦。"遂俱归衡州。既至，宙独身先至镒家，首谢其事。镒曰："倩娘病在闺中数年，何其诡说也！"宙曰："见在舟中。"镒大惊，促使人验之。果见倩娘在船中，颜色怡畅。讯使者曰："大人安否？"家人异之，疾走报镒。室中女闻，喜而起，饰妆更衣，笑而不语。出与相迎，翕然而合为一体，其衣裳皆重。其家以事不正，秘之，惟亲戚间有潜知之者。

后四十年间，夫妻皆丧。二男并孝廉擢第至丞尉。玄祐少尝闻此说，而多异同，或谓其虚。大历末，遇莱芜县令张仲规，因备述其本末。镒则仲规堂叔，而说极备悉，故记之。

译文：

唐朝武则天做皇帝的天授三年（公元692年），清河人张镒，因为在衡州（今湖南衡阳）做官，便把家安置在那里。他为人性情孤僻好静，很少有知心朋友。自己又没有儿子，只有两个女儿。大女儿很早就死去了，小女儿名叫倩娘，生的端庄美貌，无人能比上她。张镒有个外甥，是太原人（今山西太原），名叫王宙，从小聪明异常，仪表堂堂。张镒早就器重他，平时常说："等到时候，一定把倩娘嫁给他做媳妇。"后来，这两个孩子都长大成人了。王宙和倩娘私下彼此相爱，日夜思念，但家里人都不知他们两人要好。后来，张镒手下有位准备到吏部候选做官的人，请求张镒把倩娘嫁给他。张镒竟然答应了这门亲事。倩娘听到这个消息后心中非常忧郁，王宙对此也很不满。一天，王宙推说自己应该去应考，以求得一官半职，请求张镒答应他到京城去参加考试。张镒再三劝说也阻拦不了，于是，便送给他许多路费，打发他走了。

王宙心里充满着怨恨和悲哀，辞别了送行的人便上了船。天黑时，船航行到离城郊几里远的一处地方，直到半夜时，王宙在船上还没有睡着觉。忽然，他听到岸上有匆忙赶路人的脚步声，不一会，就来到了船的跟前。打听这是谁，原来却是倩娘光着脚徒步赶到这里来了。王宙一见倩娘如同发疯一般，拉着她的手，问她从哪里来的，倩娘哭着说："您对我的深情厚谊到如此程度，梦里都盼相见，如今家中要强迫改变我的心愿，但我相信您对我的感情不会改变，想以身相许，来报答您的爱恋。所以，才不顾死活从家里逃出来，投奔到您的身边来。"这时，王宙事出意外，高兴地跳了起来。于是，便把倩娘藏在船里，连夜开船逃走。他们用一天时间赶两天路的速度，向前赶路。经过几个月的奔波，他们来到蜀地（今四川）。

从此以后，他们共同生活了五年，生了两个孩子，却和张镒一直不通音信。王宙的妻子时常想念父母。一天，她流着泪说："从前因为不能辜负您对我的爱恋深情，所以，才不顾背弃礼义道德私自投奔您。到今天，已经过去五年了，我和父母分离不能见面。我还有什么脸面活在天地间啊？"王宙很可怜她，说："我们就要回去，你不要为这件事苦恼。"于是，王宙同倩娘一起回到衡州。他们到了之后，王宙独自先到张镒家中，主动说明情况，告诉回来消息，并请求张镒原谅他们私自结婚这件事。张镒一听便吃惊地说："倩娘病在她的房间里已经好几年了，你为什么这样胡说八道呀？"王宙说："倩娘现在就在船里面呢！"张镒听后大吃一惊，急忙派人去验看，果然看见倩娘在船上，还和颜悦色地打听来人说："我父母老人家都好吗？"家人异常惊奇，赶快跑回来报告给张镒。房中那位有病的倩娘，听到这个消息，竟然高兴地起床来，梳洗打扮，

165

离魂记 ◆

更换衣服，只是笑着不说话。自己走出门去迎接船中那位倩娘，两个人一见面，立刻就合拢在一起了，衣服也是一样。张家认为这件事很不正常，就隐瞒这件事不让它传出去。只在张家的亲戚里或有人暗中知道这件事。

从这以后又过了四十年，王宙夫妻俩都去世了。他们所生的两个儿子，都以孝廉的资格考中了进士，官做到县丞、县尉。

陈玄祐年轻时，经常听到这个传说，但情节多有不同，还有人说是没有这回事儿。唐朝代宗的大历末年（公元779年）玄祐遇到莱芜县（今山东莱芜）的知县张仲规，说了这件事的全部经过。张镒就是张仲规的堂叔父，他把这件事讲得非常详细完整，所以，我就记录下来了。

· ·

此篇作者陈玄祐为唐朝代宗大历年间的人，其生平、经历不详。

《离魂记》虽然篇幅短小，但故事情节多变化，有波折，叙事委婉动人，很有趣味，故事性强。全篇人物描绘着墨不多，但性格非常明显。描写倩娘对爱情的诚挚和大胆追求，既富有浪漫主义色彩，又具有浓厚的生活气息。此篇作品在中国文学史上产生过较大影响，元代的杂剧《倩女离魂》就是直接取材于此。明代的著名传奇《牡丹亭》也明显受到了它的启发。"倩女离魂"的典故亦出于此。

南柯太守传

李公佐

东平淳于棼，吴楚游侠之士。嗜酒使气，不守细行。累巨产，养豪客。曾以武艺补淮南军裨将，因使酒忤帅，斥逐落魄，纵诞饮酒为事。家住广陵郡东十里，所居宅南有大古槐一株，枝干修密，清阴数亩。淳于生日与群豪大饮其下。

贞元七年九月，因沉醉致疾。时二友人于座扶生归家，卧于堂东庑之下。二友谓生曰："子其寝矣！余将秣马濯足，俟子小愈而去。"生解巾就枕，昏然忽忽，仿佛若梦。见二紫衣使者，跪拜生曰："槐安国王遣小臣致命奉邀。"生不觉下榻整衣，随二使至门。见青油小车，驾以四牡，左右从者七八，扶生上车，出大户，指古槐穴而去。使者即驱入穴中。生意颇甚异之，不敢致问。忽见山川风候草木道路，与人世甚殊。前行数十里，有郛郭城堞。车舆人物，不绝于路。生左右传车者传呼甚严，行者亦争辟于左右。又入大城，朱门重楼，楼上有金书，题曰"大槐安国"。执门者趋拜奔走。旋有一骑传呼曰："王以驸马远降，令且息东华馆。"因前导而去。俄见一门洞开，生降车而入。彩槛雕楹；华木珍果，列植于庭下。几案茵褥，帘帏肴膳，陈设于庭上。生心甚自悦。复有呼曰："右相且至。"生降阶祗奉。有一人紫衣像简前趋，宾主之仪敬尽焉。右相曰："寡君不以弊国远僻，奉迎君子，托以姻亲。"生曰："某以贱劣之躯，岂敢是望。"右相因请生同诣其所。行可百步，入朱门。矛戟斧钺，布列左右，军吏数百，辟易道侧。生有平生酒徒周弁者，亦趋其中。生私心悦之，不敢前问。右相引生升广殿，御卫严肃，若至尊之所。见一人长大端严，居王位，衣素练服，簪朱华冠。生战栗，不敢仰视。左右侍者令生拜。王曰："前奉贤遵命，不弃小国。许令次女瑶芳奉侍君子。"生但俯伏而已，不敢致词。王曰："且就宾宇，续造仪式。"有旨，右相亦与生偕还馆舍。生思念之，意以为父在边将，因殁虏中，不知存亡。将谓父北蕃交通，而致兹事？心甚迷惑，不知其由。

是夕，羔雁币帛，威容仪度，妓乐丝竹，肴膳灯烛，车骑礼物之用，无不咸备。有群女，或称华阳姑，或称青溪姑，或称上仙子，或称下仙子，若是者数辈。皆侍从数千，冠翠凤冠，衣金霞帔，彩碧金钿，目不可视。遨游戏乐，往来其门，争以淳于郎为戏弄。风态妖丽，言词巧艳，生莫能对。复有一女谓生曰："昨上巳日，吾从灵芝夫人过禅智寺，于天竺院观石延舞《婆罗门》。吾与诸女坐北牖石榻上，时君少年，亦解骑来看。君独强来亲洽，言调笑谑。吾与穷英妹结绛巾，挂于竹枝上，君独不忆念之乎？又七月十六日，吾于孝感寺侍上真子，听契玄法师讲《观音经》，吾于讲下舍金凤钗两只，上真子舍水犀合子一枚。时君亦讲筵中，于师处请钗合视之，赏叹再三，嗟异良久。顾余辈曰：'人之与物，皆非世间所有。'或问吾氏，或访吾里。吾亦不答。情意恋恋，瞩盼不舍。君岂不思念之乎？"生曰："中心藏之，何日忘之。"群女曰："不意今日与君为眷属。"复有三人，冠带甚伟，前拜生曰："奉命为驸马相者。"中一人与生且故。生指曰:"子非冯翊田子华乎?"田曰:"然。"生前,执手叙旧久之。生谓曰:"子何以居此?"子华曰:"吾放游,获受知于右相武成侯段公,困以栖托。"生复问曰:"周弁在此,知之乎?"子华曰:"周生,贵人也。职为司隶,权势甚盛。吾数蒙庇护。"言笑甚欢。俄传声曰:"驸马可进矣。"三子取剑佩冕服,更衣之。子华曰:"不意今日获睹盛礼。无以相忘也。"有仙姬数十,奏诸异乐,婉转清亮,曲调凄悲,非人间之所闻听。有执烛引导者,亦数十,左右见金翠步障,彩碧玲珑,不断数里。生端坐车中,心意恍惚,甚不自安。田子华数言笑以解之。向者群女姑娣,各乘凤翼辇,亦往来其间。至一门,号"修仪宫"。群仙姑姊亦纷然在侧,令生降车辇拜,揖让升降,一如人间。撤障去扇,见一女子,云号"金枝公主"。年可十四五,严若神仙。交欢之礼,颇亦明显。

生自尔情义日洽,荣曜日盛,出入车服,游宴宾御,次于王者。王命生与群寮备武卫,大猎于国西灵龟山,山阜俊秀,川泽广远,林树丰茂,飞禽走兽,无不蓄之。师徒大获,竟夕而还。

生因他日,启王曰:"臣顷结好之日,大王云奉臣父之命。臣父顷佐边将,用兵失利,陷没胡中;尔来绝书信十七八岁矣。王既知所在,臣请一往拜觐。"王遽谓曰:"亲家翁职守北土,信问不绝。卿但具书状知闻,未用便去。"遂命妻致馈贺之礼,一以遣之。数夕还答。生验书本意,皆父平生之迹,书中忆念教诲,情意委曲,皆如昔年。复问生亲戚存亡,闾里兴废。复言路道乖远,风烟阻绝。词意悲苦,言语哀伤。又不令生来觐,云:"岁在丁丑,当与汝相见。"生捧书悲咽,情不自堪。

他日，妻渭生曰："子岂不思为政乎？"生曰："我放荡不习政事。"妻曰："卿但为之，余当奉赞。"妻遂白于王。累日，谓生曰："吾南柯政事不理，太守黜废，欲籍卿才，可曲屈之。便与小女同行。"生敦受教命。王遂敕有司备太守行李。因出金玉、锦绣、箱奁、仆妾、车马，列于广衢，以饯公主之行。生少游侠，曾不敢有望，至是甚悦。因上表曰："臣将门余子，素无艺术，猥当大任，必败朝章。自悲负乘，坐致覆餗。今欲广求贤哲，以赞不逮。伏见司隶颖川周弁，忠亮刚直，守法不回，有毗佐之器。处士冯翊田子华，清慎通变，达政化之源。二人与臣有十年之旧，备知才用，可托政事。周请署南柯司宪，田请署司农。庶使臣政绩有闻，宪章不紊也。"王并依表以遣之。其夕，王与夫人饯于国南。王谓生曰："南柯，国之大郡。土地丰壤，人物豪盛，非惠政不能以治之。况有周、田二赞。卿其勉之，以副国念。"夫人戒公主曰："淳于郎性刚好酒，加之少年；为妇之道，贵乎柔顺。尔善事之，吾无忧矣。南柯虽封境不遥，晨昏有间，今日暌别，宁不沾巾。"生与妻拜首南去。登车拥骑，言笑甚欢，

累夕达郡。郡有官吏、僧道、耆老、音乐、车舆、武卫、銮铃，争来迎奉。人物阗咽，钟鼓喧哗，不绝十数里。见雉堞台观，佳气郁郁。入大城门，门亦有大榜，题以金字，曰"南柯郡城"。见朱轩棨户，森然深邃。生下车，省风俗，疗病苦，政事委以周、田，郡中大理。自守郡二十载，风化广被，百姓歌谣，建功德碑。立生祠宇。王甚重之，赐食邑、锡爵位，居台辅。周、田皆以政治著闻，递迁大位。生有五男二女。男以门荫授官，女亦聘于王族；荣耀显赫，一时之盛，代莫比之。

是岁，有檀萝国者，来伐是郡。王命生练将训师以征之。

乃表周弁将兵三万，以拒贼之众于瑶台城。弁刚勇轻敌，师徒败绩，弁单骑裸身潜遁，夜归城。贼亦收辎重铠甲而还。生因囚弁以请罪。王并舍之。是月，司宪周弁疽发背，卒。生妻公主遘疾，旬日又薨。生因请罢郡，护丧赴国，王许之。便以司农田子华行南柯太守事。生哀恸发引，威仪在途，男女叫号，人吏奠馈，攀辕遮道者不可胜数，遂达于国。王与夫人素衣哭于郊，候灵舆之至。谥公主曰"顺仪公主"。备仪仗羽葆鼓吹，葬于国东十里盘龙冈，是月，故司宪子荣信，亦护丧赴国。

生久镇外藩，结好中国，贵门豪族，靡不是洽。自罢郡还国，出入无恒，交游宾从，威福日盛。王意疑惮之。时有国人上表云："玄像谪见，国有大恐。都邑迁徙，宗庙崩坏。衅起他族，事在萧墙。"时议以生侈僭之应也。遂夺生侍卫，禁生游从，处之私第。生自恃守郡多年，曾无败政，流言怨悖，郁郁不乐。王亦知之，因命生曰："姻亲二十余年，不幸小女夭枉，不得与君子偕老，良有痛伤。"夫人因留孙自鞠育之。又谓生曰："卿离家多时，可暂归本里，一见亲族。诸孙留此，无以为念。后三年，当令迎卿。"生曰："此乃家矣，何更归焉？"王笑曰："卿本人间，家非在此。"生忽若惛睡，瞢然久之，方乃发悟前事，遂流涕请还。王顾左右以送生。生再拜而去，复见前二紫衣使者从焉。至大户外，见所乘车甚劣，左右亲使御仆，遂无一人，心甚叹异。

生上车，行可数里，复出大城。宛是昔年东来之途，山川原野，依然如旧。所送二使者，甚无威。生逾怏怏。生问使者曰："广陵郡何时可到？"二使讴歌自若，久乃答曰："少顷即至。"俄出一穴，见本里闾巷，不改往日，潸然自悲，不觉流涕。二使者引生下车，入其门，升其阶，己身卧于堂东庑之下。生甚惊畏，不敢前近。二使因大呼生之姓名数声，生遂发寤如初。见家之僮仆拥彗于庭，二客濯足于榻，斜日未隐于西垣，余樽尚湛于东牖。梦中倏忽，若度一世矣。

生感念嗟叹，遂呼二客而语之。惊骇，因与生出外，寻槐下穴。生指曰："此即梦中所惊入处。"客将谓狐狸木媚之所为祟。遂命仆夫荷斤斧，断拥肿，折查枿，寻穴究源。旁可袤丈，有大穴，洞然明朗，可容一榻。上有积土壤，以为城郭台殿之状。有蚁数斛，隐聚其中。中有小台，其色若丹。二大蚁处之，素翼朱首，长可三寸。左右大蚁数十辅之，诸蚁不敢近。此其王矣。即槐安国都也。又穷一穴：直上南枝，可四丈，宛转方中，亦有土城小楼，群蚁亦处其中，即生所领南柯郡也。又一穴：西去二丈，磅礴空圬，嵌窦异状。中有一腐龟壳，大如斗。积雨浸润，小草丛生，繁茂翳荟，掩映振壳，即生所猎灵龟山也。又穷一穴：东去丈余，古根盘屈，若龙虺之状。中有小土壤，高尺余，即生所葬妻盘龙冈之墓也。追想前事，感叹于怀，披阅穷迹，皆符所梦。不欲二客坏之，遽令掩塞如旧。

是夕，风雨暴发。旦视其穴，遂失群蚁，莫知所去。故先言"国有大恐，都邑迁徙"，此其验矣。复念檀萝征伐之事，又请二客访迹于外。宅东一里有古涸涧，侧有大檀树一株，藤萝拥织，上不见日。旁有小穴，亦有群蚁隐聚其间。檀萝之国，岂非此耶？嗟呼！蚁之灵异，犹不可穷，况山藏木伏之大者所变化乎？时生酒徒周弁、田子华并居六合县，不与生过从旬日矣。生遽遣家僮疾往候之。周生暴疾已逝，田子华亦寝疾于床。生感南柯之浮虚，悟人世之倏忽，遂栖心道门，绝弃酒色。后三年，岁在丁丑，亦终于家。时年四十六，将符宿契之限矣。

公佐贞元十八年秋八月，自吴之洛，暂泊淮浦，偶觌淳于生梦，询访遗迹，翻覆再三，事皆摭实，辄编录成传，以资好事。虽稽神语怪，事涉非经，而窃位著生，冀将为戒。后之君子，幸以南柯为偶然，无以名位骄于天壤间云。

前华州参军李肇赞曰："贵极禄位，权倾国都，达人视此，蚁聚何殊。"

译文：

东平（今山东东平）的淳于梦，是江南有名的侠义之士。他很能喝酒，好打抱不平，敢做敢当，生活上不拘小节。家里很富有，结交收留了不少豪侠。因为他精通武艺，曾经在淮南节度使的军队里补了一个副将的缺额。由于耍酒疯，触怒了主帅，被军队开除了。从此，他更加无拘无束，到处闲逛，成天同酒打交道。淳于梦的家在广陵郡（今江苏扬州）东边十里地，住宅南边有一棵大古槐树。这棵老槐树，枝繁叶茂，树荫遮盖好几亩地。淳于梦每天都同一些豪杰在树下开怀畅饮。

唐德宗贞元七年（公元791年）九月，淳于梦因饮酒过量感到不舒服，当时有两个朋友从席上将他扶回家去，躺在东屋的走廊上。这两个朋友对他说："您就睡吧！我们喂喂马，洗洗脚，等您好些了我们再走。"淳于梦解下头巾，躺在枕头上，昏昏沉沉好像做梦一样。看见两个穿紫衣服的使臣，朝他跪下，说："槐安国国王派小臣来邀请您去一趟。"淳于梦不知不觉便下了床，整理整理衣服，跟着两个使臣就来到了门口。

只见门前停着一辆带青油布篷的小车，套着四匹马，跟着七、八个人，大家把淳于棼扶上了车，出了大门，朝着老槐树窟窿里去了。使臣把车辆径直赶进了树窟窿，淳于棼虽很犯疑惑，但也不敢发问。走着走着，忽然看见山川、风俗、草木、道路都不同人间。这样往前走了数十里，见有座城镇，车马、行人在路上来来往往。淳于棼车后的随从大声吆喝着行人散开，路上的人们争先恐后地躲往路的两边。又进了一座大城，红色的城门，城墙上有两层城楼。城楼上有金字，写的是"大槐安国"。守门人跑过来敬礼后又急忙走开。不一会儿，有一个骑马的人传令："国王因为驸马远道而来，请让到东华馆休息。"说完，他在前面带路走了。不一会，就见有一座大门敞开着，淳于棼下车进了门，彩绘的栏杆、雕刻的大柱子，奇异的花草树木成排的栽在院子里。屋内方桌条案，铺着华丽的垫子，挂着帘子、幔帐，摆着精美的食品。淳于棼见到这些，心里十分高兴。又听有人报告："右丞相到。"淳于棼走下台阶恭敬地迎接。有一个穿紫色衣服，手里拿着象牙简的人跑近前来。两人行过了客主相见的礼后，右丞相说："我国君没有因为我国地处偏僻而作罢，请您到这里来，愿意和您结亲。"淳于棼说："我是个出身微贱的人，怎敢想高攀呢？"右丞相于是请他到国王那里去。他们走了一百来步，进了一座大红门，刀枪剑戟排列在两边，数百名卫兵恭恭敬敬地退在道边。淳于棼见一个老酒友叫周弁的也站在队伍里。淳于棼心里暗自高兴，但没敢上前去打招呼。右丞相领着他登上大殿，守卫的森严，很像皇帝的金銮殿。只见一个人很是高大严肃，端坐在王位上，穿着白绸衣服，戴着红色的帽子。淳于棼吓得发抖，不敢抬头看。两旁的太监叫淳于棼跪拜，国王说："遵照你父亲的意思，不嫌弃我小国，答应娶我的二女儿给你做妻子。"淳于棼只是跪在地上，不敢吱一声。国王又说："先到宾馆，以后再举行婚礼。"降下旨意后，右丞相也同淳于棼一起回到宾馆。淳于棼思量，以为父亲在当边将时，被北方少数民族扣留了，不知死活。大概是父亲在同北方少数民族交往时，定下这门亲事。心里很迷惑，弄不清是怎么回事。

这天晚上，婚礼上用的羔羊、大雁、玉石、皮革、丝绸、仪仗队、舞女歌伎、琴笛乐器、酒席灯烛、车马礼物等等，一概俱全，没有什么不齐备的。还有许多女人，有的叫华阳姑、有的叫青溪姑、有的叫上仙子，有的叫下仙子。像这样的女人有好多，都带着许多随从，戴着装饰着翠鸟羽毛的帽子，穿着金灿灿的衣服、披着红彤彤的披肩，佩着五彩缤纷的珍珠玉石，令人眼花缭乱，看都看不过来。有的悠闲地散步，有的说说笑笑，来来往往不断，争着来同淳于棼逗趣。一个个千娇百媚，言辞警巧，往往弄得淳于棼无言以对。另外有个女人对淳于棼说："从前三月初三上巳日那天，我跟灵芝夫人到禅智寺去，在天竺院看右延跳婆罗门舞。我和女伴们在北窗下的石榻上坐着，当时您年纪轻轻，也下马来观看舞蹈，这时，您偏偏过来同我亲热，又说又笑的，我和穷英妹妹还把红手绢打个结，挂在竹枝上，您想不起来了吗？还有七月六日，我到孝感寺拜访上真子，听契玄法师讲解观音经。我在讲台下献出两只金凤钗，上真子也献出一个水犀牛角做的盒子。当时，您在场还向老和尚借来我们献的钗、盒，边看边叫好，半天不住声，还看着我们说：'人和这些东西都不是人世间所能有的呀！'你又是问我们姓什么，又是问我们家住在哪里？我们也没有回答。那天你对我们恋恋不舍的劲儿，直直盯着我们不放，您难道都不记得了吗？"淳于棼说："这些都藏在我的心里，哪天曾经忘过？"众女人说："想不到今天同您结成一家人啦！"又有三个人，戴着帽子，围着腰带，很是威严，走上前来给淳于棼行礼，说："奉命给驸马爷做傧相。"其中有一个人是淳于棼的老朋友。淳于棼指着那个人说："先生不是左冯翊的田子华吗？"田子华回答说："正是。"淳于棼上前拉住他的手，叙谈了好久。淳于棼问他说："您怎么来到这里了？"田子华说："我各处漂泊不定，得到右丞相武威侯殷公的赏识，因此住下了。"淳于棼又问："周弁在这里，你知道吗？"田子华说："老周是贵人哪！负责京都的保卫工作，权力很大，我经常得到他的照顾。"两人有说有笑，很是愉快。不一会儿，传来喊声："驸马可以进去了。"那三个傧相拿过来宝剑、衣帽、礼服，给淳于棼穿戴好了。田子华说："没有想到今天能看见这样盛大的典礼，你可不要忘记了我呀！"有数十个仙女，演奏外国的音乐，乐曲婉转清亮，凄恻感人，不是人间所能听到的。此外，拿着蜡烛当向导的也有几十人。左右两侧，各种官员的仪仗，金碧辉煌，绵亘几里长。淳于棼端坐在车子中，心神恍惚，安定不下来。田子华几次说说笑笑帮他消除紧张情绪。方才那些女人们，各自坐着华丽的车子，往来在道上。到了一座门前，上写"修仪宫"。那些女人们也都纷纷来到门前，让淳于棼下了车，有人陪他登上台阶，一切礼仪都同人世间一样。撤去屏风、羽扇、盖头以后，才见到了一个女人，名叫金枝公主。有十四、五岁的年纪，仪态端庄犹如天上的神仙。婚礼、洞房诸事都处理的顺顺当当。从此，淳于棼夫妻间感情日深一日，在朝廷上荣耀日盛一日，车马服饰、交游宴会，仅仅次于国王。国王命令淳于棼与群臣带领队伍，到国家西边的灵龟山去打猎。山岭高而俊秀、河水深而广大，树木繁茂、飞禽走兽，无所不有。队伍打了许多猎物，天亮才撤围回来。

聂隐娘 ◆ 唐传奇精选

有一天，淳于棼向国王请示："为臣我刚刚结婚那天，大王是说按臣父的意思办的。我的父亲在边境为副将，因战斗失利，陷没北国了，至今十七、八年也没有音信了。大王既然知道我父亲的地点，臣我请求去探望父亲一次。"国王立刻回答说："亲家在北方边境守边，一直音信不断。你只要写封信说说情况就可，不必立刻就去。"淳于棼于是让妻子准备几件礼品，一并给父亲送去了。几天以后，父亲的回信来了。淳于棼看信上所写的都是父亲一生的事迹，信中想念与教诲之辞，语重心长，全同往年的信一样。还问亲戚朋友存亡的情况，家乡变化的情形，又说路途遥远，交通不便，词意悲苦，言语哀伤。最后，不让淳于棼去看他，并指出："丁丑年再相见。"淳于棼捧读父亲的来信，悲哀得哭了起来，难过得不得了。

有一天，妻子对淳于棼说："您难道不想当官管事吗？"淳于棼说："我放荡惯了，不懂得做官那一套。"妻子说："您尽管去干，我给您当助手。"妻子于是同国王说了。第二天，国王对淳于棼说："我那南柯郡，治理得很不好，我已把太守撤职了，想借重你的才干，委屈你去一下，就同我的女儿一同去上任吧。"淳于棼很恭敬地接受了委任。国王于是命令有关的官员给准备好太守的一切行装、用物，又拿出金玉、锦缎、箱笼、仆人、车马，在大路口给公主饯行。淳于棼从前不过是个游侠，哪里敢有这样的奢望，此时，高兴万分。于是给国王上奏章："臣我是将门之后，平素没有什么能力，担当不起这样重大的职务，肯定要有损朝廷的法度。自己难过的是辜负了百姓，耽误了国事。现在，想多招求贤能之士，以补我的无能。在下以为负责京都治安的颍川人周弁，忠正刚直，守法不阿，有大臣的才能；正隐居的冯翊人田子华，清廉慎重，通权达变，精通政治。这两人与臣都有十年的交情，我全了解他们的才干，可以付以重任。请让周弁主管南柯郡的司法，田子华主管南柯郡的农业、钱粮。这样，使我的工作有成绩，国家的法度不受到损害。"国王批准了他的请求，并下达了委任他们的命令。

当天晚上，国王和王后在南城门楼上给淳于棼举行送别宴会。国王对淳于棼说："南柯是我国的大郡，土地肥沃，有钱有势的人家很多，不是适宜的政策是不能治理好的。有周弁、田子华两人辅佐你，你就好好努力吧！以不负朝廷对你的期望。"王后告诫公主说："淳于郎君性子暴躁又好喝酒，再加上年轻，作为女人的规范，以柔顺为贵。你好好侍候他，我也就不担忧了。南柯郡虽然距离不远，但朝夕再也见不着，今天分别，能不掉泪吗?"淳于棼与妻子给国王、王后行礼后，便往南走去了，坐上车、赶着马，他们有说有笑，很高兴。过了两宿以后，他们来到南柯郡。郡里的官吏、和尚、道士、有声望的老年人、乐队、车马、卫队、仪仗队都争先恐后地来迎接。人群拥挤、锣鼓喧天，一溜十多里路人们都排满了。望见城墙、城楼，一派兴旺的景象。进了大城门，门上也有大匾写着金字是"南柯郡城"，太守府门窗油漆得红彤彤的，门前排列着门戟，房屋高大，庭院深深。淳于棼下车伊始就了解民情，救济疾苦、行政治理诸事都交给周、田二人处理，郡中治理得井井有条。淳于棼当太守二十年，治理有方，风气很好，百姓都歌功颂德，给他立了功德碑，建立了纪念殿堂。国王很看重他的治理成就，奖赏给他领地，赐给他爵位，提拔他当宰相。周弁、田子华都因为治理有方出了名，逐渐被提拔到了重要岗位。淳于棼有五个儿子，两个女儿。儿子们按荫封的例，都当了大官，女儿也都许配给了王族。荣赫显要，为一时之最，历代都没有赶上他们的。

这年，檀萝国来攻打南柯郡，国王命令淳于棼点将练兵前去征讨。于是，报请国王命令周弁带兵三万，在瑶台城抵御敌兵。周弁勇猛轻敌，军队打了败仗，周弁单人独马，光着身子逃跑了，深夜才回到城里。敌人缴获了辎重铠甲后退了兵。淳于棼于是将周弁押起来，向国王请罪。国王一概免于追究。同月，周弁背上生了一个恶疮，结果，不治而死。淳于棼的妻子也得了病，十天后也病死了。淳于棼于是请求辞去太守职务，带着公主的灵柩回到京城。国王批准了，让司农田子华代理南柯太守。淳于棼痛哭着带领丧车启程了。沿途男女老少哭声震天，百姓、官吏路上设祭，攀着车辕的、拦路的不愿让他离开这里，这种事不可胜数。就这样他到达了京城。国王和王后穿着素净的衣服在郊外哭着等候公主的灵车的来到。追封公主为"顺仪公主"。用全套的仪仗和乐队，将公主葬在京城东面十里的盘龙岗。同月，周弁的儿子荣信也扶着父亲的灵柩回京来了。

淳于棼长期在外镇守一方，同朝内的达官贵人的交情很深，世家大族对他挺好。自从辞去太守官职回京后，就不断外出，广泛结交，声望更高了。国王心里开始对他疑惧起来。恰好当时国内有人给国王上奏章，"天像发生变化以示警告，国家将要出现大灾难，国都要迁移了，国王的宗庙也要毁坏了。乱子是由外族人挑起的，可是祸根出现在宫廷。"当时，一般舆论以为这是淳于棼要夺权的征兆。国王因此不准淳于棼随便进宫随待，禁止他随便交游，只许他在家里待着。淳于棼自以为镇守南柯多年，没有一丝危害朝廷的行为，可是流言蜚语却中伤自己，心里闷闷不乐。国王也知道这个情况，告诉他说："我们成为亲戚二十多年了，我的女儿不幸早死，不能同您白头偕老，实在令人难过。"王后把公主留下的孩子带进宫中抚

南柯太守传

179

养，国王又通知淳于棼："您离开家已经好多年了，可以暂时回家去，看看亲朋。外孙们留在这里，不要惦念，三年以后，让孩子们去接您。"淳子棼说："这里就是我的家呀，还往哪里去呀？"国王笑着说："你本来是尘世中人，家不在这里。"淳子棼忽然像昏迷一样，神志不清好长时间，后来才恍然大悟，明白了从前的事情，于是流着眼泪，请求回家。国王示意左右送他走。淳于棼拜了两拜就离去了。这时，又看见从前那两个紫衣使者跟随他。

出了大门，只见坐的车辆很破旧，没有车夫，也没有随从，连一个人也没有。心里很是惊诧。坐上车走了几里路，便出了大城门，就是当年来对的道路，山川原野依旧，送行的只有两个使者，一点威风也没有了。淳于棼心里更加不愉快了。他问使者："广陵郡什么时候可以到达？"两个使者自顾哼着小曲，过了好长时间才回答说："不一会儿就到。"

果然，不大一会儿，便从一个洞穴中走出来，一眼看见故乡的街道，还和往日一样，淳于棼不由得暗自悲伤流下泪来。二使者领他下了车，进了家门，从台阶上去，见他自己的身体躺在东廊下。淳于棼很是惊恐，不敢往前走。两个使者大叫淳于棼的名字，一连喊了好几声。淳于棼才醒悟过来，像睡前那样了。只见家中的仆人正在拿着扫帚扫院子，两位客人正在坐榻上洗脚，落山的太阳还没被西墙遮住，东窗下的酒杯里剩下的酒底更清亮了。梦中的一刹那，好像过了一辈子。淳于棼感叹不已，招呼两位客人把梦中的事说了一遍。两人听后，无不惊奇。

于是，客人与淳于棼一起出门，找着槐树下的洞穴。淳于棼指着说："这就是梦里进入的地方。"两位客人以为是狐狸、树精弄的鬼，便命令仆人拿来斧子，砍断粗壮的槐树，砍下虆生的树枝，寻找洞穴的底。往旁边伸开丈把远，有个大洞，底下空空洞洞的，亮亮堂堂的，可以放下一张床。地上堆些土，很像城郭楼台的样子。有好几斗蚂蚁藏在里面。正中有个小台子，是红色的。上面有两个大蚂蚁，白翅膀、红脑袋，全身有三寸来长。左右两侧有大蚂蚁数十个守卫着，其他蚂蚁都不敢靠近，这就是蚂蚁王吧。这里正是槐安国的都城啊！又挖开一个洞穴，直通到南边树枝上四丈有余，曲曲弯弯到正中间，也有土城小楼，一群蚂蚁也待在里面，这就是淳于棼当过官的南柯郡啊！又有一个洞穴，往西去有两丈，空空荡荡的，周围涂满了泥，底部坑坑洼洼奇形怪状。里面有个腐烂了的龟，龟壳有斗那么大。汪着雨水，小草丛生，茂密遮掩，挤挤擦擦都碰着了龟壳，这就是淳于棼打猎的灵龟山啊。又挖开一个洞穴，往东去有一丈多，古老的树根子盘曲着，像龙蛇一样。中间有个小土包，一尺多高，这就是淳于棼埋葬妻子的盘龙岗墓地呀！淳于棼追思往事，满怀怅惘，——查看曾经走过的地方，都和梦中见到的一样。他不让两位客人毁坏，急忙叫埋上，恢复了原来的样子。

　　当天夜里，风雨大作。第二天一早，再看那洞穴，那群蚂蚁不见了，也不知道到哪里去了。所以前番说的"国家将要出现大灾难，国都要迁移了"的话，今天应验了。他又想起檀萝国来攻打那件事，便请两位客人到外面去寻找痕迹。房子东边一里地有一个古代的干河沟子，旁边有一棵大檀树，藤萝攀援缠绕，往上看都见不着天空阳光。旁边有个小洞穴，也有一群蚂蚁藏在里面。檀萝国难道不是这里吗？啊！蚂蚁有灵验，都不能全部了解，何况深山老林中的那些大家伙所进行的变化呢！当时，淳于棼的酒友周弁、田子华都住在六合县，没和淳于棼来往已经十多天了。淳于棼连忙派仆人跑去问候，才知道周弁得急病已经死去了，田子华也正患病在床。淳于棼感到南柯郡的事情，全是虚无缥缈，联想到人生在世上不过转瞬即逝，于是皈依了道教，戒色戒酒了。过了三年，正是丁丑年，淳于棼也在家中死去了。他活了四十七岁，正好符合了蚂蚁国王所说的三年后的期限。

公佐于贞元十八年（公元802年）秋天八月间，从江苏到洛阳去，临时停船在淮河边上，偶然看到了淳于棼，询问往事，再三核实，事实确凿，于是记录下来成了这篇传奇，以此赠给好事之人，虽然讲的是神怪，事情不合于常理，但是对于那些靠不正当手段弄到官职来维持生活感到光荣的人，希望能引以为戒。未来的先生们，但愿你们以为南柯太守传是偶然的事件，可是不要以自己的名誉地位为资本，在天地之间骄傲啊。

前华州参军李肇的评论：高官厚禄，权力无边，贤人看此，蚂蚁一般。

··

作者李公佐（约公元770～850年）字颛蒙，陇西人。曾中进士，当过从事、录事管官，受道家的思想影响较大。李功佐的传奇流传下来的只有《古岳渎经》等四篇，其中《南柯太守传》是他的代表作。

《南柯太守传》流传广泛，影响深远。明代大戏曲家汤显祖曾以它为蓝本，写了《南柯记》。"南柯一梦"即从《南柯太守传》而来，千百年来为雅俗所周知。

头陀僧

霍小玉传

蒋 防

　　大历中，陇西李生名益，年二十，以进士擢第。其明年，拔萃，俟试于天官。夏六月，至长安，舍于新昌里。生门族清华，少有才思，丽词嘉句，时谓无双；先达丈人，翕然推伏。每自矜风调，思得佳偶，博求名妓，久而未谐。长安有媒鲍十一娘者，故薛驸马家青衣也，折券从良，十余年矣。性便辟，巧言语，豪家戚里，无不经过，追风挟策，推为渠帅。常受生诚托厚赂，意颇德之。

　　经数月，李方闲居舍之南亭。申未间，忽闻扣门甚急，云是鲍十一娘至。摄衣从之，迎问曰："鲍卿今日何故忽然而来？"鲍笑曰："苏姑子作好梦也未？有一仙人，谪在下界，不邀财货，但慕风流。如此色目，共十郎相当矣。"生闻之惊跃，神飞体轻，引鲍手且拜且谢曰："一生作奴，死亦不惮。"因问其名居。鲍具说曰："故霍王小女，字小玉，王甚爱之。母曰净持。净持，即王之宠婢也。王之初薨，诸弟兄以其出自贱庶，不甚收录。因分与资财遣居于外，易姓为郑氏，人亦不知其王女。姿质浓艳，一生未见，高情逸态，事事过人，音乐诗书，无不通解。昨遣谋求一好儿郎格调相称者。某具说十郎。他亦知有李十郎名字，非常欢惬。住在胜业坊古寺曲，甫上车门宅是也。已与他作期约。明日午时，但至曲头觅桂子，即得矣。"

鲍既去，生便备行计。遂令家僮秋鸿，于从兄京兆参军尚公处假青骊驹、黄金勒。其夕，生浣衣沐浴，修饰容仪，喜跃交并，通夕不寐。迟明，巾帻，引镜自照，惟惧不谐也。徘徊之间，至于亭午。遂命驾疾驱，直抵胜业。至约之所，果见青衣立候，迎问曰："莫是李十郎否？"即下马，令牵入屋底，急急锁门，见鲍果从内出来，遥笑曰："何等儿郎，造次入此？"生调诮未毕，引人中门。庭间有四樱桃树；西北悬一鹦鹉笼，见生人来，即语曰："有人入来，急下帘者！"生本性雅淡，心犹疑惧，忽见鸟语，愕然不敢进。逡巡，鲍引净持下阶相迎，延入对坐。年可四十余，绰约多姿，谈笑甚媚。因谓生曰："素闻十郎才调风流，今又见仪容雅秀，名下固无虚士。某有一女子，虽拙教训，颜色不至丑陋，得配君子，颇为相宜。频见鲍十一娘说意旨，今亦便令永奉箕帚。"生谢曰："鄙拙庸愚，不意顾盼，倘垂采录，生死为荣。"遂命酒馔，即令小玉自堂东阁子中而出。生即拜迎。但觉一室之中，若琼林玉树，互相照耀，转盼精彩射人。既而遂坐母侧。母谓曰："汝尝爱念'开帘风动竹，疑是故人来'，即此十郎诗也。尔终日吟想，何如一见。"玉乃低鬟微笑，细语曰："见面不如闻名。才子岂能无貌？"生遂连起拜曰："小娘子爱才，鄙夫重色。两好相映，才貌相兼。"母女相顾而笑，遂举酒数巡。生起，请玉唱歌。初不肯，母固强之。发声清亮，曲度精奇。

酒阑，及暝，鲍引生就西院憩息。闲庭邃宇，帘幕甚华。鲍令侍儿桂子、浣沙与生脱靴解带。须臾，玉至，言叙温和，辞气宛媚。解罗衣之际，态有余妍，低帏昵枕，极其欢爱。生自以为巫山、洛浦不过也。中宵之夜，玉忽流涕观生曰："妾本倡家，自知非匹。今以色爱，托其仁贤。但虑一旦色衰，恩移情替，使女萝无托、秋扇见捐。极欢之际，不觉悲至。"生闻之，不胜感叹。及引臂替枕，徐谓玉曰："平生志愿，今日获从，粉骨碎身，誓不相舍。夫人何发此言！请以素缣，著之盟约。"玉因收泪，命侍儿樱桃褰幄执烛，授生笔研。玉管弦之暇，雅好诗书，筐箱笔研，皆王家之旧物。遂取绣囊，出越姬乌丝栏素缣三尺以授生。生素多才思，援笔成章。引谕山河，指诚日月，句句恳切，闻之动人。染毕，命藏于宝箧之内。自尔婉娈相得，若翡翠之在云路也。

如此二岁，日夜相从。其后年春，生以书判拔萃登科，授郑县主簿，至四月，将之官，便拜庆于东洛。长安亲戚，多就筵饯。时春物尚余，夏景初丽，酒阑宾散，离思萦怀。玉谓生曰："以君才地名声，人多景慕，愿结婚媾，固亦众矣。况堂有严亲，室无冢妇，君之此去，必就佳姻。盟约之言，徒虚语耳。然妾有短愿，欲辄指陈。永委君心，复能听否？"生惊怪曰："有何罪过，忽发此辞？试说所言，必当敬奉。"玉曰："妾年始十八，君才二十有二，迨君壮室之秋，犹有八岁。一生欢爱，愿毕此期。然后妙选高门，以谐秦晋，亦未为晚。妾便舍弃人事，剪发披缁，夙昔之愿，于此足矣。"生且愧且感，不觉涕流，因谓玉曰："皎日之誓，死生以之，以卿偕老，犹恐未惬素志，岂敢辄有二三。固请不疑，但端居相待。至八月，必当却到华州，寻使奉迎，相见非远。"更数日，生遂诀别东去。

到任旬日，求假往东都觐亲。未至家日、太夫人已与商量表妹卢氏，言约已定。太夫人素严毅，生逡巡不敢辞让，遂就礼谢。便有近期。卢亦甲族也，嫁女于他门，聘财必以百万为约，不满此数，义在不行。生家索贫，事须求贷，便托假故，远投亲知，涉历江淮，自秋及夏。生自以孤负盟约，大惭回期。寂不知闻，欲断其望。遥托亲故，不遗漏言。

玉自生逾期，数访音信。虚词诡说，日日不同。博求师巫，遍访卜筮，怀忧抱恨，周岁有余，羸卧空闺，遂成沉疾。虽生之书题竟绝，而玉之想望不移，赂遗亲知，使通消息。寻求既切，资用屡空，往往私令侍婢潜卖箧中服玩之物，多托于西市寄附铺侯景先家货卖。曾令侍婢浣沙将紫玉钗一只诣景先家货之。路逢内作老玉工，见浣沙所执，前来认之曰："此钗，吾所作也。昔岁霍王小女将欲上鬟，令我作此，酬我万钱。我尝不忘。汝是何人，从何而得？"浣沙曰："我小娘子即霍王女也。家事破散，失身于人。夫婿昨向东都，更无消息。悒怏成疾，今欲二年。令我卖此，略遗于人，使求音信。"玉工凄然下泣曰："贵人男女，失机落节，一至于此。我残年向尽，见此盛衰，不胜伤感。"遂引至延光公主宅，具言前事。公主亦为之悲叹良久，给钱十二万焉。

时生所定卢氏女在长安，生既毕于聘财，还归送县。其年腊月，又请假入城就亲。潜卜静居，不令人知。有明经崔允明者，生之中表弟也。性甚长厚，昔岁常与生同欢于郑氏之室，杯盘笑语，曾不相间。每得生信，必诚告于玉。玉常以薪刍衣服，资给于崔。崔颇感之。生既至，崔具以诚告玉。玉恨叹曰："天下岂有是事乎！"遍请亲朋，多方召至。生自以愆期负约，又知玉疾候沉绵，惭耻忍割，终不肯往。晨出暮归，欲以回避。玉日夜涕泣，都忘寝食，期一相见，竟无因由，冤愤益深，委顿床枕。自是长安中稍有知者。风流之士，共感玉之多情；豪侠之伦，皆怒生之薄行。

时已三月，人多春游。生与同辈五六人诣崇敬寺玩牡丹花，步于西廊，递吟诗句。有京兆韦夏卿者，生之密友，时亦同行。谓生曰："风光甚丽。草木荣华。伤哉郑卿，衔冤空室！足下终能弃置，实是忍人。丈夫之心，不宜如此。足下宜为思之！"叹让之际，忽有一豪士，衣轻黄纻衫，挟弓弹，丰神隽美，衣服轻华，唯有一剪头胡雏从后，潜行而听之。俄面前揖生曰："公非李十郎者乎？某族本山东，姻连外戚。虽乏文藻，心尝乐贤。仰公声华，常思觏止。今日幸会，得睹清扬。某之敝居，去此不远，亦有声乐，足以娱情。妖姬八九人，骏马十数匹，唯公所欲，但愿一过。"生之侪辈，共聆斯语，更相叹美。因与豪士策马同行，疾转数坊，遂至胜业。生以近郑之所止，意不欲过，便托事故，欲回马首。豪士曰："敝居咫尺，忍相弃乎？"乃挽挟其马，牵引而行。迁延之间，已及郑曲。生神情恍惚，鞭马欲回。豪士速命奴仆数人，抱持而进。疾走推入车门，便令锁却，报云："李十郎至也！"

一家惊喜，声闻于外。先此一夕，玉梦黄衫丈夫抱生来，至席，使玉脱鞋。惊寤而告母，因自解曰："鞋者'谐'也，夫妇再合。脱者'解'也，既合而解，亦当永诀。由此征之，必遂相见，相见之后，当死矣。"凌晨，请母梳妆。母以其久病，心意惑乱，不甚信之。黾勉之间，强为妆梳。妆梳才毕，而生果至。玉沉绵日久，转侧须人。忽闻生来，欻然自起，更衣而出，恍若有神。遂与生相见，含怒凝视，不复有言。羸质娇姿，如不胜致，时复掩袂，返顾李生。感物伤人，坐皆欷歔。顷之，有酒肴数十盘，自外而来。一座惊视，遽问其故，悉是豪士之所致也。因遂陈设，相就而坐。玉乃侧身转面，斜视生良久，遂举杯酒，酬地曰："我为女子薄命如斯。君是丈夫负心若此。韶颜稚齿，饮恨而终。慈母在堂，不能供养。绮罗弦管，从此永休。征痛黄泉，皆君所致。李君李君，今当永诀！我死之后，必为厉鬼，使君妻妾终日不安！"乃引左手握生臂，掷杯于地，长恸号哭数声而绝。母乃举尸，置于生怀，令唤之，遂不复苏矣。生为之缟素，旦夕哭泣甚哀。将葬之夕，生忽见玉缳帷之中，容貌妍丽，宛若平生。著石榴裙，紫袆裆，红绿帔子。斜身倚帷，手引绣带，顾谓生曰："愧君相送，尚有余情。幽冥之中，能不感叹。"言毕，遂不复见。明日，葬于长安御宿原。生至墓所，尽哀而返。

后月余，就礼于卢氏。伤情感物，郁郁不乐。夏五月，与卢氏偕行，归于郑县。至县旬日，生方与卢氏寝，忽帐外"叱叱"作声。生惊视之，则见一男子，年可二十余，姿状温美，藏身映幔，连招卢氏。生惶遽走起，绕幔数匝，倏然不见。生自此心怀疑恶，猜忌万端，夫妻之间，无聊生矣。或有亲情，曲相劝喻。生意稍解。后旬日，生复自外归，卢氏方鼓琴于床，忽见自门抛一斑犀钿花合子，方圆一寸余，中有轻绡，作同心结，坠于卢氏怀中。生开而视之，见相思子二，叩头虫一，发杀觜一，驴驹媚少许。生当时愤怒叫吼，声如豺虎，引琴撞击其妻，诘令实告。卢氏亦终不自明。尔后往往暴加捶楚，备诸毒虐，竟讼于公庭而遣之。

卢氏既出，生或侍婢媵妾之属，暂同枕席，便加妒忌。或有因而杀之者。生尝游广陵，得名姬曰营十一娘者，容态润媚，生甚悦之。每相对坐，尝谓营曰："我尝于某处得某姬，犯某事，我以某法杀之。"日日陈说，欲令惧己，以肃清闺门。出则以浴斛覆营于床，周回封置，归必详视，然后乃开。又畜一短剑，甚利，顾谓侍婢曰："此信州葛溪铁，唯断作罪过头！"大凡生所见妇人，辄加猜忌，至于三娶，率皆如初焉。

译文：

唐代宗大历（公元766～779年）年间，陇西有个书生李益，二十岁就中了进士。第二年，被选拔出来，提前到吏部进行考试。夏天六月，他到了长安，住在新昌里。李家是书香门第、世家大族，李益从小就有才华，作文写诗，当时数第一。比他早考中的、比他年岁大的，都异口同声的称赞他，佩服他。李益也以自己才华横溢、风流洒脱而自负，想得到个出色的女人陪伴自己，挑选过许多有名的妓女，可一直没有找到合意的。长安有个媒婆叫鲍十一娘的，从前是薛驸马家的使女，赎出身来已经十多年了。为人乖巧，能说会道，有钱有势的人家没有她没去过的，保媒拉纤数第一。李益送给她许多钱财，诚恳地托她做媒，她心里很感激。

几个月后，李益正在住所旁边的南亭闲坐，大约在午后三四点钟，忽然听见一阵急促的敲门声，说是鲍十一娘到了。李益一听便提着衣襟快步来到门前，迎着鲍十一娘问道："鲍大姐，今天什么风把你突然吹来了？"鲍十一娘笑着说："梦婆婆给你托好梦了吧？有个天女下凡了，不稀罕钱财，只爱风流，这样的人才与你十郎真是天生的一对呀！"李益一听惊奇得跳了起来，立刻飘飘然了，一把拉住鲍十一娘的手边作揖边道谢："做一辈子奴才也行，死也不怕！"于是问那女人的姓名和住处。鲍十一娘从头到尾详细地说了："她是从前霍王的小女儿，名叫小玉，霍王特别喜爱她。妈妈叫净持，净持是霍王最喜欢的小老婆。霍王死时，小玉的兄弟们因为她是小老婆生的，不让她住在王府，就分给她一些钱财，打发她到外边去住，便改姓郑。人们也就不知道她是王爷的闺女。她长得那个俊俏模样儿，我这一辈子也没见过，那个精神儿，那个气派，处处都高出一等，琴棋书画、吟诗唱曲儿，就没有一样不会的。昨天求我找一个好小伙子能与她相般配的，我把你十郎的情况全说了，她也听见过你十郎的大名，挺中意的。她住在胜业坊古寺曲，靠道边的头一家便是。我已经同她约好了，明天正午，你只要到古寺曲找一个叫'桂子'的人就行了。"

鲍十一娘走后，李益便收拾打扮起来。叫书僮秋鸿到堂兄京兆参军李尚的家里去借一匹小青马，带着装金的马笼头。当天晚上，李益沐浴更衣，从头到脚打扮一番，乐得坐不稳、站不牢，闹个通宵没合眼。天刚亮，他就戴好了帽子，拿过镜子照来照去，唯恐不合适。好不容易挨到了晌午。连忙叫备马，一溜烟跑到了胜业坊。到了约会的地点，果然看见一个小丫环站在那里等候，小丫环迎过来问道："来的是李十郎吗?"李益刚下马，小丫环就叫把马牵到房檐下边，然后急急忙忙地就锁上了大门。李益一看，鲍十一娘从里面走出来了，远远地笑着说："哪里的小伙子，冒冒失失地闯到这里来了?"李益没等同她开完玩笑，就被带进了中门。庭院里有四棵樱桃树，西北角上挂着一个鹦鹉笼子，一见生人来了，就说："有人进来了，快放下门帘子!"李益为人本来挺安分守己，心里有些犯核计，忽然听见鹦鹉说话，怔住了不敢往前走了。磨蹭了一会儿，鲍十一娘领着净持走下台阶，请李益进屋里坐。净持四十多岁，风韵犹存，谈笑起来很逗人喜欢。净持对李益说："平时就听说过十郎是个风流才子，今天又见你长得这般清秀，真是名不虚传呀。我有个姑娘，虽然少教训，但模样还不丑陋，能配你还是很合适的。常听鲍十一娘说你的意思，今天就让姑娘侍候你吧"。李益道谢说："我愚笨而又平常，没想到您能看得起，倘要能使您中意，我就是死了也感到荣幸。"于是，净持叫人摆上酒席，又叫小玉从东屋的套间里出来。李益以礼相迎，只觉得室内好像琼林玉树互相辉映，转眼之间，光彩焕发。小玉坐在母亲身旁。母亲对她说："你经常喜欢念的'开帘风动竹，疑是故人来'。这就是十郎的诗啊！你成天念叨，哪赶上亲自见一面呀。"小玉低着头微笑，低声说道："见面不如闻名，才子哪能没有好容貌"。李益于是站起来连连行礼，说："小娘子爱才，鄙人好色，两好凑一好，才貌双全了。"小玉母女相视而笑。喝了几杯酒，李益站起来，请小玉唱歌。一开始不肯唱，母亲一个劲儿让唱，小玉才唱。声音清脆、曲子优美。

大家吃完了酒，天已经黑了。鲍十一娘带领李益到西院休息。宽绰的庭院、高大的房舍，帘子、帐子都挺漂亮。鲍十一娘让丫环桂子和浣沙给李益宽衣解带。不一会儿，小玉来了。说起话来，慢声细语、温柔可亲。脱去衣衫，体态窈窕。放下帐子，躺在枕上，两人极尽欢爱。此时，在李益看来，巫山神女、洛水女神也不过如此吧。半夜时，小玉盯着李益，流着眼泪说："我本是妓女，自己知道不配您。今天因为喜欢我的容貌，才依靠上了您。只愁我一旦年龄大了，容颜不在、对我的感情就会变了的，我好像那攀不上乔木的女萝草，没个依靠；又像秋天时的扇子，没个人要了。在这无限喜悦的时刻，我不知不觉地难过起来。"李益听了，不胜感叹。于是伸过胳膊让小玉枕着，慢慢地对她说："我平生的心愿，今天得到了满足，就是粉身碎骨，也绝不分离。你何必说这番话呢！请拿过一块白绸子，我把誓言写上。"小玉于是止住了眼泪，让丫环樱桃挑起幔帐，拿着蜡烛，把笔墨递给李益。平时，小玉摆弄乐器之暇，特别喜好诗书，纸笔墨砚都是王府的旧物。打开花包袱，取出浙江女工织的乌丝格白绸子三尺给李益。李益本来多才，提笔成章，用山河作比喻，以日月作证据，句句情真意切，听起来十分感人。写完，叫小玉珍藏在箱子里。从此以后，两人亲密无间，好像翡翠鸟在云端那样逍遥自在。这样过了两年，俩人日夜形影不离。

第三年春天，李益通过了吏部的考试，被任命为郑县（今河南郑州）主簿。到了四月份，要上任去，将要往洛阳方向去了。长安的亲戚朋友都设宴为他送行。当时正是春末夏初的时候，风景正美。席罢人散，李益心中泛起离情绪。小玉对他说："凭您的才学名气，人们都会景仰您。愿意和您结亲的人家会很多。何况您家中父母在堂，您现在又没有娶妻，您此番走后，必然能娶个好妻子。所说过的那些山盟海誓，不过是些空话罢了。虽然如此，我有个小小的愿望，想同您说说，希望永远记在您的心上。不知您还能听一听吗？。"李益惊奇地问道："我有什么过错得罪了你，怎么说出这样的话来？说说你想说的，我一定遵命。"小玉说："我才十八岁，您才二十二岁，等到您三十岁时，还有八年，我愿在此期间，极尽咱们一生的欢乐。然后，您再另择高门，结成亲事，也不算晚。我便从那以后，离开人间俗世，剪去头发，穿上僧衣。这样，我这一生的愿望也就满足了。"李益听了又是惭愧又是感动，不觉流下泪来，对小玉说："像太阳那样光辉的誓言，至死不渝。同你白头偕老，还不算满足平生的愿望，哪里敢三心二意变心呢！千万请您不要怀疑，只管好好待着等我，到八月份，派来迎接你的人一定到达华州，咱们再相见的日子不会远的。"过

聂隐娘 ◆ 唐传奇精选

了几天，李益告别了小玉，向东出发了。

　　李益上任十多天后，请假到洛阳探亲。他没到家的时候，母亲已经商量好将他的表妹卢姑娘给他做媳妇，婚约已定了。李母平素严苛，李益到家后犹豫一阵子也不敢表示不同意。于是，这门亲事就算成了。并选好了结婚的日子。卢家也是个一流的大家族，嫁女给外人家、聘礼必须以百万为条件，不够百万就别想成亲。李益的家比较贫寒，凑足聘金便需要借债，于是找个借口，投亲访友张罗钱，过了长江、渡了淮河，从当年秋天忙到第二年夏天。李益自己知道辜负了立下的誓言，远远耽误了回去的日期。与小玉一点消息也不通，想断绝她的希望。并嘱咐亲友，不要给走漏消息。

　　自从李益到期还没有回来，小玉四处打听音信，种种离奇的说法一天一个样。求神问卜，心里又愁又恨。经过一年多时间，她便病倒在床，病势一天重似一天。尽管李益寸纸只字也没有给她，可是小玉对他的思念一点也没有变，拿出钱财求亲友给打听消息。因为托的人太多了，钱花的很多，快用光了。于是，她往往暗中叫丫环背着人去卖东西，多半卖在西市寄卖店侯景先家。一次，小玉让丫环浣沙拿一只紫玉钗到侯景先家去卖，路上碰上在皇宫内当玉工的，老玉工见到浣沙拿着的紫玉钗，走上前来辨认一下说："这钗是我做的呀。当年霍王小女儿要梳头了，让我给做了这支钗，赏给我一万钱。我总也没有忘记。你是什么人，从什么地方得到这个的？"浣沙说："我家的小娘子就是霍王的女儿。家道衰落了，嫁了个人，丈夫去洛阳后便没有消息。郁闷成疾，如今已两年了。让我卖这只钗，好用钱求人打听消息。"玉工难过得掉下眼泪，说："贵人的孩子，不成想落魄到这个地步。我没有几天活头了，看见这种由盛而衰的情景，真是万分难受啊！"于是，把浣沙领到延先公主的家里，把这些事都说了。公主也替小玉难过了一阵子，给了二十万钱。

这时，李益的未婚妻卢氏正住在长安。李益凑足了聘礼，回到了郑县。这年腊月，又请好假进长安城结婚。到后，悄悄找个地方住下，谁也不让知道。考中明经科的崔允明是李益的表弟，为人忠厚，往年常同李益一起在小玉家中聚会，吃喝说笑，从不间断。他只要得到李益的消息，都原原本本地告诉小玉。小玉也常常拿出一些柴禾、衣物帮助他，崔允明很感激小玉。李益既然到了长安，崔允明便如实地全部都告诉了小玉。小玉生气地叹息着说："天下能有这种事么?"于是遍请亲戚盟友，数次请李益来，李益因为自己失约，又得知小玉病得很重，既惭愧却又狠心割爱，始终没有去小玉家，每天都一大早离开住所，到晚上才回来，想以此躲避开小玉。小玉日夜哭泣，废寝忘食，就只想见上李益一面，竟然这样也无法实现。怨恨更加深了，躺在床上再也起不来了。因此，长安城中有人多少知道了这件事。一些风流人物都被小玉的多情所感动，豪杰侠客一类人都对李益的无情表示气愤。

已是三月时节了，人们都出城来游春。李益与五六个朋友到崇敬寺观赏牡丹，在西廊漫步，作诗唱和。有个京城人叫韦夏卿的，是李益的好友，当时也同行，对李益说："风光多明媚，草木欣欣向荣，可怜那姓郑的姑娘，含冤守在空房!先生真就能把她抛弃了，真是个残忍的人啊!男子汉大丈夫的心胸，不应该如此。先生应好好想想吧。"正在叹息责备李益的时候，忽然有一个豪杰，穿着薄薄的黄色麻布衫，挟着一副弹弓，神采飞扬，后面跟着一个剪了头发的胡人小孩，暗中走来，听见了这番话。不一会，他上前对李益作个揖，说："先生不是李十郎吗？我本是山东人，是皇上的亲戚，虽然我缺少才华，但我心里特别喜欢才子。久仰您的大名，常想与您见见面。今日幸会，得以瞻仰您的风采。我住的地方离此不远，也有乐队歌女，足够娱乐的了。漂亮的侍女八、九个，骏马十多匹，您想要如何赏玩都可以，请您去一次。"李益的朋友们听了这番话，异口同声地表示赞同。于是，李益就同那位豪杰骑着马一起走了。很快地转了几条街，就到了胜业坊。李益因为离小玉的住所很近，不想往前去了，借口有事，要拨转马头往回去。豪杰说："我的家就在眼前了，你怎么忍心放弃了原来的应允呢？"于是，拉着李益的马，两人一块往前走。不多时间，已经到了小玉的家门口。李益的心里很不安，打马就要往回走。豪杰急忙吩咐几名仆人，连拉带扯地将李益拥进了大门，并叫上锁。口里还高声喊着："李十郎到了"。

郑家的人听了惊喜万分，高兴得叫起来，声音都传到门外了。头天晚上，小玉梦见一个穿黄衣服的男子抱着李益来了，到床前，让小玉给脱鞋。小玉一惊便醒了。醒后把梦告诉了母亲，并解释说："鞋同谐是一个音，就是和谐的意思，预示夫妻再合。脱是解的意思。既合又解，也就是说见过一面就永别了。从这个梦来看，必定能同李郎再见一面，见面之后，我也就要死了。"第二天早晨，小玉叫母亲给她梳洗打扮。母亲以为她病得太久了，神志不清，也没有信她所说这些话。小玉硬撑着，让母亲给她打扮打扮。刚刚梳洗完，李益果然到了。小玉卧病日久，翻个身都需要人帮助，忽然听到李益来了。一下子自己就起来了，换好衣服走出来，真像有了神仙一般。同李益一见面，满脸怒容，两眼盯着他，一句话也不说。人瘦瘦的，更显得娇小了，好像站都站不住了。不时用袖子掩着脸，偷眼回顾李益。此情此景，满屋的人都掉下了眼泪。不大功夫，从外边送来酒和好几十个菜。屋里的人都看呆了，忙问是怎么回事，原来都是那位豪杰给送的。于是，摆开桌椅，都落了座。小玉倒过身子转过脸，斜眼看了李益好久，才举起酒杯，将酒洒在地上，说："我是个女人，是这样薄命。您是个男子大丈夫，变心到这种程度。我还年纪轻轻的，就抱恨而死了。老母仍在，不能养老了。吃喝玩乐也从此永远结束了。这样痛苦的死去，全是您造成的呀。李先生啊，李先生，今天永别了！我死以后，一定变成恶鬼，让你的家眷终日不得安宁！"说完，伸出左手攥住李益的胳臂，把酒杯摔在了地上，痛哭几声就死了。小玉的母亲，把小玉的尸体放在李益的怀里，让李益呼喊小玉的名字，也没有叫醒过来。李益为她穿上了孝服，早晚在灵前哭得十分悲哀。下葬头天晚上，李益忽然看见小玉在灵堂的幔帐后面，面容还是那样标致，像活着那时候一样。穿条石榴红的裙子，紫色的袍子，披件红、绿两色的披肩，斜着身子，依在帐子边，手里摆弄着绣花的带子，望着李益说："劳驾送我，您还有情意，我在阴曹地府，不能不感激呀！"说完就不见了。第二天，把小玉埋在长安御宿原。李益送到墓地，痛哭一阵子才回来。

一个多月以后，李益同卢氏结婚了。他睹物伤情，闷闷不乐。夏季五月，李益同卢氏一起回郑县去了。到郑县十天，李益同卢氏正要躺下睡觉，忽然听见帐子外面有咻咻的声音。李益吓了一跳，往帐子外一看，只见一个男人，年纪在二十多岁，长得温文尔雅，十分俊美，躲在帐子外面，一个劲朝卢氏招手。李益气得急忙站起身来就追，围着帐子转了几圈，忽然就不见了。李益从此心里产生了怀疑，对妻子百般猜忌，夫妻之间闹起了纠纷。有的亲戚朋友婉言劝解，李益的火气才稍稍平息。又过了十天，李益从外边回家来，卢氏正在床上弹琴，忽然从门外抛进了一个用犀角雕的镂花小盒子，有一寸见方，用细纱扎着，中间打个同心结，正好掉在卢氏怀里。李益拿过来打开一看，盒子里面装着两颗表示相思的红豆，一个叩头虫，还有春药"发杀觜"和一点"驴驹媚"。李益当时气得大喊大叫，好像豺叫虎吼，操起琴向妻子砸去，逼着妻子说明实情，卢氏百口莫辩。此后，李益经常狠揍妻子，百般虐待，最后竟告到官府把妻子休了。

卢氏被休回娘家后，李益便叫丫环们侍寝，同一个丫环睡过之后，立刻就怀疑这个丫环又有外心了，他心中妒火中烧，甚至为此将丫环杀死。李益曾经到广陵（今江苏扬州）去游玩，娶了个有名的妓女叫营十一娘，这个女人面容漂亮，身段窈窕，李益特别喜欢她。每次两人坐在一起谈话时，李益就对营十一娘说："我曾经在某地弄到手一个女人，她同别人犯了某件事，我用某种方法把她杀了。"天天如此，就是为了让营十一娘怕他，免得坏了门风。李益外出时，就用大洗澡盆把营十一娘扣在床上，周围还贴上封条；回家后，仔细检查，然后再打开。同时还藏着一把短剑，特别锋利，他拿着短剑，瞪着丫环们说："这是用信州葛溪出产的铁打成的，专门用它来割那干丑事人的脑袋！"总之，凡是李益看到过的女人，他都怀疑人家不正经。他先后娶了三房老婆，都像是对待头一个妻子那样对待她们。

··

作者蒋防，字子征。唐义兴（今江苏宜兴）人，生卒不详。约为元和长庆时人。曾官为左拾遗、司封郎、制诰、翰林学士。后因受株连被贬为刺史。蒋防少年时代就才华横溢，诗文并茂，被人所称赞。

《霍小玉传》是唐传奇中最精彩的篇章。本文通过诗人李益和妓女霍小玉恋爱的悲剧，鞭挞了薄情负心的李益，赞美了敢爱敢恨的霍小玉，实际上是对唐代的门阀制度和婚姻观念进行了有力的抨击。

《霍小玉传》不仅在唐代广为流传，其影响至后世仍然不衰。胡应麟说："此篇尤为唐人最精彩动人之传奇，故传诵弗衰"。这话是很恰当的。明代大戏曲家汤显祖曾据此写成《紫箫记》、《紫钗记》等著名传奇剧本。

李 娃 传

白行简

汧国夫人李娃，长安之倡女也。节行瑰奇，有足称者，故监察御史白行简为传述。

天宝中，有常州刺史荥阳公者，略其名氏，不书。时望甚崇，家徒甚殷。知命之年，有一子，始弱冠矣；隽朗有词藻，迥然不群，深为时辈推伏。其父爱而器之，曰："此吾家千里驹也。"应乡赋秀才举，将行，乃盛其服玩车马之饰，计其京师薪储之费，谓之曰："吾观尔之才，当一战而霸。今备二载之用，且丰尔之给，将为其志也。"生亦自负，视上第如指掌。

自毗陵发，月余抵长安，居于布政里。尝游东市还，自平康东门入，将访友于西南。至鸣珂曲，见一宅，门庭不甚广，而室宇严邃。阖一扉，有娃方凭一双鬟青衣立，妖姿要妙，绝代未有。生忽见之，不觉停骖久之，徘徊不能去。乃诈坠鞭于地，候其从者，敕取之。累眄于娃，娃回眸凝睇，情甚相慕。竟不敢措辞而去。生自尔意若有失，乃密征其友游长安之熟者，以讯之。友曰："此狭邪女李氏宅也。"曰："娃可求乎！"对曰："李氏颇赡。前与通之者多贵戚豪族，所得甚广。非累百万，不能动其志也。"生曰："苟患其不谐，虽百万，何惜。"

他日，乃洁其衣服，盛宾从而往。扣其门，俄有侍儿启扃。生曰："此谁之第邪？"侍儿不答，驰走大呼曰："前时遗策郎也！"娃大悦曰："尔姑止之。吾当整妆易服而出。"生闻之私喜。乃引至萧墙间，见一姥垂白上偻，即娃母也。生跪拜前致词曰："闻兹地有隙院，愿税以居，信乎？"姥曰："惧其浅陋湫隘，不足以辱长者所处，安敢言直耶。"延生于迟宾之馆，馆宇甚丽。与生偶坐，因曰："某有女娇小，技艺薄劣，欣见宾客，愿将见之。"乃命娃出。明眸皓腕，举步艳冶。生遽惊起，莫敢仰视。与之拜毕，叙寒燠，触类妍媚，目所未睹。复坐，烹茶斟酒，器用甚洁。久之，日暮，鼓声四动。姥访其居远近。生绐之曰："在延平门外数里。"冀其远而见留也。姥曰："鼓已发矣。当速归，无犯禁。"生曰："幸接欢笑，不知日之云夕，道里辽阔，城内又无亲戚。将若之何？"娃曰："不见责僻陋，方将居之，宿何害焉。"生数目姥。姥曰："唯唯。"生乃召其家僮，持双缣，请以备一宵之馔。娃笑而止之曰："宾主之仪，且不然也。今夕之费，愿以贫窭之家，随其粗粝以进之。其余以俟他辰。"固辞，终不许。俄徙坐西堂，帏幕帘榻，焕然夺目；妆奁衾枕，亦皆侈丽。乃张烛进馔，品味甚盛。撤馔，姥起。生娃谈话方切，诙谐调笑，无所不至。生曰："前偶过卿门，遇卿适在屏间。厥后心常勤念，虽寝与食未尝或舍。"娃答曰："我心亦如之。"生曰："今之来，非直求居而已。愿偿平生之志。但未知命也若何？"言未终，姥至，询其故，具以告。姥笑曰："男女之际，大欲存焉。情苟相得，虽父母之命，不能制也。女子固陋，曷足以荐君子之枕席？"生遂下阶，拜而谢之曰："愿以己为厮养。"姥遂目之为郎，饮酣而散。及旦，尽徙其囊橐，因家于李之第。自是生屏迹戢身，不复与亲知相闻。日会倡优侪类，狎戏游宴。囊中尽空，乃鬻骏乘及其家童。岁余，资材仆马荡然，迩来姥意渐怠，娃情弥笃。

他日，娃谓生曰："与郎相知一年，尚无孕嗣。常闻竹林神者，报应如响，将致荐酹求之，可乎？"生不知其计，大喜。乃质衣于肆，以备牢醴，与娃同谒祠宇而祷祝焉，信宿而返。策驴而后，至里北门，娃谓生曰："此东转小曲中，某之姨宅也。将憩而觐之，可乎？"生如其言，前行不逾百步，果见一车门。窥其际，甚弘敞。其青衣自车后止之曰："至矣。"生下，适有一人出访曰："谁？"曰："李娃也。"乃入告。俄有一妪至，年可四十余，与生相迎，曰："吾甥来否？"娃下车，妪迎访之曰："何久疏绝？"相视而笑。娃引生拜之。既见，遂偕入西戟门偏院，中有山亭，竹树葱蒨，池榭幽绝。生谓娃曰："此姨之私第耶？"笑而不答，以他语对。俄献茶果，甚珍奇。食顷，有一人控大宛汗流驰至，曰："姥遇暴疾颇甚，殆不识人。宜速归。"娃谓姨曰："方寸乱矣。某骑而前去，当令返乘，便与郎偕来。"生拟随之。其姨与侍儿偶语，以手挥之，令生止于户外，曰："姥且殁矣。当与某议丧事以济其急。奈何遽相随而去？"乃止，共计其凶仪斋祭之用。日晚，乘不至。姨言曰："无复命，何也？郎骤往觇之，某当继至。"生遂往，至旧宅，门扃钥甚密。以泥缄之。生大骇，诘其邻人。邻人曰："李本税此而居，约已周矣。第主自收。姥徙居，而且再宿矣。"生曰"徙何处？"曰："不详其所。"生将驰赴宣阳，以诘其姨，日已晚矣，计程不能达。乃弛其装服，质馔而食，赁榻而寝。生恚怒方甚，自昏达旦，目不交睫。质明，乃策蹇而去。既至，连扣其扉，食顷无人应，生大呼数四，有宦者徐出。生遽访之："姨氏在乎？"曰："无之。"生曰："昨暮在此，伺故匿之。"访其谁氏之第。曰："此崔尚书宅。昨者有一人税此院，云迟中表之远至者。未暮去矣。"生惶惑发狂，罔至所措，因返访布政旧邸。邸主哀而进膳。生怨慭，绝食三日，遘疾甚笃，旬余愈甚。邸主惧其不起，徙之于凶肆之中。绵缀移时，合肆之人并伤叹而互饲之。后稍愈，杖而能起。由是凶肆日假之，令执繐帷，获其直以自给。累月，渐复壮，每听其哀歌，自叹不及逝者，辄呜咽流涕，不能自止。归则效之。生，聪敏者也。无何，曲尽其妙，虽长安无有伦比。

初，二肆之佣凶器者，互争胜负。其东肆车舆皆奇丽，殆不敌，唯哀挽劣焉。其东肆长知生妙绝，乃醵钱二万索顾焉。其党耆旧，共较其所能者，阴教生新声，而相赞和。累旬，人莫知之。其二肆长相谓曰："我欲各阅所佣之器于天门街，以较优劣。不胜者罚直五万，以备酒馔之用，可乎？"二肆许诺。乃邀立符契，署以保证，然后阅之。士女大和会，聚至数万。于是里胥告于贼曹，贼曹闻于京尹。四方之士尽赴趋焉，巷无居人。自旦阅之，及亭午，历举辇舆威仪之具，西肆皆不胜，师有惭色，乃置层榻于南隅，有长髯者，拥铎而进，翊卫数人。于是奋髯扬眉，扼腕顿颡而登，乃歌《白马》之词；恃其夙胜，顾眄左右，旁若无人，齐声赞扬之；自以为独步一时，不可得而屈也。有顷，东肆长于北隅上设连榻，有乌巾少年，左右五六人，秉翣而至，即生也。整衣服，俯仰甚徐，申喉发调，容若不胜。乃歌《薤露》之章，举声清越，响振林木，曲度未终，闻者歔欷掩泣。西肆长为众所诮，益惭耻。密置所输之直于前，乃潜遁焉。四坐愕眙，莫之测也。

先是，天子方下诏，俾外方之牧，岁一至阙下，谓之"入计"。时也适遇生之父在京师，与同列者易服章窃往观焉。有老竖，即生乳母婿也，见生之举措辞气，将认之而未敢，乃泫然流涕。生父惊而诘之。因告曰："歌者之貌，酷似郎之亡子。"父曰："吾子以多财为盗所害。奚至是耶?"言讫,亦泣。及归,竖间驰往,访于同党曰："向歌者谁?若斯之妙欤?"皆曰："某氏之子。"征其名,且易之矣。竖凛然大惊,徐往,迫而察之。生见竖色动,回翔将匿于众中。竖遂持其袂曰："岂非某乎?"相持而泣。遂载以归。至其室,父责曰:"志行若此,污辱吾门!何施面目复相见也?"乃徒行出,至曲江西杏园东,去其衣服,以马鞭鞭之数百。生不胜其苦而毙。父弃之而去。其师命相狎昵者阴随之,归告同党,共加伤叹。令二人赍苇席焉。至,则心下微温。举之,良久,气稍通。因共荷而归,以苇筒灌勺饮,经宿乃活。月余,手足不能自举。其楚挞之处皆溃烂,秽甚,同辈患之,一夕,弃于道周。行路咸伤之,往往投其余食,得以充肠。十旬,方杖策而起。被布裘,裘有百结,褴褛如悬鹑。持一破瓯,巡于闾里,以乞食为事。自秋徂冬,夜入于粪壤窟室,昼则周游廛肆。

一旦大雪,生力冻馁所驱,冒雪而出,乞食之声甚苦。闻见者莫不凄恻。时雪方甚,人家外户多不发。至安邑东门,循里垣北转第七八,有一门独启左扇,即娃之第也。生不知之,遂连声疾呼"饥冻之甚。"音响凄切,所不忍听。娃自阁中闻之,谓侍儿曰："此必生也。我辨其音矣。"连步而出。见生枯瘠疥疠,殆非人状。娃意感焉,乃谓曰："岂非某郎也?"生愤懑绝倒,口不能言,颔颐而已。娃前抱其颈,以绣襦拥而归于西厢。失声长恸曰："令子一朝及此,我之罪也!"绝而复苏。姥大骇,奔至,曰："何也?"娃曰："某郎。"姥遽曰："当逐之。奈何令至此?"娃敛容却睇曰："不然。此良家子也。当昔驱高车,持金装,至某之室,不逾期而荡尽。且互设诡计,舍而逐之,殆非人。令其失志,不得齿于人伦。父子之道,天性也。使其情绝,杀而弃之。又困踬若此,天下之人尽知为某也。生亲戚满朝，一旦当权者熟察其本末，祸将及矣。况欺天负人，鬼神不祐，无自贻其殃也。某为姥子，迨今有二十岁矣。计其赀，不啻值千金。今姥年六十余，愿计二十年衣食之用以赎身，当与此子另卜所诣。所诣非遥，晨昏得以温清。某愿足矣。"姥度其志不可夺，因许之。给姥之，余有百金。北隅四五家税一隙院。乃与生沐浴，易其衣服；为汤粥，通其肠；次以酥乳润其脏。旬余，方荐水陆之馔。头巾履袜，皆取珍异者衣之。未数月，肌肤稍腴。卒岁，平愈如初。

异时，娃谓生曰："体已康矣，志已壮矣。渊思寂虑，默想曩昔之艺业，可温习乎？"生思之，曰："十得二三耳。"娃命车出游，生骑而从。至旗亭南偏门鬻坟典之肆，令生拣而市之，计费百金，尽载以归。因令生斥弃百虑以志学，俾夜作昼，孜孜矻矻。娃常偶坐，宵分乃寐。伺其疲倦，即谕之缀诗赋。二岁而业大就，海内文籍，莫不该览。生谓娃曰："可策名试艺矣。"娃曰："未也，且令精熟，以俟百战。"更一年，曰："可行矣。"于是遂一上登甲科，声振礼闱。虽前辈见其文，罔不敛衽敬羡，愿友之而不可得。娃曰："未也。今秀士，苟获擢一科第，则自谓可以取中朝之显职，擅天下之美名。子行秽迹鄙，不侔于他士。当砻淬利器，以求再捷。方可以连衡多士，争霸群英。"生由是益自勤苦，声价弥甚。

其年，遇大比，诏征四方之隽。生应"直言极谏科"，策名第一，授成都府参军。三事以降，皆其友也。将之官，娃谓生曰："今之复子本躯，某不相负也。愿以残年，归养老姥。君当结媛鼎族，以奉蒸尝。中外婚媾，无自黩也。勉思自爱。某从此去矣。"生泣曰："子若弃我，当自颈以就死。"娃固辞不从，生勤请弥恳。娃曰："送子涉江，至于剑门，当令我回。"生许诺。月余，至剑门。未及发而除书至，生父由常州诏入，拜成都尹。兼剑南采访使。浃辰，父到。生因投刺，谒于邮亭。父不敢认，见其祖父官讳，方大惊，命登阶，抚背恸哭移时，曰："吾与尔父子如初。"因诘其由，具陈其本末。大奇之，诘娃安在。曰："送某至此，当令复还。"父曰："不可。"翌日，命驾与生先之成都，留娃于剑门，筑别馆以处之。明日，命媒氏通二姓之好，备六礼以迎之，遂如秦晋之偶。娃既备礼，岁时伏腊，妇道甚修，治家严整，极为亲所眷。向后数岁，生父母偕殁，持孝甚至。有灵芝产于倚庐，一穗三秀。本道上闻。又有白燕数十，巢其层甍。天子异之，宠锡加等。终制，累迁清显之任。十年间，至数郡。娃封汧国夫人。有四子，皆为大官，其卑者犹为太原尹。弟兄姻媾皆甲门，内外隆盛，莫之与京。

嗟乎，倡荡之姬，节行如是，虽古先烈女，不能逾也。焉得不为之叹息哉！

予伯祖尝牧晋州，转户部，为水陆运使，三任皆与生为代，故谙详其事。贞元中，予与陇西公佐话妇人操烈之品格，因遂述汧国之事。公佐拊掌竦听，命予为传。乃握管濡翰，疏而存之。时乙亥岁秋八月，太原白行简云。

译文：

汧国夫人李娃，原是京城长安的妓女。因为品行高尚、做事奇特，很有值得称道的地方，所以监察御史白行简为她立传，记载她的事迹。

玄宗天宝年间（公元742～755年），有位常州（今江苏武进）刺史，现在隐去他的真名实姓，用他这个姓所在的郡名来称他为荥阳（今河南荥阳）公吧。

当时，荥阳公的社会声望很高，家中人口众多，僮仆成群。他五十岁那年，有个儿子刚满二十岁。这公子生得英俊聪明而且富有文才，在同辈中是很出类拔萃的，深为大家所佩服。荥阳公很器重他，说："这是我家的千里驹啊！"这时，荥阳公子由当地州郡推选到京城长安去应秀才科考试。在他即将出发时，荥阳公给他准备了充足的衣服、用具、车马，又计算了他在京城长安所需要的生活费用。并对他说："我看你的才华，一考就能名列前茅。现在我预备了两年的费用，并且还多给了你一些，是为了保证能实现你的愿望。"公子也自以为很了不起，把取得功名这件事，看得简直如同在手掌里写字那么容易。他从毗陵（今江苏武进）出发，经过一个多月的路程就到了长安，住在京城的布政里。

一天，公子到京城东市游玩，从平康里的东门进来，准备去拜访住在里中西南处的一位朋友。当他走到鸣珂曲这条巷子时，看到有一户人家，门庭虽不怎么高大宽广，但是房屋却很严紧幽深。这时，大门半开着，有位年轻的姑娘倚着个梳着双髻的小丫环，站在那里。这姑娘生得美貌出众、世上难有。公子突然见到了她，便不知不觉地停下马来呆呆看了好大一会儿，转来转去不肯离开，还故意把马鞭子掉在地上，等候跟随的仆人走来，叫他拣起。这当儿，公子不断地斜着眼睛去偷偷看这姑娘。姑娘也转过脸来盯着看他，流露出无限爱慕之情。可是，公子却没有勇气上前去和她说句话，就走开了。

公子自此以后，竟然觉得似乎失去了什么似的。于是，他便暗中向一位熟悉长安情况的朋友打听那位姑娘。朋友回答

聂隐娘 ◆ 唐传奇精选

说："你说的，那是姓李的妓女家啊！"又问："那姑娘能得到手吗？"回答说："李家富有，排场很大。以前和她往来的多是些达官贵戚，得到的赏钱很多。恐怕没有上百万的钱，是不能打动她的心的。"公子说："只怕事情办不成，花它个百万钱，有什么可惜！"

一天，公子穿戴整洁华丽，带着许多随从前来李家，叩门求见。不一会，有个丫环打开了大门，公子便问："这里是哪位的府上呀？"丫环听后也不回答，急忙跑回去，大喊："是前时掉了马鞭子的那位公子！"李娃一听非常高兴，便吩咐说："你请他等一等，待我重新梳洗换好衣服再去见他。"公子一听，心中暗暗高兴。丫环引导公子进到大门里的影壁墙前，就看到一位头发花白、驼背的老太婆，原来她就是李娃的母亲。公子一见便上前跪拜说："听说您这里有空闲的房间，我愿意租来居住，不知有没有这回事？"老太婆说："我担心这里破烂狭窄，不能够接待您这位公子，哪里还谈得上出租呀！"说完便邀请公子进入招待宾客的房间。这里陈设富丽堂皇。老太婆与公子面对面坐在一起，提起话头："我有个小女儿，虽然歌舞技艺谈不上很好，但她喜欢见见贵客，我想让她出来见见您。"于是，她便唤李娃出来。李娃眼睛明亮、手腕雪白，走起路来美极了。公子一见便立即站起身来，不敢抬起头来看她。公子与李娃见过礼之后，互相说了几句见面时的客气话。李娃的一举一动、一言一笑都十分讨人喜欢。公子认为李娃真是个他从未见过的漂亮姑娘。李娃陪坐下来，沏茶献酒，所用的器物都异常新奇洁净。

他们这样坐了很长时间，直到太阳落下去，四处传来报更的鼓声。老妈妈才打听公子的住地距这里有多远。公子故意欺骗她说："在延平门外，还有几里路。"他所以这样说，是希望老妈妈会因为住处太远而挽留他。可是，老太婆却说："天已不早，更鼓已经打过了，公子赶快回家去吧！不要违犯了宵禁的规定。"公子说："我有幸受到你们的热情接待，说说笑笑地不知不觉就到了晚上，回去的路又太远，城内也没有亲戚，该怎么办呢？"李娃说："公子如果不嫌弃这里简陋的话，既然准备租来居住，那么先借住一宿有什么关系呢！"公子几次用眼睛去望老太婆，她才说："好！好！"于是，公子便叫家僮送上两匹细绢，请老妈妈用它来准备一顿饭。李娃笑着拦阻说："按照宾主的礼节，不应这样做，今晚的粗茶淡饭，请您随便用些，等以后另外找个时间，再好好招待您。"她坚决不让公子花费，始终不肯收下那两匹细绢。

　　不一会，请公子移到两边厅堂去坐。堂上帷帘坐榻设备齐全、光彩夺目，梳妆被褥也都极其华丽。点起灯，送上茶饭，浓郁的香气向四方飘散。吃完了饭，老妈妈起身离开这里，公子和李娃两人才随便起来，说说笑笑，互相逗趣，毫无顾忌。公子说："上次，我偶然走过你家的门前，正巧碰到你站在大门旁，从此以后，我心里常常想念你，就是睡觉、吃饭都忘不了。"李娃说："我的心何尝不是如此！"公子说："我今天来，不仅仅是来租房子，而是想偿还平日的心愿，只是不知我的运气到底如何！"话还没有说完，老妈妈便走了进来，问他们在说什么，公子便统统地告诉了她。老妈妈笑着说："男女之间，爱恋的心是天生的，假如男女都能得到这种爱恋，虽是父母之命，也不能阻止。我这个女儿，实在是生得丑陋不堪，哪里能够侍奉在公子的身边呢？"公子听后，立刻走下席榻的台阶，拜谢老妈妈说："如能得到这样的幸福，愿以身为仆来报答您老人家"。老妈妈便把公子当做女婿来款待。他们一起又高高兴兴地喝了一阵，才散了席。

从此以后，公子便住在李家。公子躲在李家不再外出，也不和亲友通消息，只是每天与妓女、戏子们亲近，一起吃喝玩乐。这样过了不久，公子所带来的财物都花光了。于是，他先卖掉了马匹、后来又卖了家僮。过了一年多，钱财奴仆都没有了。这样，老太婆渐渐开始待他冷淡起来，可是，李娃对公子的感情却越来越深。有一天，李娃对公子说："我与你同居一年，还未能怀孕生个孩子。时常听人家说，竹林神庙有求必应，很是灵验，我想准备些祭品，求求神灵，你同意吗？"公子不知这是李娃使出的诡计，听她这样一说，心里还非常高兴。于是，他到当铺典押了自己的衣服，买了牛羊猪三牲和祭酒等物品，与李娃一起去庙里进香拜佛。他们在那里住了两宿才回来。

公子骑着驴跟在李娃的车子后面，来到街坊里的北门。李娃对公子说："从这里朝东转弯的一条小巷里，是我姨妈的家，我们到那里去休息一下。再见见我的姨妈可以吗？"公子依从了李娃，向前走了百余步的路，果然见到一座矮矮的车门，从这儿向里面望去，只见很是宽敞明亮。丫环从车后叫公子停住，说："到了！"公子便跨下驴来，这时刚好有个人从里面走出来，问："是谁呀？"答道："是李娃"。于是，进去汇报。不久，就有一位老太太从里面走出来，年龄约有四十多岁，和公子一见面便问道："我的外甥女来了吗？"这时，李娃走下车来，老太太迎着李娃说："为什么这么长时间没有来呀！"说完彼此笑了起来。李娃引导公子拜见姨母。他们见过面后一起走进西边门里的一所偏院。这里有假山凉亭、竹林茂盛，水榭楼台幽静无比。公子问李娃说："这院子是姨母的吗？"李娃听后笑笑，却说起其他话来。一会儿有人送上茶点水果，都十分稀有名贵。有吃顿饭的功夫，忽然见到一个人骑着一匹快马，汗流浃背地跑来报告说："老太太突然得了急病，病得很厉害，几乎都不认人了。赶快回去罢！"李娃对姨妈说："我的心乱极了。我骑马先赶回去，然后把马送回来，那时，姨妈和公子再一起到我家去。"公子想随李娃一起回去，这时，李娃的姨母与丫环两人说了句话后，便招呼公子留下，说："恐怕老太太不行了，你应该和我商议妥当办好丧事，以救李娃之急，怎么能现在就跟她回去呢？"听这样一说，公子只好留下来，一同计算丧事祭祀的花费。天色已经很晚，可是接他们的马匹还没有送回来。姨妈说："到现在还没有个回信，什么缘故呢？你赶快回去看看，我随后就到。"于是，公子就走了。

公子来到了李家门前，只见门窗锁的严严的，还用泥封了起来。公子一见非常吃惊，赶忙向邻居打听是什么缘故，邻人说："李家原是租了这所房子住的，如今租约已经到期了，房主已经收回了这座房子。李家老太太已经搬走两天了。"公子问："搬到哪里去了？"回答说："不知道搬到什么地方去了。"公子想立刻赶回到宣阳里去，去问李娃的姨母，但天色已晚，计算一下路程恐怕赶不到。公子只好脱下衣服换点吃食，租了个床位睡下。公子感到是自己受了欺骗，越想越气，怒不可遏，从夜晚到天明，眼睛都没有合上过。天亮了，他立刻骑上驴赶路，到了那里急忙过去敲门，敲了一顿饭的工夫也没有人答应。公子大叫了三四声后，才有个做官模样的人慢慢地走出来，公子急忙上前去打听，问："姨母在里面吗？"那人却说："没有这个人。"公子说："昨天傍晚时她还在这里，为什么把她藏起来不见呢？"又打听这是谁家的庭院。那人说："这是崔尚书的宅院，昨天有个人租用这个院子，说是在这里等候接待一位从远方来的表亲，天还没有太黑那人就离开这里走了。"

公子一听气的发狂，但不知该怎么办好。公子不得不回到布政里原来的旅店，店主见他可怜，便送饭给他吃。公子怨恨难消、烦闷异常，三天未饮食，结果害起重病。十多天后病的愈来愈厉害。店主害怕他好不了，便把他移送到办丧事的殡仪铺子。他又昏昏沉沉地病了好多日子，殡仪铺子里的人都非常可怜他，大家轮流喂养他。后来，公子病情稍有好转，便能拄着拐杖走路了。从此以后，店主每天叫他干些杂活，管管灵帐，用挣到的工钱维持自己的生活。这样过了几个月后，公子身体渐渐复原。每当他听到唱挽歌时，都长吁短叹，感到自己不如死了好，流泪痛哭，难以忍耐住悲伤。回店后，他便模仿着唱起挽歌，公子是个聪明人，没有多长时间，挽歌唱的就特别好，虽是在京城长安这样大都市，也没有人能和他相比。

当初，这里有两家殡仪铺子互相竞争，东边一家车轿之类的器物都非常新奇华丽，没有能比得过的，唯独举丧时唱的挽歌低劣。东家店主得知公子挽歌唱的精妙无比，就凑集了一万钱来指名雇用公子。同伙中唱挽歌的老前辈们又使出自己最拿手的本领秘密地传授公子学练新曲子，并在演唱时给他帮腔。这样过了几十天，人们都还不知道有这件事。这时，两家铺子的店主互相商量说："我们都把自家的丧葬器物陈列在天门街，比一比谁优谁劣。比输的罚钱五万，用来摆酒请客，可以吗？"二家店主都答应了。于是，他们请人写下协议书，双方签名画押，保证遵守协议。然后，双方就展出殡仪器物。到了那天，京城里男女老少都来参观，聚集了几万人。地方上的保长报告给官府，官府又报告给京城长安的最高行政长官知道。这消息一传开，四面八方、各行各业的人都聚到这里来了，几乎整个城里街道小巷都空了。

两家一早就开始展出，到了中午时分，摆出了所有的丧

◆

李娃传

◆

车、仪仗等器物。西边这家样样都胜不过东边那家。领头人感到面子上过不去，他便在街的南角搭了个高台子。有个留着长长胡子的人，手里拿着个大铃铛走上来，后边还跟了好几个助手。这时，那个人抖须扬眉、握着手腕，点着头登上高台。他开始唱起古代祭奠的挽歌《白马》，依仗他向来擅长的本领，左顾右盼，旁若无人，博得观众的高声喝彩，就自以为天下独一无二，没有人可以压倒他。一会儿，东边那家店主，也在街的北边角落里摆下台子，有一位戴着黑头巾的青年人，身边跟有五、六个人，拿着羽毛扇走上台来。这个年轻人便是荥阳公子。他整整衣服，动作敏捷，轻松自如，清清喉咙便开始发声，立刻满脸显出无限的忧伤，他唱的是送丧的《薤露》挽歌。发声清脆嘹亮，声震树木。挽歌还没有唱完，听的人就悲伤地流下泪来。结果，西边店主受到大家的讥笑，愈来愈感到非常难堪，便偷偷拿出输掉的钱放在前面，溜掉了。周围的人奇怪地瞪着眼睛，猜不出这是什么缘故。

　　在这以前，皇帝曾下过诏书，命令各地方的长官，每年到京城长安来一次，这叫"入计"。这时候，恰好赶上荥阳公子的父亲也在京城，他便和同僚们，脱去官服，换上便衣暗地里去看热闹。他身边有个老仆人就是公子乳母的丈夫，他一眼看到这唱挽歌的年轻人的举止行为、说话口气都和公子一模一样，便准备上前去认他。但又没敢冒冒失失去做，只是伤心的流泪。公子的父亲感到惊奇，便问他，老仆人回答说："那个唱挽歌的人的面貌，很像是您去世的公子。"荥阳公说："我的儿子因为多带了些钱财已被强盗杀害了，他怎么还能到这里来呢？"说完，想起儿子，也流下泪来。等到他们回到住处，老仆人抽空跑到那里去，向同行人去打听，说："刚才唱挽歌的那位是谁呀？怎么唱得这样好？"大家告诉说，他是某某人的儿子，追问起姓名却是早已改换过了的。老仆人一看到他立刻认了出来，真像浇了一盆凉水一样吃惊。他慢慢走上前去，准备靠近过去仔细看看。公子见到是家中的老仆人，突然神色大变，转过身去打算藏到人群里去溜走。老仆人立刻拉住他的衣袖，说："您不是公子吗？"说完，两个人拉着手哭起来，老仆人便把公子用车子带到住处。

公子到了住处，父亲责备他说："你的品行如此堕落，玷辱了我的家门，你还有什么脸来见我！"于是，便带公子离开住处，步行到了曲江西吉园东这块地方，扒去他的衣服，抽打了几百马鞭子。公子受不住这样重的处罚昏死过去了，他父亲把他丢在那里就走了。当公子被老仆人带走时，公子的师傅便叫公子亲近的朋友暗中跟随，他们见到这种情况，便回去告诉了同行人，大家都感到很难过，派两个人拿条苇席去把公子尸体埋葬了。这两个人来到这里，用手一摸公子的心口处还有一点热气，便把他扶了起来，抢救了很长时间，公子才稍稍喘出气来。他俩便把公子扛了回来。用细苇管子喂他水喝，经过一宿，公子才慢慢苏醒过来。又过了一个多月，公子的手脚都还不能活动，周身凡受到鞭打的地方都溃烂化脓，肮脏极了。同伴很厌烦他。一天夜里，大家便把他抬去丢在大路旁。过路的人见到都感到十分可怜，常常有人扔给他些剩饭。这样公子才没有被饿死。百天后，公子才能够拄着棍子站起来。他穿件布衣服，补了又补，破破烂烂，不成样子。手里拿着一只破碗，沿街乞讨，从秋到冬。夜里便钻进装垃圾粪便的破房里，白天在市场里混日子。

一天，阴云密布，大雪纷飞，公子又冷又饿。只好冒着大雪出来，乞讨的叫声凄凄惨惨，听到的人没有不痛心的。那时，大雪下得正紧，人家的大门全部不开。公子走到安邑里东门，沿着里坊的围墙向北走，过了七八家门口，只有一家开着左扇门，原来这里就是李娃的住宅，公子并不知道。便一声接着一声地大喊："冻死了！饿死了！"声音的凄惨急切，实在令人不忍心听。李娃在闺房里听到喊叫声后，便对使女说："这叫花子一定是那位公子！我已经听出这是他的声音！"说着连忙快步跑了出去。只见公子骨瘦如柴，满身疥癞，完全没有个人的模样。李娃心里非常激动，叫道："你不是公子吗？"公子一见是李娃，顿时气的昏倒在地，口里说不出一句话来，只能轻轻点了点头。李娃上前抱住公子的脖子，用她的绣花衣服裹住公子的身体，扶他进到西厢房里，失声痛哭说："让你一下落到了这种地步，都是我的罪孽呀！"她痛哭得昏了过去，好大一会才苏醒过来。李娃的养母大吃一惊，赶过来问道："这是什么人？"李娃回答说："是那位公子。"老太婆发急地说："应该把他赶走，怎么能叫他到这里来？"李娃一听这话，神色严肃，转过脸来看着养母说："不能这样说！他是好人家的子弟，当初坐着华丽的大车，带着钱财来到我们的家，不长时间就花光了，而且我们又一起设下圈套，把人家甩开，使他丧志堕落，不能做人。父子之情是天生的，可却使他的父亲不念此情，打杀了后又抛弃了他。现在又困苦沦落到这般境地，大家都知道是我们干的。整个朝廷上下都有公子的亲戚朋友，一旦那些掌权的人详细地了解了这件事情的前后经过，我们大祸就要临头了。况且欺骗上天，亏负人家，鬼神都不会庇护的，不要自己再去招灾惹祸了。我作为您的养女，到如今已有二十年了，计算你为我花费的钱不下千金，如今妈妈年岁已经六十多了，我愿意按二十年的衣食花费来赎身。从今以后，我要和他另外找个住处过日子。那住处离妈妈不远，早晚我都能过来问安，您能答应我的要求，我的愿望就满足了。"老太婆一听，知道李娃已经下定了决心，不能改变，不得已便答应了她。

　　李娃除了付给老太婆赎身钱外，还剩有百金。她便在北边隔四五家远处租了一所空宅院。她给公子洗澡、换衣服，饮用稀粥，慢慢润通肠胃，随后，再给酥乳润其五脏。十多天后，才送上山珍海味给公子吃喝。把最珍奇稀有的衣物给他穿用。这样，没过几个月，公子身体便慢慢壮实、丰满起来，又过了一年，恢复得和从前一样了。

　　从这以后又过了一段时间，李娃对公子说："你的身体已经强壮起来了，志向也树立了，你应该好好想想，回忆一下从前的学业，还能记得起来吗？"公子想了想说："只能记得十分之二三了。"李娃立刻叫备车出门，公子骑着马跟在后面，走到市里酒馆南边偏门的一家书铺里，让公子选购图书，总计花了百金。他们把买到的书籍装运带回家去。李娃让公子抛开一切杂念，专心读书，夜以继日、孜孜不倦。李娃常常坐在旁边，陪同公子读书，直到半夜才睡。有时看到公子厌倦，就叫他吟诗作赋来调解调解。这样经过两年，公子学业大有进步，天下文章典籍都看过了。公子对李娃说："我可以去报名参加科考了！"李娃说："不行！还应该使你的学业更精熟一些，以应对多次考试。"又过了一年，李娃才说："你可以去应考了！"公子一考就取得了甲等名次。公子的名声立刻在负责主考的礼部传开了。虽然是老前辈，见到公子的文章，也没有不肃然起敬的。人们都想和公子交个朋友，唯恐交不上。李娃说："你现在还不行。如今读书人一次考中，就以为会很容易地得到朝廷中的高官显位，名扬天下，可是你啊，因为过去行为不端、品德卑下，不能和他们相比，应该深入钻研，精益求精，以求屡考屡中，这才能与名士竞争，夺取魁首。"公子因此更加勤奋向学，名气愈来愈大。

第二年，恰好赶上三年一期的大比之年，皇帝下诏书招取全国各地人才。公子参加直言敢谏科考试，结果名列第一，被授予成都（今四川成都）参军，除了朝廷中太尉、司徒、司空三公以下官员，都和公子交上了朋友。在准备去上任的时候，李娃对公子说："现在，我已经恢复了公子的本来身份地位，我不再有负于你了。从今以后，愿用我的余年，回去侍奉我的养母。你应该与名门高族的女儿结婚，让她来主持家政。无论在京城或外地，你都不要糟蹋自己，请你珍重自勉。我从此离开你了。"公子哭着说："你若抛弃我，我就自杀死去。"李娃再三再四不答应公子的要求，可是，公子的请求更加诚恳。李娃不得已便说："我送你过长江，到了剑门（今四川剑阁东北）时，一定要让我回来。"公子只好答应。

经过一个多月路程，他们来到了剑门，还没有等他们再启程，皇帝新的任命诏书就送到了。原来是公子的父亲，由常州刺史任上被皇帝召入京城，任命为成都尹兼剑门采访使。公子等到第十天的早晨，荥阳公来到剑门。公子送上名帖，到客馆去拜见父亲，荥阳公不敢认自己的儿子，但看到名帖上的父祖三代官职、才大吃一惊，叫公子进来。一见便用手摸抚着公子的背，痛哭了好长时间，说："我们父子和好如初吧！"公子便原原本本地说明过去的遭遇。荥阳公一听更加感到惊奇，马上打听李娃现在什么地方。公子回答说："她送我来到这里，准备打发她回去。"荥阳公说："不能这样做。"第二天，荥阳公吩咐车马带领儿子先去成都，让李娃留在剑门，另外给她建造了一座馆舍安置她。他们父子到了成都的第二天，便请人替双方传话，又办齐了婚礼的各项礼仪，正式的来迎娶，隆重地举行了婚礼。

李娃做了荥阳公家的媳妇，一年到头主持祭祀都很合乎规矩，她遵守妇道，管理家务，事事井井有条，得到公婆的喜爱和敬重。从此以后，又过了几年，公子的父母都去世了。李娃依礼治丧守丧十分周全。在她守孝的草屋边，竟然长出灵芝草，一棵三穗。当地长官说是祥瑞，上报给朝廷。还有几十只白燕子，在她的屋梁上做了巢，皇帝得知这些事，觉得稀奇，就额外赏赐荥阳公子。公子守孝结束后，屡次担任显赫的官职，十年里，主持治理过几个州郡。李娃也被朝廷封为汧国夫人。他们生有四个儿子，长大后都做了大官。其中官职最低的尚且是个太原尹。兄弟们都和高官贵戚结为婚姻，家业十分兴盛，内外显耀，没有哪一家能和他们相比。唉，李娃是个妓女，尚有如此高尚的节行，即使是古代的烈女，也不能超过她，哪能不叫人为她赞叹呢！

我的伯祖父曾在晋州（今山西临汾）做官，又调到户部任职，被任命为水陆运使，这三个官职都与荥阳公子为前后任，因此，很熟悉他的事。德宗贞元（公元785～804年）年间，我和陇西人李公佐谈到妇女贞烈的品格，所以就讲起汧国夫人的事。公佐聚精会神地听了汧国夫人的事，拍手称赞，叫我为汧国夫人立传。于是，我就握笔蘸墨，详细地记下这件事。时间是乙亥年（贞元十一年公元795年）秋的八月，由太原人白行简所记述。

....

本篇作者白行简（公元776～826年）字知退，下邽（今陕西渭南）人，是著名诗人白居易的兄弟。曾随白居易住在江州多年。贞元末年进士，任左拾遗，累升司门员外郎、主客郎中等官职。有文才，擅诗赋，有诗集二十卷。现已不存。他创作并存留下的传奇，仅有《李娃传》、《三梦记》两篇。

　　《李娃传》是唐传奇中爱情小说的名篇。它是作者根据市民中间流传的"一枝花"的故事，进行艺术加工创作出来的。这篇传奇结构非常完整，情节十分曲折，主要人物妓女李娃的形象刻画生动、细腻，尤其通篇细节的描述，颇为传神。

繩技

东城老父传

陈　鸿

老父，姓贾名昌，长安宣阳里人。开元元年癸丑生。元和庚寅岁，九十八年矣。视听不衰，言甚安徐，心力不耗，语太平事历历可听。父忠，长九尺，力能倒曳牛，以材官为中宫幕士。景龙四年，持幕竿随玄宗入大明宫，诛韦氏，奉睿宗朝群后，遂为景云功臣。以长刀备亲卫。诏徙家东云龙门。

昌生七岁，趫捷过人，能抟柱乘梁，善应对，解鸟语音。玄宗在藩邸时，乐民间清明节斗鸡戏。及即位，治鸡坊于两宫间。索长安雄鸡，金毫铁距高冠昂尾千数，养于鸡坊，选六军小儿五百人，使驯扰教饲。上之好之，民风尤甚。诸王子家，外戚家，贵主家，侯家，倾帑破产市鸡，以偿鸡值。都中男女，以弄鸡为事，贫者弄假鸡。帝出游，见昌弄木鸡于云龙门道旁，召入，为鸡坊小儿，衣食右龙武军。三尺童子，入鸡群，如狎群小，壮者，弱者，勇者，怯者，水谷之时，疾病之候，悉能知之。举二鸡，鸡畏而驯，使令如人。护鸡坊中谒者王承恩言于玄宗。召试殿庭，皆中玄宗意。即日为五百小儿长。加之以忠厚谨密，天子甚爱幸之。金帛之赐，日至其家。

开元十三年，笼鸡三百，从封东岳。父忠死太山下，得子礼奉尸归葬雍州。县官为葬器，丧车乘传洛阳道。十四年三月，衣斗鸡服，会玄宗于温泉。当时天下号为"神鸡童"。时人为之语曰："生儿不用识文字，斗鸡走马胜读书。贾家小儿年十三，富贵荣华代不如。能令金距期胜负，白罗绣衫随软舆。父死长安千里外，差夫持道挽丧车。"

昭成皇后之在相王府，诞圣于八月五日。中兴之后，制为千秋节。赐天下民牛酒乐三日，命之曰"酺"，以为常也。大合于宫中，岁或酺于洛。元会与清明节，率皆在骊山。每至是日，万乐具举，六宫毕从。昌冠雕翠金华冠，锦袖，绣襦袴，执铎拂。道群鸡，叙立于广场，顾眄如神，指挥风生。树毛振翼，砺吻磨距，抑怒待胜，进退有朝，随鞭指低昂，不失昌度。胜负既决，强者前，弱者后，随昌雁行，归于鸡坊。角觝万夫，跳剑寻橦，蹴球踏绳，舞于竿颠者，索气沮色，逡巡不敢入。岂教猱扰龙之徒欤？

二十三年，玄宗为娶梨园弟子潘大同女，男服佩玉，女服绣襦，皆出御府。昌男至信、至德。天宝中，妻潘氏以歌舞重幸于杨贵妃。夫妇席宠四十年，恩泽不渝，岂不敏于伎，谨于心乎？

上生于乙酉鸡辰，使人朝服斗鸡，兆乱于太平矣。上心不悟。十四载，胡羯陷洛，潼关不守。大驾幸成都，奔卫乘舆。夜出便门，马踣道阱。伤足不能进，杖入南山。每进鸡之日，则向西南大哭。禄山往年朝于京师，识昌于横门外。及乱二京，以千金购昌长安、洛阳市。昌变姓名，依于佛舍，除地击钟，施力于佛。洎太上皇归兴庆宫，肃宗受命于别殿，昌还旧里。居室为兵掠，家无遗物。布衣憔悴，不复得入禁门矣。明日，复出长安南门，道见妻儿于招国里，菜色黯焉。儿荷薪，妻负故絮。昌聚哭，诀于道。遂长逝息长安佛寺，学大师佛旨。

大历元年，依资圣寺大德僧运平，住东市海池，立陀罗尼石幢。书能纪姓名，读释氏经，亦能了其深义至道，以善心化市井人。建僧房佛舍，植美草甘木。昼把土拥根，汲水灌竹，夜正观于禅室。建中三年，僧运平人寿尽。服礼毕，奉舍利塔于长安东门外镇国寺东偏，手植松柏百株。构小舍，居于塔下，朝夕焚香洒扫，事师如生。顺宗在东宫，舍钱三十万，为昌立大师影堂及斋舍。又立外层，居游民，取佣给。昌因日食粥一杯，浆水一升，卧草席，絮衣。过是，悉归于佛。妻潘氏后亦不知所往。

贞元中，长子至信衣并州甲，随大司徒燧入觐，省昌于长寿里。昌如己不生，绝之使去。次子至德归，贩缯洛阳市，来往长安间，岁以金帛奉昌，皆绝之。遂俱去，不复来。

元和中，颍川陈鸿祖携友人出春明门，见竹柏森然，香烟闻于道，下马觐昌于塔下。听其言，忘日之暮。宿鸿祖于斋舍，话身之出处，皆有条贯。遂及王制。鸿祖问开元之理乱。昌曰："老人少时，以斗鸡求媚于上。上倡优畜之，家于外宫，安足以知朝廷之事。然有以为吾子言者。老人见黄门侍郎杜暹出为碛西节度，摄御史大夫，始假风宪以威远。见哥舒翰之镇凉州也，下石堡，戍青海城，出白龙，逾葱岭，界铁关，总管河左道，七命始摄御史大夫。见张说之领幽州也，每岁入关，辄长辕挽辐车，辇河间蓟州庸调缯布，驾鞯连軏，坌入关门。输于王府，江淮绮縠、巴蜀锦绣、后宫玩好而已。河州、敦煌道，岁屯田，实边食，余粟转输灵州，漕下黄河，入太原仓，备关中凶年。关中粟米，藏于百姓。天子幸五岳，从官千乘马骑，不食于民。老人岁时伏腊得归休，行都市间，见有卖白衫白迭布。行邻比廛，间有人禳病，法用皂布一匹，持重价不克致，竟以幞头罗代之。近者，老人扶仗出门，阅街衢中，东西南北视之，见白衫者不满百。岂天下之人皆执兵乎？

开元十二年，诏三省侍郎有缺，先求曾任刺史者。郎官缺，先求曾任县令者。及老人四十，三省郎吏，有理刑才名，大者出刺郡，小者镇县。自老人居大道旁，往往有郡太守休马于此，皆惨然，不乐朝廷沙汰使治郡。开元取士，孝弟理人而已。不闻进士宏词、拔萃之为其得人也。大略如此。"因泣下。复言曰："上皇北臣穷庐，东臣鸡林，南臣滇池，西臣昆夷，三岁一会。朝觐之礼容，临照之恩泽，衣之锦絮，饲之酒食，使展事而去，都中无留外国宾。今北胡与京师杂处，娶妻生子。长安中少年，有胡心矣。吾子视首饰靴服之制，不与向同，得非物妖呼？"鸿祖默不敢应而去。

译文：

　　有位老人，姓贾名昌，是京城长安宣阳里人。他出生在唐玄宗开元元年（公元713年），到宪宗元和五年（公元810年）时，已经九十八岁了。但是，他耳不聋、眼不花，说起话来有条有理，记忆力不减当年。他说起从前太平年间的事情，明明白白，让人非常爱听。他的父亲名叫贾忠，身高九尺，力大无穷，能倒拉老牛走，以材官担任皇后宫里的卫士。中宗景龙四年（公元710年），他携带武器，跟随玄宗攻入大明宫，诛杀了中宗皇后韦氏，拥戴曾被废掉的玄宗父亲睿宗复辟，重新做了皇帝。因此，成为景云之役的功臣。后来，他被选拔到长刀队，当了皇帝身边的侍卫。皇帝命他把家搬到皇城附近的东云龙门居住。贾昌长到七岁时，他手脚的灵活远远超过一般孩子，能沿着房下的堂柱一直爬到房梁上去，与人说话又善于对答，还懂得鸟语。

当年，玄宗皇帝住在王府做太子时，喜欢在每年清明节的那天玩民间流行的斗鸡游戏。等他做了皇帝，就在皇城的东西两宫之间修建了鸡舍，收罗长安城里善斗的公鸡饲养在这里。在鸡舍里，仅羽毛金黄、爪子铁硬、鸡冠高耸、尾巴昂扬的好斗鸡就有上千只，都养在这里。还选派皇帝侍卫队里的五百名子弟，让他们专门饲养调训这批斗鸡。因为皇帝爱好斗鸡，所以，民间斗鸡的风也很盛。皇亲国戚、公主王侯往往不惜变卖全部家产筹划一大笔钱选购斗鸡。京城长安里的男男女女，都把斗鸡当成正经事来做。穷苦人玩不起真斗鸡，便玩起假斗鸡。

有一次，玄宗皇帝从宫里出来游玩，看到贾昌正在云龙门道边上玩弄木制的斗鸡，就把他召到宫里去了，做了养鸡舍的一名养鸡童。贾昌的待遇远远超过了皇帝的卫队。贾昌这个小小的养鸡童，一进入鸡群便如同和小伙伴玩耍一样，哪只鸡强壮、哪只鸡软弱、哪只鸡勇猛、哪只鸡胆怯，何时应该喂水喂食、生病的症状，他都能知道得一清二楚。他从鸡群里选出两只鸡，把它们调训的服服帖帖，如同人一样听从指挥。负责养鸡舍的太监王承恩，把贾昌的情况报告给皇帝。皇帝便叫贾昌带着斗鸡到宫里的殿前来当场测验。测验结果，果然使皇帝非常满意。皇帝当天便提升贾昌为五百养鸡童的首领，加上贾昌忠厚朴实，做事细心，所以，皇帝非常宠爱他。金银绸缎一类的赏赐物，几乎天天都能送到他家里去。开元十三年（公元725年）贾昌用笼子装了三百只斗鸡，跟随皇帝到东岳泰山去祭天。恰好，贾昌的父亲贾忠死在泰山下，因为儿子受到皇帝的宠信，所以，皇帝特准许把贾忠尸体运回长安安葬。当地的长官为此特意给准备了丧葬的器物，派了运丧车，调用官家的驿站马匹，由泰山至长安，中经洛阳的大道上传送。

开元十四年（公元 756 年），贾昌穿上斗鸡服，到骊山（今陕西临潼）温泉去朝见玄宗皇帝。那时，社会上给贾昌起了一个外号叫"神鸡童"。当时人们指着这件事议论说："生儿不用识文字，斗鸡赛马胜读书。贾家小儿年十三，富贵荣华世不如。能令斗鸡常赌胜，白罗绣衣在帝侧。父死长安千里外，民夫修路送丧车。"

当初，玄宗的母亲昭成皇后还在相王府时，在八月初五日生下玄宗。玄宗做了皇帝后，便定八月初五这天为千秋节。到了这个日子，便赏赐天下百姓牛和酒，连续欢庆三天，称为"本酺"，以后，就把这事定为常例，每年都这样做。这天，宫里举行大庆祝。有的年还在洛阳举行"酺"。元宵节和清明节，玄宗皇帝大都在骊山行宫度过。每年到了这些节日，各种各样的歌舞乐队，都前来进行表演，六宫的嫔妃全部跟随皇帝一起玩乐。贾昌头带配有雕翠的华丽帽子，身穿绣花的短衣短裤，手里拿着大铃铛，走在前面开道，那群斗鸡便排列在广场上。贾昌神采奕奕，四面打量，指挥得从容不迫。这群斗鸡竖起羽毛、鼓起翅膀，抹嘴磨爪、憋着怒气等待一决胜负。它们的前进后退都合乎章法，随着贾昌鞭子的舞动上跳下扑，都按着贾昌的意图动作。等到决斗结束，分出胜负，贾昌便让胜者走在前面，败者跟在后面，随着贾昌排成整齐的雁行，回到鸡舍。当场，还有许多表演杂戏的人，像摔跤的、耍宝剑的、爬竿的、踢球的、走绳索的、舞竿的，当他们观看了贾昌的斗鸡表演之后，都自愧比不过，垂头丧气，脸色难看，迟迟不敢上前去演出。贾昌的这一套本领，难道不就是古代教练猕猴、驯服巨龙的一类人物吗？

开元二十三年（公元735年），玄宗给贾昌娶了梨园子弟潘大同的女儿。成亲那天，新郎带着佩玉，新娘穿着绣花衣裤，这些衣物都是出自皇帝的府库，由皇帝赏赐的。婚后，贾昌生了两个儿子，一个叫至信，一个叫至德。天宝年间（公元742～755年），贾昌的妻子潘氏，因为能歌善舞重新得到杨贵妃的宠爱。夫妻俩得宠四十年，皇恩有增无减。这难道不是由于他们能勤学技艺、谨慎处事的缘故吗？

玄宗皇帝生于乙酉年，属鸡。他却叫人穿着官服去斗鸡，虽然从表面看好像是太平盛世的乐事，但却露出了祸乱的预兆。可是，玄宗皇帝对此却不能觉悟。天宝十四年（公元755年），节度使安禄山叛乱，叛军攻下洛阳，潼关失守。玄宗皇帝逃避到四川成都。贾昌得知这个消息，决定赶去护卫御驾，当夜便骑马赶出长安便门，不料骑的马跌倒在道上的土坑里。贾昌跌下马来摔坏了脚，再也不能向前赶去，只好拄着拐杖，到南山里去躲藏。每到给皇帝表演斗鸡的日子，贾昌都面向西南痛哭。

当初，安禄山进京朝见皇帝时，就曾在横门外那里认识贾昌。等到他们发兵占据东都洛阳、西京长安后，便在长安和洛阳两地悬赏千金，寻找贾昌。贾昌改名换姓，避居在寺庙里，每天扫地敲钟，为佛事尽心尽力，不肯应召出山。等到玄宗皇帝回到长安城里的兴庆宫后，他的儿子肃宗在另外一座宫殿里登基做了皇帝时，贾昌才回到原来居住的地方。但家已被叛军抢掠一空。贾昌穿着百姓的衣服，面黄肌瘦，再也不能进入皇帝的宫门了。第二天，贾昌又走出长安城南门，在招国寺里遇到了妻子和孩儿，看到他们脸上都透出饥饿的颜色，儿子背着柴草，妻子披着破棉絮。贾昌和他们抱在一起痛哭一场。贾昌在路口和他们分别后，就一直向前走去。他住在长安城的佛寺里，从高僧学习佛法。

代宗大历元年（公元766年），贾昌跟随资圣寺的高僧运平到长安东市海地，在那里建造了刻有梵文经咒的石幢。贾昌学习写字，已能写下姓名，读佛经也能领会深奥的道理，诚心的规劝世人行善做好事。他又建造僧房佛舍，栽树种花。白天为树木培土护根、挑水灌溉竹林，晚上在禅室里打坐参禅。德宗建中三年（公元782年）高僧运平去世，贾昌依礼办完丧事，便在长安东门外镇国寺东边建立了存放运平骨灰的墓塔，亲手栽种了百余株松树柏树。还搭了间小屋住在塔下，早晚焚香洒扫，如同师傅活着时一样侍奉。顺宗皇帝做太子时，捐出三十万钱，为贾昌建立奉祀遗像和读经斋戒的屋子。又建造外间房舍，租给无房住的人，收取租金。贾昌仅仅每天吃一碗稀粥，喝一升水，睡在草席上，穿着破衣，除此之外，把收入全部用在佛事上。贾昌的妻子潘氏，后来也就不知道流落到哪里去了。

德宗贞元年间（公元785～840年），贾昌的大儿子至信在并州（今山西太原）当兵，跟随大司徒马燧进京朝见皇帝，借这个机会到长安长寿里来探望父亲。贾昌对待他如同不是亲生的儿子一样，跟他决裂，叫他走开。二儿子至德回到长安，他因经营绸缎生意住在洛阳市里，往来于洛阳和长安之间，每年都把金钱送给贾昌，他都不肯接受。于是，儿子都离开了他，再也不来看他了。

宪宗元和年间（公元806～820年），一天，颍川（今河南中部和东南部）陈鸿祖带着朋友走出长安城的春明门，看到一片茂盛的竹林松柏，香烟充溢大路，便下了马，在塔下会见了贾昌。听贾昌说话，竟然忘记了天黑，便留他们住在斋舍里。贾昌说起自身经历，条条有理，当谈到国家的政令时，陈鸿祖便向他打听开元年间的朝廷治理的得失。贾昌说："老汉我年轻时，以斗鸡得到皇帝的宠爱，把我们养在宫外，哪里能够知晓朝廷的事情！但是，也有可以向你说说的事。老汉我见过黄门侍郎杜暹出任碛西节度使兼御史大夫，凭借国家的威望和教化，使边远的人受到感化；也见过哥舒翰出镇凉州（今甘肃武威），攻下石堡（今青海内），驻守青海城。出白龙城，越过葱岭（今新疆西南），守边在铁关（今帕米尔山口）总辖河左道一带，经过七次提升，才任御史大夫；还见过张说管辖幽州（今河北、辽宁西部），每年入关，往往拉着大车，载运河间（今河北河间）、蓟州（今北京）所交纳的丝绸和布匹等租税，前后接连不断的运进关来。但运到皇家府库去的也只有江淮出产的细绫、绉纱、四川的绸缎、锦绣和供给后宫嫔妃的玩物而已。当年河州（今甘肃兰州）敦煌道（今甘肃敦煌）实行井田，以此来供应边防军的粮饷，剩下的粮食先运到灵州（今甘肃武灵），由黄河水路东下，输入太原米仓，准备供应关中地区的荒年。而关中地区生产的粮米，则叫百姓自己储存。皇帝去祭祀五岳，随行的官兵车马成千上万，吃用却不须百姓供应。老汉我遇上年节或伏天、腊月休假回家的日子，常到市场去看看，总能见到卖白衣衫、白叠布的。在街坊里串串门，邻居有人生病，为向鬼神祈祷，需用黑布一匹，出了高价还买不到，竟不惜拿做头巾的黑色熟罗来代替。近段时间，我拄着拐杖出门，走到十字路口，向四方观望，见穿白衣衫的百姓不足百人，难到天下的人都穿起黑衣去当兵了吗？我曾记得开元十二年（公元725年）皇帝有令：朝廷里的中书省、尚书省、门下省的侍郎有缺额，应尽先挑选担任过刺史的人来补任；各司的郎官有缺额，应尽先挑选担任过县令的人来补任。近来，老汉我补到四十岁的三位朝廷官员，有治理刑狱才能的，官职高的便到州郡去做刺史，官职低的便去当县令，自从住在这大道边，经常能见到经过我这里的官员，他们在路边下马歇息，往往都是满脸怒色，对朝廷整编官员，放到外地做官心中不高兴。开元年间选用人才，尽量注重兄弟和睦和有办事能力的人，至于那些以文章取进士，以宏词拔萃各科的人，也称不上是什么人才啊！我能谈的大致也就是这么一些事了。"

　　贾昌说完这话，不禁老泪横流，又说："当年，太上皇玄宗皇帝在位时，北边的胡人、东边的鸡林、南边的滇池、西边的昆夷，都臣服大唐，每三年来京城朝见一次。朝见的礼仪是那么的隆重，皇帝的接待又是那样的优厚，赏赐锦衣绣服，摆设丰盛的宴席，为的是让他们能好好地完成使命后就可以回去，京城里可没有他们留居的地方。现在可好，北方的胡人来到京城，跟城里人混住在一起，娶妻生子。这样，就难怪长安城里的青少年，要受到胡人的影响，学他们的样子。你瞧，如今人们戴的首饰、穿的衣服和靴子，式样都跟从前两样，这难道不是怪现象吗？"陈鸿祖听了默默的不敢搭腔，接着就告别了老人回去了。

　　作者陈鸿，字大亮，为唐德宗贞元到文宗元和年间的文学家、史学家。其著名的传奇作品是《长恨歌传》、《开元升平源》和《东城老父传》，都从不同的角度表现了唐中期的社会生活。他还致力修纂《大统记》三十卷。在历史学上也作出贡献。他曾官至尚书省主客郎中，与当时大诗人白居易相友善。一般都说，文中的陈鸿祖便是作者。

《东城老父传》写了斗鸡少年贾昌的一生。他以斗鸡深得玄宗皇帝李隆基的宠爱。经过唐中期最大的战祸安史之乱，被迫出家为僧，但他到了老年还痛感国家治理的失措，给社会带来了严重影响。作者以朴素的文笔描绘了唐代社会的真实情况，是这篇作品的最大价值。而作者把自己的忧国之情与描写的东城老父融合在一起表现出来，成为唐代传奇中别具一格的写实作品。

长恨歌传

陈　鸿

开元中，泰阶平，四海无事。玄宗在位岁久，倦于旰食宵衣，政无大小，始委于右丞相，稍深居游宴，以声色自娱。先是，元献皇后、武惠妃皆有宠，相次即世。宫中虽良家子千数，无可悦目者，上心忽忽不乐。时每岁十月，驾幸华清宫，内外命妇，熠耀景从，浴日余波，赐以汤沐，春风灵液，淡荡其间。上心油然，若有所遇，顾左右前后，粉色如土。

诏高力士潜搜外宫，得弘农杨玄琰女于寿邸，既笄矣。鬓发腻理，纤秾中度，举止闲冶，如汉武帝李夫人。别疏汤泉，诏赐藻莹，既出水，体弱力微，若不任罗绮。光彩焕发，转动照人。上甚悦。进见之日，奏《霓裳羽衣曲》以导之；定情之夕，授金钗钿合以固之。又命戴步摇，垂金珰。明年，册为贵妃，半后服用。由是冶其容，敏其词，婉娈万态，以中上意。上益嬖焉。时省风九州，泥金五岳。骊山雪夜，上阳春朝，与上行同辇，居同室，宴专席，寝专房。虽有三夫人，九嫔，二十七世妇，八十一御妻，暨后宫才人，乐府妓女，使天子无顾盼意。自是六宫无复进幸者。非徒殊艳尤态致是，盖才知明慧，善巧便佞，先意希旨，有不可形容者。叔父昆弟皆列位清贵，爵为通侯。姊妹封国夫人，富埒王宫，车服邸第，与大长公主侔矣，而恩泽势力，则又过之。出入禁门不问，京师长吏为之侧目。故当时谣咏有云："生女勿悲酸，生男勿喜欢。"又曰："男不封侯女作妃，看女却为门上楣。"其为人心羡慕如此。

天宝末，兄国忠盗丞相位，愚弄国柄。及安禄山引兵向阙，以讨杨氏为词。潼关不守，翠华南幸，出咸阳，道次马嵬亭。六军徘徊，持戟不进。从官郎吏伏上马前，请诛晁错以谢天下。国忠奉牦缨盘水，死于道周。左右之意未快。上问之，当时敢言者，请以贵妃塞天下怨。上知不免，而不忍见其死，反袂掩面，使牵之而去。仓皇辗转，竟就死于尺组之下。

既而玄宗狩成都，肃宗受禅灵武。明年，大赦改元。大驾还都。尊玄宗为太上皇，就养南宫。自南宫迁于西内。时移事去，乐尽悲来。每至春之日，冬之夜，池莲夏开，宫槐秋落，梨园弟子，玉琯发音、闻《霓裳羽衣》一声，则天颜不怡，左右歔欷。三载一意，其念不衰。求之梦魂，杳不能得。

适有道士自蜀来，知上皇心念杨妃如是，自言有李少君之术。玄宗大喜，命致其神。方士乃竭其术以索之，不至。又能游神驭气，出天界、没地府以求之，不见。又旁求四虚上下，东极天海，跨蓬壶。见最高仙山，上多楼阙，西厢下有洞户，东向，窥其门，署曰"玉妃太真院"。方士抽簪扣扉，有双鬟童女，出应其门。方士造次未及言，而双鬟复入。俄有碧衣侍女又至，诘其所从。方士因称唐天子使者，且致其命。碧衣云："玉妃方寝，请少待之。"于时云海沉沉，洞天日晚，琼户重阖，悄然无声。方士屏息敛足，拱手门下。久之，而碧衣延入，且曰："玉妃出。"见一人冠金莲，披紫绡，珮红玉，曳凤舄，左右侍者七八人，揖方士，问："皇帝安否？"次问天宝十四载已还事。言讫，悯然。指碧衣取金钗钿合，各拆其半，授使者曰："为我谢太上皇，谨献是物，寻旧好也。"方士受辞与信，将行，色有不足。玉妃固征其意。复前跪致词："请当时一事，不为他人闻者，验于太上皇。不然，恐钿合金钗，负新垣平之诈也。"玉妃茫然退立，若有所思，徐而言曰："昔天宝十载，侍辇避暑于骊山宫。秋七月，牵牛织女相见之夕，秦人风俗，是夜张锦绣，陈饮食，树瓜华，焚香于庭，号为'乞巧'。宫掖间尤尚之。时夜殆半，休侍卫于东西厢，独侍上。上凭肩而立，因仰天感牛女事，密相誓心，愿世世为夫妇。言毕，执手各呜咽。此独君王知之耳。"因自悲曰："由此一念，又不得居此。复堕下界，且结后缘。或为天，或为人，决再相见，好合如旧。"因言："太上皇亦不久人间，幸惟自安，无自苦耳。"使者还奏太上皇，皇心震悼，日日不豫。其年夏四月，南宫宴驾。

　　元和元年冬十二月，太原白乐天自校书郎尉于盩厔。鸿与琅琊王质夫家于是邑，暇日相携游仙游寺，话及此事，相与感叹。质夫举酒于乐天前曰："夫希代之事，非遇出世之才润色之，则与时消没，不闻于世。乐天，深于诗，多于情者也。试为歌之，如何？"乐天因为《长恨歌》。意者不但感其事，亦欲惩尤物，窒乱阶，垂于将来者也。歌既成，使鸿传焉。世所不闻者，予非开元遗民，不得知；世所知者，有《玄宗本纪》在。今但传《长恨歌》云尔。

附 录:

《长恨歌》

白居易

汉皇重色思倾国，御宇多年求不得。杨家有女初长成，
养在深闺人未识。天生丽质难自弃，一朝选在君王侧。
回眸一笑百媚生，六宫粉黛无颜色。春寒赐浴华清池，
温泉水滑洗凝脂。侍儿扶起娇无力，始是新承恩泽时。
云鬓花颜金步摇，芙蓉帐暖度春宵。春宵苦短日高起，
从此君王不早朝。承欢侍宴无闲暇，春从春游夜专夜。
后宫佳丽三千人，三千宠爱在一身。金屋妆成娇侍夜，
玉楼宴罢醉和春。姊妹弟兄皆列土，可怜光彩生门户。
遂令天下父母心，不重生男重生女。骊宫高处入青云，
仙乐风飘处处闻。缓歌慢舞凝丝竹，尽日君王看不足。
渔阳鼙鼓动地来，惊破霓裳羽衣曲。九重城阙烟尘生，
千乘万骑西南行。翠华摇摇行复止，西出都门百余里。
六军不发无奈何，宛转蛾眉马前死。花钿委地无人收，
翠翘金雀玉搔头。君王掩面救不得，回看血泪相和流。
黄埃散漫风萧索，云栈萦纡登剑阁。峨眉山下少人行，
旌旗无光日色薄。蜀江水碧蜀山青，圣主朝朝暮暮情。
行宫见月伤心色，夜雨闻铃肠断声。天旋地转回龙驭，
到此踌躇不能去。马嵬坡下泥土中，不见玉颜空死处。
君臣相顾尽沾衣，东望都门信马归。归来池苑皆依旧，
太液芙蓉未央柳。芙蓉如面柳如眉，对此如何不泪垂。
春风桃李花开日，秋雨梧桐叶落时。西宫南内多秋草，
落叶满阶红不扫。梨园弟子白发新，椒房阿监青娥老。

长
恨
歌
传

233

夕殿萤飞思悄然，孤灯挑尽未成眠。迟迟钟鼓初长夜，耿耿星河欲曙天。鸳鸯瓦冷霜华重，翡翠衾寒谁与共。悠悠生死别经年，魂魄不曾来入梦。临邛道士鸿都客，能以精诚致魂魄。为感君王辗转思，遂教方士殷勤觅。排空驭气奔如电，升天入地求之遍。上穷碧落下黄泉，两处茫茫皆不见。忽闻海上有仙山，山在虚无缥渺间。楼阁玲珑五云起，其中绰约多仙子。中有一人字太真，雪肤花貌参差是。金阙西厢叩玉扃，转教小玉报双成。闻道汉家天子使，九华帐里梦魂惊。揽衣推枕起徘徊，珠箔银屏迤逦开。云鬓半偏新睡觉，花冠不整下堂来。风吹仙袂飘飘举，犹似霓裳羽衣舞。玉容寂寞泪阑干，梨花一枝春带雨。含情凝睇谢君王，一别音容两渺茫。昭阳殿里恩爱绝，蓬莱宫中日月长。回头下望人寰处，不见长安见尘雾。惟将旧物表深情，钿合金钗寄将去。钗留一股合一扇，钗擘黄金合分钿。但教心似金钿坚，天上人间会相见。临别殷勤重寄词，词中有誓两心知。七月七日长生殿，夜半无人私语时。在天愿作比翼鸟，在地愿为连理枝。天长地久有时尽，此恨绵绵无绝期。

译文：

　　唐玄宗开元（公元713～741年）年间，君臣百姓谐和，天下太平。唐玄宗当皇帝时间很久了，对于起早贪黑已经厌倦了，国家的事情不管大小，全让右丞相去处理。自己深居简出，吃喝玩乐，以音乐和美女作消遣。

　　在此之前，元献皇后和武惠姬都得到玄宗的宠爱，可是相继去世了。宫中虽然有好人家的姑娘数以千计，没有一个被玄宗看上眼的。玄宗的心中郁郁不乐。当时每年十月份，皇帝都到华清宫去，宫中的后妃及朝廷大臣的夫人们都打扮得光彩照人随从前往。皇帝洗完温泉以后，就让她们洗澡。贵妇们洗温泉，体态妖娆，心旷神怡。皇帝看着这动人的情景，不由得飘然动起心来，好像有什么幸会一般。环顾前后左右，脂粉犹如尘土，没有出色的。皇帝命令太监高力士暗中物色宫外的美女。发现弘农郡杨玄琰的女儿，嫁给了寿王的那个，已经成年了，头发油黑，不胖不瘦，举止优美，好像汉武帝的那位李夫人一般。皇帝另外给她准备一间浴室，命令她尽情洗浴。她从水中出来之后，浑身软弱无力，好像轻纱的衣服都嫌太沉穿不起来了，随后又容光焕发，一转身照得人眼睛发亮。皇帝特别高兴，召她进见的时候，奏起了《霓裳羽衣曲》，伴随她前来。皇帝同她结婚的那天晚上，赠给她金钗和镶着珠宝的盒子以表示永远相爱。皇帝又命令她头戴金凤凰，上面缀满了珍珠，走一步一颤动。还在耳朵两边挂上金耳珠。第二年，就封她为贵妃，待遇赶上皇后的一半。因此，她更留心打扮，注意应答，做出种种媚态，以求迎合皇帝的心意。皇帝对她更加喜欢了。

　　当时，皇帝外出视察各地、祭祀天地山川、到骊山过冬、到洛阳迎春，她都同皇帝坐一辆车，住一间房，一个桌上吃饭，一张床上睡觉。虽然宫中还有三位夫人、九个妃子、二十七个世妇、八十一个御妻以及女官、宫女无数，但是皇帝因为有了她，对那些女人连看一眼都不想了。从此，三宫六院的妃子们再也不能亲近皇帝了。并不仅仅是因为她长得特别娇美造成了这种情况，而且还因为她聪明有才，善于阿谀奉承，能事前猜出皇帝的心思，迎合皇帝的心意，实在是言语难以形容出来。她的叔叔、哥哥和弟弟都当上了大官，封为侯爵，姊妹们也都封为国夫人，富贵赶上了王宫，衣食住行与皇帝的姑母大长公主相等同。而得到皇帝的信任，具有的势力则又超过了大长公主。出入皇宫不得盘问，京城里的大官也不敢正眼瞧她们。所以，当时有民谣说："生女儿不要心酸，生男儿不要喜欢。"又说："男子不封侯女儿可以作娘娘，女儿被看成是支撑门户的大横梁。"她被人们羡慕到这种程度。

唐玄宗天宝（公元742～755年）末年，她的哥哥杨国忠窃据丞相要职，大肆弄权误国。等安禄山带兵攻打京城时，以讨伐杨家为借口。潼关失守，唐玄宗南下，离开咸阳县，走到马嵬亭时，侍卫部队不愿出发，拿着武器停止前进。跟随皇帝的官吏们跪在皇帝马前，要求像汉景帝杀掉晁错来安定天下那样杀掉杨国忠。杨国忠戴上白帽子，挂上氂牛尾做的帽缨，捧着一只盘子，里面盛上水，上面放着宝剑，跪在道边请罪，结果他被杀死在道旁。皇帝周围的人仍不高兴。皇帝问他们，当时，有敢说话的人请求皇帝处死杨贵妃来消除人民的怨恨。皇帝知道杨贵妃免不了一死，可是不忍心看她死去，用衣袖遮着脸，命令将杨贵妃拉出去。杨贵妃就在这种乱哄哄的情况下被勒死了。

不久，唐玄宗到了成都。唐肃宗在灵武登上皇位。第二年，安禄山被杀了头，皇帝回了长安。唐玄宗被尊为太上皇，住在南宫。唐玄宗从南宫迁到西边的太极宫，时事变化了，乐极生悲。每到春日冬夜，夏天池塘荷花盛开，秋天宫中槐树落叶之时，听皇宫乐队吹玉管，听到一声《霓裳羽衣曲》，唐玄宗便脸色难看，左右的人也抽泣起来。三年来一心想念杨贵妃，怀念之意一点没变。最希望在梦中相见，也杳无音讯。

正好有个道士从四川来，知道唐玄宗心中如此想念杨贵妃，就说自己有汉朝李少君招魂的法术。唐玄宗听了大喜，命令他施展法术。道士于是使出全部本领去寻找杨贵妃的魂灵，没找来。又让自己的灵魂上天入地，寻找杨贵妃的灵魂，仍没见到。又到四方去寻找，东到大海，登上蓬莱岛，看见最高的仙山，上面有许多楼台馆舍。在一个院内的西厢房旁边，有一个朝东的园门，门关着，上边写着：玉妃太真院。道士拔下头发簪子敲门，有一个梳着双鬟的小丫环，出来开门。道士上前，还没等说话，小丫环回身进去了。不一会儿，又有个穿绿色衣服的丫环来了，盘问道士从何而来。道士就说自己是唐朝皇帝的使者，并说明了自己的使命。穿绿衣的丫环说："玉妃刚睡，请稍候。"当时，云雾弥漫，犹如沉沉大海。一道阳光射来，好像天上开了一个洞。玉石的门窗都一一关闭，四周悄然无声。道士立正站着，大气也不敢出，拱着手静候在门前。

过了好久，穿绿衣服的人叫道士进去，并且说："玉妃出来了。"道士看见一个人戴一顶金莲花冠，披一件紫纱衣，佩一块红色的玉器，穿一双凤头鞋，在两旁侍候的有七八个人。那人对道士作了一个揖，问："皇帝好吗？"接着又问天宝十四年以来的事情。说罢，显出悲哀的神色。吩咐穿绿衣服的丫环拿来金钗玉盒，留下一半，给道士一半，说："替我问候太上皇，谨献上这个东西，表示旧日的恩爱。"道士记住了言语，接过信物，将要离去时，他脸上显出不满足的样子。玉妃追问他的心思。道士再次上前跪下说："请告诉我一件当年的事情，不曾被外人知道的，以此让太上皇验证，否则，恐怕这金钗和玉盒有汉朝新垣平那种欺骗的嫌疑。"玉妃茫然站起来，走到一边去，好像在思考什么，慢慢地说道："从前天宝十年，我陪着皇帝去骊山宫中避暑。秋天七月，牛郎织女见面的那天晚上，按照陕西人的风俗，在这天夜里挂好锦绣幔帐，摆上吃喝，陈列鲜花美果，在院里烧香，叫做'乞巧'。宫廷中尤其盛行这举动。当时快到半夜了，侍卫们在东西厢房里都休息了，我单独陪着皇上。皇帝与我并肩站着，抬头仰望天空，有感于牛郎与织女的故事，同我暗暗立下誓言，我们愿意世世为夫妻。说罢，我们挽着手都掉下了眼泪，这件事只有皇帝知道。"于是，又悲哀地自言自语："因为有了这一个念头，我又不能在此住下去了。还要堕入下界，而且以后还能结下姻缘。或在天上，或在人间，坚决再相见，像旧日那样相爱。"又说："太上皇也不会在人间很久了，希望他多珍重，不要自寻苦恼了。"使者回来奏明太上皇，唐玄宗心里特别悲怆，身体日益衰弱了起来。这年夏天四月里，唐玄宗便死了。

唐宪宗元和元年（公元806年），冬季十二月份，太原的白乐天从校书郎的职务改授盩厔县尉，陈鸿与琅琊的王质夫住在盩厔县城。闲暇的时候，我们一起逛山游寺，谈到了这件事，互相叹息。王质夫斟一杯酒送到白乐天跟前，说："啊，这世上少有之事，不遇见世上少有之人才给加工润色，那就会随时间流失而消失，不能在世上传闻了。乐天善于作诗，而且还是多情之人，试着写一首诗歌，怎么样？"乐天因此写下了《长恨歌》。他的用意，不但是为此事而感动，也想惩戒那好美色的人，杜绝致乱的道路，传流后世，以为借鉴的呀。诗歌写成了，叫陈鸿给作一篇注脚。世人所不知道的，我不是唐玄宗开元时代的遗民，自然也不得而知；世人所知道的，有《玄宗本纪》在。今天只是给白乐天的《长恨歌》作个注脚而已。

....

本文通过唐玄宗与杨贵妃的爱情故事，既对唐玄宗和杨贵妃的荒淫误国予以批判，又对他们的离散寄予同情。

本文对后世的文学影响颇大，如：元代白朴的《梧桐雨》，清朝洪升的《长生殿》都是据此演成。

莺莺传

元 稹

唐贞元中，有张生者，性温茂，美风容，内秉坚孤，非礼不可入。或朋从游宴，扰杂其间，他人皆汹汹拳拳，若将不及，张生容顺而已，终不能乱。以是年二十三，未尝近女色。知者诘之，谢而言曰："登徒子非好色者，是有凶行。余真好色者，而适不我值。何以言之？大凡物之尤者，未尝不留连于心，是知其非忘情者也。"诘者识之。

无几何，张生游于蒲。蒲之东十余里，有僧舍曰"普救寺"，张生寓焉。适有崔氏孀妇，将归长安，路出于蒲，亦止兹寺。崔氏妇，郑女也。张出于郑，绪其亲，乃异派之从母。是岁，浑瑊薨于蒲。有中人丁文雅，不善于军，军人因丧而扰，大掠蒲人。崔氏家财甚厚，多奴仆，旅寓惶骇，不知所托。先是，张与蒲将之党有善，请吏护之，遂不及于难。十余日，廉使杜确将天子命以总戎节，令于军，军由是戢。郑厚张之德甚，因饰馔以命张，中堂宴之，复谓曰："姨之孤嫠未亡，提携幼稚，不幸属师徒大溃，实不保其身。弱子幼女，犹君之生也。岂可比常恩哉！今俾以仁兄礼奉见，冀所以报恩也。"命其子曰欢郎，可十余岁，容甚温美。次命女："出拜尔兄，尔兄活尔。"久之，辞疾。郑怒曰："张兄保尔之命。不然尔且虏矣。能复远嫌乎？"久之，乃至。常服睟容，不加新饰，垂鬟接黛，双脸销红而已。颜色艳异，光辉动人。张惊，为之礼。因坐郑旁，以郑之抑而见也，凝睇怨绝，若不胜其体者。问其年纪，郑曰："今天子甲子岁之七月，终今贞元庚辰，生十七年矣。"张生稍以词导之，不对。终席而罢。张自是惑之，愿致其情，无由得也。

崔之婢曰红娘。生私为之礼者数四，乘间遂道其衷。婢果惊沮，腆然而奔。张生悔之。翌日，婢复至。张生乃羞而谢之，不复云所求矣。婢因谓张曰："郎之言，所不敢言，亦不敢泄。然而崔之族姻，君所详也，何不因其德而求娶焉？"张曰："余始自孩提，性不苟合。或时纨绮间居，曾莫流盼。不为当年，终有所蔽。昨日一席间，几不自持。数日来行忘止，食忘饱，恐不能逾旦暮。若因媒氏而娶，纳采问名，则三数月间，索我于枯鱼之肆矣。尔其谓我何？"婢曰："崔之贞慎自保，虽所尊不可以非语犯之。下人之谋，固难入矣。然而善属文，往往沉吟章句，怨慕者久之。君试为喻情诗以乱之。不然，则无由也。"张大喜，立缀《春词》二首以授之。是夕，红娘复至，持彩笺以授张，曰："崔所命也。"题其篇曰《明且三五夜》。其词曰："待月西厢下，迎风户半开。拂墙花影动，疑是玉人来。"

张亦微喻其旨。是夕，岁二月旬有四日矣。崔之东有杏花一树，攀援可逾？既望之夕，张因梯其树而逾焉。达于西厢，则户半开矣。红娘寝于床上。生因惊之。红娘骇曰："郎何以至？"张因绐之曰："崔氏之笺召我矣，尔为我告之。"无几，红娘复来。连曰："至矣，至矣！"张生且喜且骇，必谓获济。及崔至，则端服严容，大数张曰："兄之恩，活我之家，厚矣。是以慈母以弱子幼女见托。奈何因不令之婢，致淫逸之词？始以护人之乱为义，而终掠乱以求之，是以乱易乱，其去几何？诚欲寝其词，则保人之好，不义。明之于母，则背人之惠，不祥。将寄于婢仆，又惧不得发其真诚。是用托短章，愿自陈启，犹惧兄之见难，是用鄙靡之词，以求其必至。非礼之动，能不愧心！特愿以礼自持，无及于乱。"言毕，翻然而逝。张自失者久之，复逾而出，于是绝望。

数夕，张君临轩独寝，忽有人觉之，惊而起，则红娘敛衾携枕而至，抚张曰："至矣，至矣！睡何为哉！"并枕重衾而去。张生拭目危坐，久之，犹疑梦寐，然而修谨以俟。俄而红娘捧崔氏而至。至，则娇羞融冶，力不能运支体，曩时端庄，不复同矣。是夕，旬有八日矣。斜月晶莹，幽辉半床，张生飘飘然，且疑神仙之徒，不谓从人间至矣。有顷，寺钟鸣，天将晓，红娘促去。崔氏娇啼宛转，红娘又捧之而去，终夕无一言。张生辨色而兴，自疑曰："岂其梦邪？"及明，睹妆在臂，香在衣，泪光荧荧然，犹莹于茵席而已。是后又十余日，杳不复知。张生赋《会真诗》三十韵，未毕，而红娘适至，因授之，以贻崔氏。自是复容之，朝隐而出，暮隐而入，同会于曩所谓西厢者，几一月矣。张生常诘郑氏之情，则曰："知不可奈何矣，因欲就成之。"无何，张生将之长安，先以情渝之。崔氏宛无难词，然而愁怨之容动人矣。将行之再夕，不可复见，而张生遂西下。数月，复游于蒲，会于崔氏者又累月。崔氏甚工刀札，善属文。求索再三，终不可见。往往张生自以文挑之，亦不甚睹览。大略崔之出人者，艺必穷极，而貌若不知；言则敏辩，而寡于酬对；待张之意甚厚，然未尝以词继之。时愁艳幽邃，恒若不识，喜愠之容，亦罕形见。异时独夜操琴，愁弄凄恻。张窃听之。求之，则终不复鼓矣。以是愈惑之。

张生俄以文调及期，又当西去。当去之夕，不复自言其情，愁叹于崔氏之侧。崔已阴知将诀矣，恭貌怡声，徐谓张曰："始乱之，终弃之，固其宜矣，愚不敢恨。必也君乱之，君终之，君之惠也。则殁身之誓，其有终矣，又何必深感于此行？然而君既不怿，无以奉宁。君常谓我善鼓琴，向时羞颜，所不能及。今且往矣，既君此诚。"因命拂琴，鼓《霓裳羽衣》序，不数声，哀音怨乱，不复知其是曲也。左右皆歔欷。崔亦遽止之，投琴，泣下流连，趋归郑所，遂不复至。明旦而张行。

明年，文战不胜，张遂止于京。因贻书于崔，以广其意。崔氏缄报之词，粗载于此，云："捧览来问，抚爱过深。儿女之情，悲喜交集。兼惠花胜一合，口脂五寸，致耀首膏唇之饰。虽荷殊恩，谁复为容？睹物增怀，但积悲叹耳。伏承使于京中就业，进修之道，固在便安。但恨僻陋之人，永以遐弃。命也如此，知复何言！自去秋以来，常忽忽如有所失。于喧哗之下，或勉为语笑，闲宵自处，无不泪零。乃至梦寐之间，亦多叙感咽离忧之思，绸缪缱绻，暂若寻常。幽会未终，惊魂已断。虽半衾如暖，而思之甚遥，一昨拜辞，倏逾旧岁。长安行乐之地，触绪牵情，何幸不忘幽微。眷念无斁，鄙薄之志，无以奉酬。至于终始之盟，则固不忒。鄙昔中表相因，或同宴处，婢仆见诱，遂致私诚。儿女之心，不能自固。君子有援琴之挑，鄙人无投梭之拒。及荐寝席，义盛意深。愚陋之情，永谓终托。岂期既见君子，而不能定情，致有自献之羞，不复明侍巾帻，没身永恨，含叹何言。倘仁人用心，俯遂幽眇，虽死之日，犹生之年。如或达士略情，舍小从大，以先配为丑行，以要盟之可欺，则当骨化形销，丹诚不泯，因风委露，犹托清尘。存没之诚，言尽于此。临纸呜咽，情不能申。千万珍重，珍重千万！玉环一枚，是儿婴年所弄，寄充君子下体所佩。玉取其坚润不渝，环取其终始不绝。兼乱丝一绚，文竹茶碾子一枚。此数物不足见珍。意者欲君子如玉之真，弊志如环不解。泪痕在竹，愁绪萦丝。因物达诚，永以为好耳。心迩身遐，拜会无期。幽愤所钟，千里神合。千万珍重！春风多厉，强饭为嘉，慎言自保，无以鄙为深念。"

张生发其书于所知，由是时人多闻之。所善杨巨源好属词，因为赋《崔娘诗》一绝云："清润潘郎玉不如，中庭蕙草雪销初。风流才子多春思，肠断萧娘一纸书。"

河南元稹亦续生《会真诗》三十韵，曰："微月透帘栊，萤光度碧空。遥天初缥缈，低树渐葱茏。龙吹过庭竹，鸾歌拂井桐。罗绡垂薄雾，环佩响轻风。绛节随金母，云心捧玉童。更深人悄悄，晨会雨蒙蒙。珠莹光文履，花明隐绣龙。瑶钗行彩凤，罗帔掩丹虹。言自瑶华圃，将朝碧玉宫。因游洛城北，偶向宋家东，戏调初微拒，柔情已暗通。低鬟蝉影动，回步玉尘蒙。转面流花雪，登床抱绮丛。鸳鸯交颈舞，翡翠合欢笼。眉黛羞偏聚，唇朱暖更融。气清兰蕊馥，肤润玉肌丰，无力慵移履，多娇爱敛躬。汗流珠点点，发乱绿葱葱。方喜千年会，俄闻五夜穷。留连时有限，缱绻意难终。慢脸含愁态，芳词誓素衷。赠环明运合，留结表心同。啼粉流宵镜，残灯远暗虫。华光犹苒苒，旭日渐瞳瞳。乘鹜还归洛，吹箫亦上嵩。衣香犹染麝，枕腻尚残红。幂幂临塘草，飘飘思渚蓬。素琴鸣怨鹤，清汉望归鸿。海阔诚难渡，天高不易冲。行云无处所，萧史在楼中。"

张之友闻之者，莫不耸异之，然而张志亦绝矣。稹特与张厚，因征其词。张曰："大凡天之所命尤物也，不妖其身，必妖于人，使崔氏子遇合富贵，乘宠娇，不为云，不为雨，则为蛟为螭，吾不知其所变化矣。昔殷之辛，周之幽，据百万之国，其势甚厚。然而一女子败之，溃其众，屠其身，至今为天下僇笑。予之德不足以胜妖孽，是用忍情。"于时坐者皆为深叹。

后岁余，崔已委身于人，张亦有所娶。适经所居，乃因其夫言于崔，求以外兄见。夫语之，而崔终不为出。张怨念之诚，动于颜色。崔知之，潜赋一章，词曰："自从消瘦减容光，万转千回懒下床。不为旁人羞不起，为郎憔悴却羞郎。"竟不之见。后数日，张生将行，又赋一章以谢绝云："弃置今何道，当时且自亲。还将旧来意，怜取眼前人。"自是，绝不复知矣。时人多许张为善补过者。予常于朋会之中，往往及此意者，夫使知者不为，为之者不惑。

贞元岁九月，执事李公垂宿于予靖安里第，语及于是，公垂卓然称异，遂为《莺莺歌》以传之。崔氏小名莺莺，公垂以命篇。

译文：

唐德宗贞元（公元785～804）年间，有一个姓张的书生，性格温柔，感情丰富，容貌俊美，风度雅正，意志坚定，秉性孤傲，不合乎礼节的事情都不能打动他。有时同朋友一起游玩宴会，大家都嘻嘻哈哈、闹闹嚷嚷，惟恐自己落后，张生表面上敷衍而已，始终不乱来。因此，二十三岁了还没曾接近过女人。知道的人问他，他告诉对方说："登徒子不是个好色的人，他是个有恶行的人；我才是个真正的好色之人，可是我却没碰上。为什么这样说呢？大凡那些美女未尝不铭刻在我的心中，因此才知道不是个无情之人啊。"盘问他的人理解了。

不久，张生到蒲州去游历。蒲州东边十多里的地方有一个和尚庙叫普救寺，张生住在这里。恰巧有个崔家的寡妇，将要回长安，路过蒲州，也住在这个庙里。崔氏是郑家的女儿。张生的姥姥家也姓郑，论起亲属关系，崔氏乃是张生远房的姨母。这年，节度使浑瑊死在了蒲州，监军的太监丁文雅与部队关系不好，兵士乘主帅之丧而骚乱，大肆抢劫蒲州人。崔氏的家庭财产很多，奴仆也很多，寄住在庙里很害怕，不知依靠谁好。在此之前，张生与蒲州守将的朋友有交情，请派官保护崔氏，所以崔家没遭难。十几天以后，观察使杜确奉皇帝命令前来带兵，约束军队，士兵因此安稳下来。

崔氏感激张生的恩德，就摆下酒饭请张生赴宴。又对张生说："姨娘是个老寡妇，带着小孩子，不幸遇上乱兵，实在无力保护自己。小儿、小女如同你重新给了他们生命一般。哪能同一般的好处相比呀！今天叫他们用对待大哥的礼节同你见面，希望以此来报答你的恩惠。"她儿子名叫欢郎，才十多岁，长相俊美。她又叫闺女："出来拜见你们的大哥，你大哥救了你们呀。"过了许久，闺女说有病，没出来见面。崔氏生气地说："张大哥救了你的命，不然，早被抢走了。还用避什么嫌吗？"许久，闺女才来。她穿着普通的衣服，面容丰满，没有什么装饰，鬓发下垂接连着眉毛，两颊飞红而已。姿色艳丽，光彩照人。张生见后吃了一惊，连忙给她行礼。闺女坐在崔氏身旁。因为崔氏逼着她出来相见，眼神流露出哀怨，身体好像支持不住了。张生问她年纪，崔氏说："生在当今皇帝甲子年的七月，到现在贞元的庚辰年，十七岁了。"张生稍稍跟她谈几句话，她一句也不回答，席散就走了。张生从此着了迷，想表白感情，却没有办法达到目的。

崔姑娘的丫环叫红娘。张生暗中给她许多次礼物，乘机表示了自己的愿望。红娘一听果然吓坏了，红着脸跑开了。张生很后悔。第二天，红娘又来了，张生惭愧地道了歉，不再说自己所要求的事了。红娘对张生说："先生的话，我不敢传达，也不敢泄露给别人。然而，崔家的亲戚们您是知道得很详细的，何不因为你对他们有恩德而求亲呢？"张生说："我从当小孩子时起，性情从不苟合。或者有时同妇女们在一起，也不曾留心观看。当年所不肯干的，现在终于被迷住了。昨天那一顿饭，我几乎掌握不住自己了。几天来，走起来忘了站下，吃饭也不知道饥饱，恐怕过不了今晚就要完了。如果请媒人求亲，行定亲礼，得三四个月，那我还不像缺水的鱼一样，早被放到卖死鱼的市场上去了，远水不解近渴，你说我该怎么办？"红娘说："崔姑娘贞洁自重，尽管是地位高的人也不能说些不像样子的话触犯她。下等人的办法，实在打不动她，然而，她会写文章，经常吟诗作赋，有所思恋也很久了。您试着写一首情诗挑动她，不然的话，可就没办法喽。"张生大喜，立刻写了两首情诗，交给了红娘。

当天晚上，红娘又来了。拿着彩色的信纸交给了张生，说："崔小姐吩咐送来的。"纸上写的题目是《明月三五夜》，内容是："在西厢房等候月亮初升，迎着风儿半开。墙上的花影来回摆动，满以为是可心的人儿到来。"张生理解了诗中的含义。这天正是二月十四日。

　　崔姑娘住的东墙外有一棵杏树，爬上这棵树就可以跳过墙去。十五日的夜晚，张生就爬上这棵树跳过墙去了。到了西厢房，则见门半开着，红娘睡在床上，一见张生吓了一跳。红娘吃惊地问："先生怎么来到这里了？"张生就骗她说："崔小姐的信叫我来的呀。你替我告诉她一声。"不大工夫，红娘又回来了，连声说："来了，来了！"张生又喜又惊，以为事情一定妥了。等崔小姐到了，只见她穿戴整齐，态度严肃，狠狠地责备张生道："兄长救活了我们全家，恩情深厚。所以我那慈祥的妈妈将弱女幼子托付给你。为什么通过坏丫环送来淫秽的诗词呢？你开始的时候保护人家免遭不幸是义举，而最后趁火打劫来要挟人家，这是以暴易暴，同乱兵相差多少呢？实在想把你的诗词压下就算了，但那样是保护了你的劣行，这是不义的；把你的诗词禀明母亲，则有些对不起你的恩情，这也不好；打算让丫环转达我的意思，又担心转达不了我的一片真心。因此写了一封短信，愿意有机会自己当面说一说。还怕兄长有顾虑，所以写了一首轻薄的小诗，以此叫你一定来。不合乎礼仪的举动，能于心无愧吗？但愿你以礼约束自己，不要胡来。"说罢，回身就走了。张生茫然自失，过了好长时间，才又跳墙而出，于是绝望了。

　　过了几个晚上，张生一个人在窗下睡觉。忽然有人叫他，他吓得醒过来，只见红娘抱着被褥和枕头到来了，推着张生说："来了，来了！睡什么觉呀！"将枕头并排放下，被子放在一起，然后红娘就走。张生揉揉睡眼端端正正地坐了半天，还怀疑是做梦，可是却恭恭敬敬地等着。不一会儿，红娘搀着崔小姐来了。崔小姐到了后，只见她娇羞软弱，力气都不能够活动四肢了，从前那个严肃的样子再也没有了。这天晚上，是十八。月亮斜挂在天上，晶莹明亮的月光，洒满了半张床。张生飘飘然了，怀疑这是神仙，没想到神仙却到人间来了。过了一阵子，庙里的钟响了，天快亮了。红娘催促回去。崔小姐低声哭泣抽咽，浑身颤动着，红娘又搀着她走了。一宿崔小姐也没说一句话。张生明白了这一切，蹦了起来，可是自己仍有怀疑："这难道是做梦吗？"等到天亮，看见自己的胳膊上还有脂粉的痕迹，衣服上还有香气，泪珠闪闪发亮，还明显地留在席子上面。

　　此后又过去十多天，杳无音讯。张生作了一首《会真》诗，六十句没等写完，红娘恰好来了，于是把诗交给了红娘，叫送给崔小姐。此后崔小姐又同张生相会了。早晨天不亮就走，晚上天黑后才来，一起住在前面所说的西厢房里，几乎有一个多月。张生时常打听崔母的意思，崔小姐就说："我没有什么办法了，只是想成就亲事。"不久，张生要去长安，事先向她表示了这个意思。崔小姐毫无反对的意思，可是脸上哀怨的表情却是很感动人的。将要离开的头天晚上，崔小姐便没再露面，于是张生便西去长安了。

　　几个月以后，张生又到蒲州来玩，同崔小姐在一块儿又过了几个月。崔小姐字写得很好，很会写文章。张生再三要她写，始终没见到一个字。张生经常自己写好了文章去逗弄她，崔小姐也不怎么看。大概崔小姐胜过一般人的地方就是才能很高可是外表上很难看出，很会说话可是很少与人谈论。她对待张生情深意长，可就是没有写诗词与他唱和。对当时那些哀婉妖艳深沉，好像从不知道，喜怒之情也很少形之于外。有一天夜里，崔小姐独自弹琴，弹奏的曲调很哀怨。张生偷听她弹。再叫她弹琴，到底也没有弹奏。因此，张生更着迷了。

　　不久，张生因为考试的日期快到了，又要到西边去。快要走的那天晚上，自己不再说要离开了，只是在崔小姐身边长吁短叹。崔小姐暗中已经知道这是要离别了，和气地对张生缓缓地说："开始乱来，最后又抛弃，这是当然的呀。我不敢怨恨。开始胡来的是你，可是最后还是你来结局，这是你的恩惠。那终身在一起的誓言，总会实现的，又何必为这次离别而深感痛苦呢？可是既然你不愉快，我没什么安慰你的，你常说我会弹琴，以前害羞，没有答应你，现在要走了，满足你的愿望。"于是叫拿过琴来，弹了一支《霓裳羽衣曲》的序曲，没弹几声，哀痛之声迸发，不知道这是在弹曲子了。跟前的人都掉下眼泪、呜咽起来。崔小姐也急忙停了手，放下琴，泪流满面，跑到母亲那里去了，再也没出来。第二天早晨，张生就走了。

　　第二年，考试不中，张生就留在了长安。于是给崔小姐写了一封信，劝她放宽心怀。崔小姐的回信大略如下："捧阅来函，深感安慰。男女的感情，悲喜交加。又送我一盒绒花、一盒口红，作为我头上增光，唇上滋润的装饰品，虽然深深感激你，可是我为谁去打扮呢？看见这些东西，更增添了思念，增加了悲叹啊。听说你要在京城学习，研究学问自然宜于在安静的地方。只恨的是我这个丑陋的粗人，永远被抛开了。命运是这样的，知道了还有什么可说的呢！自从去年秋天以来，我经常怔怔的好像丢了什么。在人多的场合，或者勉强说笑几句，深夜独自一人时，没有不流泪的时候。甚至做梦时，也多半因为离愁别恨而抽泣。亲亲热热的样儿还像以前那样，梦中还在相会，就吓醒了。虽然被窝里暖暖的，但是思绪已经出去老远了。上次分手，转瞬过了一年。

长安是个吃喝玩乐的地方，你见景伤情。我多么幸运，你没有忘了我这个不值一提的人啊，还时刻记挂着。我这一点点心意，没有什么值得报答你的。至于生死同心的誓言，则一直没有变化。我从前因为是你的中表之亲，所以坐在一起吃饭，经丫环诱使，于是表达了衷情。少女的心不能控制了。你像司马相如弹琴挑逗卓文君那样挑逗我，我没有像被谢鲲挑逗的织布女孩子用梭子打谢鲲那样来拒绝你。等我们住在一起时，情义深长。我这一片痴情，总算找到了永远寄托之处。哪里想到，既见着了你，可又不能订下婚姻，而我却蒙上了自己主动上门的羞耻，不再能明白确定婚事。对此，终身有恨，叹息又何待言！倘使仁义之人能理解我内心的苦衷，就是死了的时候也像生时一般。如果达观的人把一切都看得很随便，不拘小节，只重大节，以为先前自己匹配为可耻，以为被逼出的誓言可以不遵守，那么我就将要骨化形销，只有一点诚心不灭，化作风，化作露水，变成尘土，也要跟随着你。生死的真话全都说出来了。对着信纸，抽泣呜咽，心情无法表明。祝你千万珍重，千万珍重！这一只玉环是我小时候玩过的，寄给你佩带在腰上吧。玉表示坚韧不变，环表示始终不绝。另外，还有乱丝一缕，带花纹竹子作的茶碾子一个，这几件东西不值得珍惜，意思是想要你像玉一样坚贞，我的心像环一样不离分。竹子上的斑点是泪痕，愁绪像乱丝一般萦绕。用这些东西表示心情，但愿永远相爱。心离得近，身子离得远，相见无期，幽怨之情积累，千里之外心心相印。春风吹着容易生病，多吃饭才好，千万保重自己，不要总记挂着我。"张生把这封信给他的朋友们看了。因此，当时许多人都知道了这件事。张生的好朋友杨巨源喜欢作诗，于是写了题为《崔娘》的一首绝句，写的是：

莺莺传

251

"漂亮的潘郎美玉也赶不上，院里的蕙草雪化后芽已吐出。风流的才子春天多有思念，姑娘写下了这封断肠的书。"河南的元稹也续了张生的《会真》诗六十句。诗是："朦胧的月光透过窗帘，皎洁的月色通过蓝天。远处的天际很缥缈，近处的树木越发繁茂。风吹院里的竹子发出的声音如龙叫，井边上的梧桐发出的声音像鸾鸣。轻罗的纱衣像薄雾，环佩叮咚像风声。红色的旗帜跟着西王母，云彩缭绕围着玉童。夜静更深人无声，清晨时候雨蒙蒙。绣鞋上缀着明珠光闪闪，花朵中间暗绣着飞龙。走路时头上的玉钗像彩凤凰在飞舞，轻纱的披肩好像一道彩虹。说是从瑶华浦前来，要到碧玉宫中去。因为到洛阳城北游玩，偶然间走到了宋家的东边。调戏她开始有些拒绝，但是柔情脉脉暗中已经心相通。低下头来好像蝉翼在颤动，回过脚去好像玉粉蒙了一层。转过脸来像雪那么白净像花那么娇艳，上床来抱起了绸缎的被褥。鸳鸯交颈翩翩起舞，翡翠鸟合欢双双团聚。黑黑的眉因为害羞皱到一起，红红的唇软得像化了一般。呼出的气像兰花那样清香，皮肤细腻肌肉丰满像玉一样。没有力量懒得移动手腕，本来就娇媚却偏爱把身子弓起来。汗珠儿淌下来点点滴滴，头发乱了更显得油黑蓬松。正在高兴这千年没有的相会，一下子听见了亮天的钟声。去时恨别徘徊不走，缠绵之情无穷无终。脸上蒙了一片愁容，美好的誓言表达出衷情。赠给玉环表示命运相结合，打个结儿表示两颗心相同。夜里对着镜子梳妆眼泪把脂粉洗掉，在昏暗的灯下静静地听着远处的虫鸣。妆成光彩依然照人目，初升的太阳红彤彤。乘着水鸟的又回到洛水，吹着玉箫的也上了嵩山。衣服上留下的香气像薰了麝香，枕头上湿湿的还留着红色。池塘边的草长得密密麻麻，思绪飘飘像风吹转蓬。弹琴时弹出怨别离的曲调，抬头时盼望青天上能有捎信的大雁。大海宽阔实在难渡，天空太高不容易飞上。那神女变成的云彩飘飘没有止处，会吹箫的箫史自己留在楼中。"张生的朋友听到张生同崔小姐的事，没有不感到诧异的，可是张生决心同崔小姐断绝关系了。

元稹与张生交情特别深，于是就问他有什么理由断绝关系。张生说："大概上天给美女安排的命运不是祸害她自己，就是祸害别人。假使崔家小姐遇着个富贵之人，乘宠耍娇，不变云作雨，就成蛟成螭，我不知道她的种种变化了。从前殷朝的纣王受辛，周朝的幽王，据有百万人口的国家，他们的势力多么大。然而一个女人就使他们垮了，使令他们的部下溃散，使令他们的脑袋搬家，到如今还被天下人耻笑。我的德行不足以战胜妖孽，所以采取绝情的办法。"当时座中的人听了都深深的叹服。

以后一年多，崔小姐已经嫁人了，张生也另娶了妻子。碰巧，张生经过崔小姐的家，通过她丈夫告诉她，想以表哥的身份同她见上一面。丈夫告诉了她，可是崔小姐到底没有见。张生确实非常怀念她，这种感情流露在脸上，被崔小姐知道。暗中写了一首诗："自从身体消瘦脸上少了光彩，在床上翻来倒去千百回也懒得下来，不是为旁人害羞不起床，为你弄得形容憔悴却要使你感到羞愧。"终于没有见张生。以后数日，张生要走了，她又写了一首诗，对他表示谢绝："抛弃了我今天还说什么，当年你可是主动来亲近，还是用你昔日那番情意，去爱你眼下的爱人吧。"自此，再也没有消息了。当时的人们大多赞许张生是一个善于弥补过失的人。我在朋友相会的时候，曾常常提起这个事情，以便使那些聪明人不干这种事，而使已经干过这种事的不再受迷惑。

贞元年间的九月份，丞相李公垂住在我靖安里的家中，我同他谈起了这件事。公垂感到特别奇怪，于是写了一首《莺莺歌》以传播这件事。崔小姐小名叫莺莺，公垂使用她的名作了题目。

....

元稹（779～831）字微之，唐朝洛阳人，出身贫寒。三十岁官至监察御史，因得罪宦官被贬为参军，后来，投靠宦官，官运亨通，作过同中书省门下平章事、节度使等大官。他是诗人白居易的好朋友，一同提倡写作反映人民痛苦的新乐府，对当时诗坛产生过极大影响。他的作品有《元氏长庆集》六十卷，补遗六卷。

本文通过张生、莺莺冲破封建礼教束缚，自由结合的故事，反映了唐代青年男女对婚姻自由的向往。同时，又以崔、张二人爱情的悲剧，写出了当时妇女的不幸及男子的负心。张生、莺莺的形象很生动，富于个性、很有典型性。本文是一篇现实主义的佳作，流传很广，对后世文学影响尤大。家喻户晓的《西厢记》，就本源于此。

郭 元 振

牛僧孺

代国公郭元振，开元中下第，自晋之汾，夜行阴晦失道，久而绝远有灯火之光，以为人居也，径往投之。八九里有宅，门宇甚峻。既入门，廊下及堂上灯烛辉煌，牢馔罗列，若嫁女之家，而悄无人。公系马西廊前，历阶而升，徘徊堂上，不知其何处也。俄闻堂中东阁有女子哭声，呜咽不已。公问曰："堂中泣者，人耶，鬼耶？何陈设如此，无人而独泣？"曰："妾此乡之祠，有乌将军者，能祸福人，每岁求偶于乡人，乡人必择处女之美者而嫁焉。妾虽陋拙，父利乡人之五百缗，潜以应选。今夕，乡人之女并为游宴者，到是，醉妾此室，共锁而去，以适于将军者也。今父母弃之就死，而令惝惝哀俱。君诚人耶，能相救免，毕身为扫除之妇，以奉指使。"公愤曰："其来当何时？"曰："二更。"公曰："吾忝为大丈夫也，必力救之。如不得，当杀身以徇汝，终不使汝枉死于淫鬼之手也。"女泣少止。于是坐于西阶上，移其马于堂北，令一仆侍立于前，若为傧而待之。未几，火光照耀，车马骈阗，二紫衣吏入而复出，曰："相公在此。"逡巡，二黄衣吏入而出，亦曰："相公在此。"公私心独喜，吾当为宰相，必胜此鬼矣。既而将军渐下，导吏复告之。将军曰："入。"有戈剑弓矢翼引以入，即东阶下，公使仆前曰："郭秀才见。"遂行揖。将军曰："秀才安得到此？"曰："闻将军今夕嘉礼，愿为小相耳。"将军者喜而延坐，与对食，言笑极欢。公于囊中有利刀，思取刺之，乃问曰："将军曾食鹿脯乎？"曰："此地难遇。"公曰："某有少许珍者，得自御厨，愿削以献。"将军者大悦。公乃起，取鹿脯并小刀，因削之，置一小器，令自取。将军喜，引手取之，不疑其他。公伺其无机，乃投其脯，捉其腕而断之。将军失声而走，导从之吏，一时惊散。公执其手，脱衣缠之，令仆夫出望之，寂无所见，乃启门谓泣者曰："将军之腕已在于此矣，寻其血踪，死亦不久。汝既获免，可出就食。"泣者乃出，年可十七八，而甚佳丽，拜于以前，曰："誓为仆妾。"公勉谕焉。天方曙，开视其手，则猪蹄也。俄闻哭泣之声渐

近，乃女之父母兄弟及乡中耆老，相与舁榇而来，将收其尸以备殡殓，见公及女，乃生人也。咸惊以问之，公具告焉。乡老共怒残其神，口："乌将军。此乡镇神，乡人奉之久矣，岁配以女，才无他虞，此礼少迟，即风雨冰雹为虐。奈何失路之客，而伤我明神，致暴于人，此乡何负！当杀公以祭乌将军，不尔，亦缚送本县。"挥少年将令执公，公谕之曰："尔徒老于年，未老于事。我天下之达理者，尔众听吾言。夫神，承天而为镇也，不若诸侯受命于天子而疆理天下乎？"曰："然。"公曰："使诸侯渔色于中国，天子不怒乎？残虐于人，天子不伐乎？诚使尔呼将军者，真神明也，神固无猪蹄，天岂使淫妖之兽乎？且淫妖之兽，天地之罪畜也，吾执正以诛之，岂不可乎！尔曹无正人，使尔少女年年横死于妖畜，积罪动天。安知天不使吾雪焉？从吾言，当为尔除之，永无聘礼之患，如何？"乡人悟而喜曰："愿从公命。"

乃令数百人，执弓矢刀枪锹钁之属，环而自随，寻血而行。才二十里，血入大冢穴中，因围而劚之，应手渐大如瓮口，公令束薪燃火投入照之。其中若大室，见一大猪，无前左蹄，血卧其地，突烟走出，毙于围中。乡人翻共相庆，会钱以酬公。公不受，曰："吾为人除害，非鬻猎者。"得免之女辞其父母亲族曰："多幸为人，托质血属，闺闱未出，固无可杀之罪。今者贪钱五十万，以嫁妖兽，忍锁而去，岂人所宜！若非郭公之仁勇，宁有今日？是妾死于父母而生于郭公也。请从郭公，不复以旧乡为念矣。"泣拜而从公，公多歧援谕，止之不获，遂纳为侧室，生子数人。公之贵也，皆任大官之位。

事已前定，虽生远地，而弃于鬼神，终不能害，明矣。

译文：

代国公郭元振，在唐玄宗开元年间（公元713～741年）考进士落榜了，从临汾到汾阳去。在漆黑的夜里行走迷了路，经过好长时间，才远远地看到有灯火的光亮。他以为是人家，就奔灯光去了。

走了八、九里地，有一所宅院，门墙和房屋都很高大。进了大门，走廊下及屋子里灯光辉煌，摆满了饭菜，好像是姑娘出嫁办喜事的人家，然而静悄悄的没有一个人。郭元振把马拴在西边的走廊前，沿着台阶上去，在大厅里走来走去，不知这是什么处所。不一会儿，听见大厅东侧的小套间里有女子的哭声，呜呜咽咽，抽泣个不停。郭元振问道："屋里哭的是人呢，还是鬼呀？为什么摆设这么多东西，而你独自在那里哭泣。"哭者回答说："我们这个地方的庙供着乌将军，能给人招灾也能给人降福。每年都要在村里找老婆，村里人必须挑姑娘长得美的嫁给他。我虽然长得不好，可是父亲贪图村里人的五百吊钱，暗中把我选上了。今晚，村里人的姑娘同我一起到这里来玩，把我灌醉在这个屋里，一齐动手锁上门就走了，把我嫁给将军了。现在父母抛开我让我去死，我心里七上八下的，又害怕又难受。您是个忠厚的人吧？能把我救出去，我一辈子给您当个扫地的丫环，听凭您使唤。"郭元振特别气愤地说："他什么时候来？"姑娘回答说："二更时候。"郭元振说："我总算是个男子汉大丈夫吧，一定全力救你。如果救不了你，我豁出这条命陪你一块死，总不能让你屈死在那个淫鬼的手里！"姑娘稍稍止住了哭泣。郭元振于是坐在西边的台阶上，把马牵到大厅的后面，让跟随他的仆人站在前边，犹如傧相那样。

不久，火光通亮，车喧马叫，两个穿紫衣服的差人，进了门又退出去了，说："宰相老爷在此。"过了一阵子，两个穿黄衣服的差人，进了门也退出去了，也说："宰相老爷在此。"郭元振心里暗暗高兴，"我能当宰相，必定能胜过这个鬼东西啊。"一会儿，那个将军到了。充当向导的差人又把宰相老爷在此的事报告了一遍。将军说："进去。"刀枪剑戟并排着进来了，到了东边台阶下面。郭元振吩咐仆人上前通报："郭秀才求见。"于是郭元振给将军作了个揖。将军说："秀才怎么到这里来了？"郭元振说："听到将军今夜举行婚礼，我愿意给您作个小傧相。"将军高兴了，请他入座。又同他一起吃喝起来，有说有笑，很是快活。郭元振口袋里有把快刀，想要刺杀他，于是就问："将军吃过鹿肉吗？"将军说："这地方不好找。"郭元振说："我有一点上好的鹿肉，是从皇帝厨房中得来的，愿意切了献给您。"将军十分高兴。郭元振起身去取鹿肉及快刀，切好了肉放在一个小盘里，请将军自己动手拿去吃。将军欢欢喜喜，伸手拿肉，不怀疑别的。郭元振瞧准了时机，递给他一块鹿肉，乘势抓住他的手腕子，一刀给砍断了。将军大叫一声就跑了，跟随他的那些差人也一哄而散。郭元振拿着将军的手，脱下衣服包了起来。吩咐仆人出门看看动静，周围静悄悄的，什么也没有。

郭元振这才开门对哭着的姑娘说："将军的手腕子已经在我这里了。按着血印去找，他刚刚肯定死了。你既然得救了，可以出来吃些东西了。"于是那姑娘出来了，年纪不过十七八岁，长得很漂亮，跪在郭元振面前，说："我发誓给您作使女丫环。"郭元振安慰了她一番。

天刚亮，郭元振打开衣包看将军的手，原来是只猪蹄子。不大功夫，听见哭声由远而近，原来是姑娘的父母、兄弟及村中的老年人一起抬着棺材来了，准备收姑娘的尸首，进行装殓。看见郭元振及姑娘都活着，大家都很惊奇，连忙询问他们。郭元振把经过全说了。村中那些老头子都生气责怪郭元振害了他们的神仙，说道："乌将军是我们这个乡的守护神，我们乡下人供奉很久了。每年给找个姑娘，才没有什么灾难。这个礼节稍稍迟几天，就刮风降雨打雷下雹子造灾。为什么你一个迷路的客人来伤害我们的大神呢？这要是显起灵来给人降灾，我们这里的人可怎么受得了。现在应当把你杀了来祭祀乌将军，不然，也要把你绑起来送到县衙门去。"说着就命令小伙子们抓郭元振。郭元振开导他们说："你们白白活了这么大岁数，对事情却知道的不多。我是天下明白事理的人，你们大家听我说说。这个神哪，如果是奉天命而镇守此方的，这不是像各地的诸侯奉皇帝的命令治理天下一样吗？"大家说：

"对。"郭元振说："假如诸侯在他的领地里荒淫无道，皇帝不生气吗？若是残害百姓，皇帝不派兵收拾他吗？就算你们说的那个将军真是个好神仙吧，可是神仙当然没有猪的蹄子，上天怎么能任用荒淫的怪兽呢？况且，荒淫的怪兽是天地间有罪的畜生啊！我按天理把它杀了，难道不可以吗？你们当中没有正经人，使你们的女孩子年年横死在妖精之手。妖怪恶贯满盈，罪恶滔天，怎么知道老天不是派我来铲除他的呢？听我的话，可以替你们除去这一祸害，永远不再有嫁姑娘这个祸事了，怎么样？"乡下人明白了，欢欢喜喜地说："愿听你的吩咐。"

郭元振从乡里召集了几百人，拿着弓箭刀枪锹镐等家什，跟在他后面，按血印寻找妖怪，才走了二十里地，便发现血印往一座大坟里去了。众人把坟围起来就刨，刨出的窟窿渐渐大了，好像一个瓮口。这时郭元振叫众人捡些柴禾用火点着，扔进窟窿里照一照。只见里面像个大房间，有一头大猪前边的左蹄没了，爬在血泊里，一见到烟火就往外冲，众人围住它，七手八脚把它打死了。

大家转忧为喜，互相祝贺，凑钱酬谢郭元振。郭元振不接受，说道："我替人除害，不是受雇的猎手。"被救的姑娘向父母亲人告别说："我多么幸运托生个人，同你们有骨血关系，我没出家门，当然没犯杀头的罪。现在你们贪那五百吊钱，把我嫁给妖精，忍心锁上门都走了。哪里是人应该干的？若不是郭先生仁义英勇，哪还有今天。这是我死在父母之手而活在郭先生之手啊，我希望跟郭先生走，不再留恋这个家乡了。"流着眼泪给郭元振叩头请求带她走。郭元振多方劝说也劝阻不了她，于是答应娶她为妾。后来生了好几个儿子。郭元振富贵了，儿子们都作了大官。

可见，事已前定了，虽然远在天涯海角，见弃于鬼神，终归也不能为害，这是很明显的。

．．

　　牛僧孺，字思黯。（公元780～848年）唐朝陇西狄道（今甘肃临洮南）人。为人正直敢言，官至御使中丞。牛僧孺少年时代就很有名气，文章写得好，尤其善于写小说。其作品内容多为怪异之事，所以他的小说集名为《玄怪录》，共十卷。此书已经散佚，流传下来的只有三十三篇。牛僧孺的小说在当时广为流传，影响很大，有不少人模仿他的作品。

贾 人 妻

薛用弱

唐余干县慰王立，调选佣居大宁里。文书有误，为主司驳放。资财荡尽，仆马丧失，穷悴颇甚，每丐食于佛祠。徒行晚归，偶与美妇人同路。或前或后依随。因诚意与言，气甚相得。立因邀至其居，情款甚洽。

翌日，谓立曰："公之生涯，何其困哉！妾居崇仁里，资用稍备。倘能从居乎？"立既悦其人，又幸其给，即曰："仆之阨塞，陷于沟渎，如此勤勤，所不敢望焉，子又何以营生？"对曰："妾素贾人之妻也。夫亡十年，旗亭之内，尚有旧业。朝肆暮家，日赢钱三百，则可支矣。公授官之期尚未，出游之资且无，脱不见鄙，但同处以须冬集可矣。"立遂就焉。

阅其家，丰俭得其所。至于鏁之具，悉以付立。每出，则必先营办立之一日馔焉，及归，则又携米肉钱帛以付立。日未尝缺。立悯其勤劳，因令佣买仆隶。妇托以他事拒之，立不之强也。周岁，产一子，唯日中再归为乳耳。

凡与立居二载，忽一日夜归，意态惶惶，谓立曰："妾有冤仇，痛缠肌骨，为日深矣。伺便复仇，今乃得志。便须离京，公其努力。此居处，五百缗自置，契书在屏风中。室内资

贾人妻

储，一以相奉。婴儿不能将去，亦公之子也，公其念之。言讫，收泪而别。

立不可留止，则视其所携皮囊，乃人首耳。立甚惊愕。其人笑曰："无多疑虑，事不相萦。"遂挈囊逾垣而去，身如飞鸟。立开门出送，则已不及矣。方徘徊于庭，遽闻却至。立迎门接俟，则曰："更乳婴儿，以豁离恨。" 就抚子，俄而复去，挥手而已。立回灯褰帐，小儿身首已离矣。立惶骇，达旦不寐。则以财帛买仆乘，游抵近邑，以伺其事。久之，竟无所闻。

其年，立得官，即货鬻所居归任。尔后，终莫知其音问也。

译文：

唐时余干县尉王立任期已满，要另调职司，到京城长安去等候调派，在长安城大宁里租了一所房子。哪知他送上去的文书写错了，给主管长官驳斥下来，不派新职。他着急得很，花钱运动，求人说情，带来的钱尽数使完了，还是犹如石沉大海，没有下文。他越等越心焦，到后来仆人走了，坐骑卖了，一日三餐也难以周全，沦落异乡，穷愁不堪，每天只好到各处佛寺去乞些残羹冷饭，以资果腹。

有一天乞食归来，路上遇到一个美貌妇人，和他走的是同一方向，有时前，有时后，有时并肩而行，便和她闲谈起来。王立神态庄重，两人谈得颇为投机。王立便邀她到寓所去坐坐，那美妇人也不推辞，就跟他一起去。两人情感愈来愈亲密，当晚那妇人就和他住在一起。

第二天，那妇人问："官人的生活怎么如此穷困？我住在崇仁里，家里还过得去，你跟我一起去住好么？"王立既爱她美貌温柔，又想跟她同居可以衣食无忧，便道："我运气不好，狼狈万状。你待我如此厚意，那真令我喜出望外了。却不知你何以为生？"那妇人道："我丈夫是做生意的，已故世十年了，在长安市上还有一家店铺。我每天早上到店里去照顾生意，傍晚回家来服侍你。只要我店里每天能赚到三百钱，家用就够了。官人派差使的文书还没颁发下来，要去和朋友交游活动，也没使费，只要你不嫌弃我，不妨就住在这里，等到冬天部里选官调差，官人再去上任也不迟。"

于是两人就同居在那妇人家里。妇人治家井井有条，做生意十分能干，对王立更是敬爱有加，家里箱笼门户的钥匙，都交给他。妇人早晨去店铺之前，必先将一天的饮食饭菜安排妥帖。傍晚回家，又必带了米肉金钱交给王立，天天如此，从来不缺。王立见她这样辛苦，劝她买个奴仆做帮手，那妇人说用不着，王立也就不加勉强。

两人的日子过得很快乐，一年后，生了个儿子，妇人每天中午便回家一次喂奶。这样同居了两年。有一天，妇人傍晚回家时神色惨然，向王立道："我有个大仇人，怨恨彻骨，时日已久，一直要找此人复仇，今日方才得偿所愿。便须即刻离京，官人自请保重。这座住宅是用五百贯钱自置的，屋契藏在屏风之中，房屋和屋内的一切用具资财，尽数都赠给官人。婴儿我无法抱去，他是官人的亲生骨肉，请你日后多多照看。"一面说，一面哭，和他作别。王立竭力挽留，却哪里留得住？

一瞥眼间，见那妇人手里提着一个皮囊，囊中所盛，赫然

聂隐娘 ◆ 唐传奇精选

是一个人头。王立大惊失色，那妇人微笑道："不用害怕，这件事与官人无关，不会连累到你的。"说着提起皮囊，跃墙而出，体态轻盈，有若飞鸟。王立忙开门追出相送，早已人影不见了。

他惆怅愁闷，独在庭院中徘徊，忽听到门外那妇人的声音，又回转来了。王立大喜，忙抢出去相迎。那妇人道："我真舍不得那孩子，要再喂他吃一次奶。"于是抱起孩子让他吃奶，怜惜之情，难以自已，抚爱久之，终于放下孩子别去。王立送了出去，回进房来，举灯揭帐看儿子时，只见满床鲜血，那孩子竟已身首异处。王立惶骇莫名，通宵不寐，埋葬了孩子后，不敢再在屋中居住，取了财帛，又买了个仆人，出长安城避在附近小县之中，观看动静。过了许久，竟没听到命案的风声。

当年王立终于派到官职，于是将那座住宅变卖了，去上任做官，以后也始终没再听到那妇人的音讯。

贾人妻 ◆

265

....

作者薛用弱，字中胜，唐河东（今山西永济一带）人，生卒年不详。他撰写的《集异记》卷帙较小，全书所记故事不过十几则，但流传甚广，影响很大。

飞 烟 传

皇甫枚

临淮武公业，咸通中任河南府功曹参军。爱妾曰飞烟，姓步氏，容止纤丽，若不胜绮罗。善秦声，好文笔，尤工击瓯，其韵与丝竹合。公业甚嬖之。

其比邻，天水赵氏第也，亦衣缨之族，不能斥言。其子曰象，秀端有文，才弱冠矣。时方居丧礼。忽一日，于南垣隙中窥见飞烟，神气俱丧，废食忘寐。乃厚赂公业之阍，以情告之。阍有难色，复为厚利所动，乃令其妻伺飞烟间处，具以像意言焉。飞烟闻之，但含笑凝睇而不答。阍媪尽以语像。像发狂心荡，不知所持，乃取薛涛笺，题绝句曰："一睹倾城貌，尘心只自猜。不随萧史去，拟学阿兰来。"以所题密缄之，祈阍媪达飞烟。烟读毕，吁嗟良久，谓媪曰："我亦曾窥见赵郎，大好才貌。此生薄福，不得当之。"盖鄙武生粗悍，非良配耳。乃复酬篇，写于金凤笺，曰："绿惨双娥不自持，只缘幽恨在新诗。郎心应似琴心怨，脉脉春情更拟谁。"封付阍媪，令遗象。象启缄，吟讽数四，拊掌喜曰："吾事谐矣。"又以剡溪玉叶纸，赋诗以谢，曰："珍重佳人赠好音，彩笺芳翰两情深。薄于蝉翼难共恨，密似蝇头未写心。疑是落花迷碧洞，只思轻雨洒幽襟。百回消息千回梦，裁作长谣寄绿琴。"

诗去旬日，阍媪不复来。象忧恐事泄，或飞烟追悔。春夕，于前庭独坐，赋诗曰："绿暗红藏起暝烟，独将幽恨小庭前。沉沉良夜与谁语，星隔银河月半天。"明日，晨起吟际，而阍媪来。传飞烟语曰："勿讶旬日无信，盖以微有不安。"因授象以连蝉锦香囊并碧苔笺，诗曰："强力严妆倚绣栊，暗题蝉锦思难穷。近来赢得伤春病，柳弱花欹怯晓风。"象结锦香囊于怀，细读小简，又恐飞烟幽思增疾，乃剪乌丝简为回椷曰："春景迟迟，人心悄悄。自因窥觌，长役梦魂。虽羽驾尘襟，难于会合，而丹诚皎日，誓以周旋。昨日瑶台青鸟忽来，殷勤寄语。蝉锦香囊之赠，芬馥盈怀，佩服徒增，翘恋弥切。况又闻乘春多感，芳履乖和，耗冰雪之妍姿，郁蕙兰之佳气。忧抑之极，恨不翻飞。企望宽情，无至憔悴。莫孤短韵，宁爽后期。惝恍寸心，书岂能尽？兼持菲什，仰继华篇。伏惟试赐凝睇。"诗曰："应见伤情为九春，想封蝉锦绿蛾颦。叩头为报烟卿道，第一风流最损人。"阍媪既得回报，径赍诣飞烟阁中。

武生为府掾属，公务繁伙，或数夜一直，或竟日不归。此时恰值生入府曹。飞烟拆书，得以款曲寻绎。既而长太息曰："丈夫之志，女子之情，心契魂交，视远如近也。"于是阖户垂幌，为书曰："下妾不幸，垂髫而孤。中间为媒妁所欺，遂匹合于琐类。每至清风明月，移玉柱以增怀。秋帐冬釭，泛金徽而寄恨。岂谓公子，忽贻好音。发华缄而思飞，讽丽句而目断。所恨洛川波隔，贾午墙高。连云不及于秦台，荐梦尚遥于楚岫。犹望天从素恳，神假微机，一拜清光，九殒无恨。兼题短什，用寄幽怀。伏惟特赐吟讽也。"诗曰："画檐春燕须同宿，兰浦双鸳肯独飞。长恨桃源诸女伴，等闲花里送郎归。"封讫，召阍媪，令达于象。象览书及诗，以飞烟意稍切，喜不自持，但静室焚香虔祷以俟息。

　　一日将夕，阍媪促步而至，笑且拜曰："赵郎愿见神仙否？"象惊，连问之。传飞烟语曰："值今夜功曹府直，可谓良时。妾家后庭，即君之前垣也。若不喻惠好，专望来仪。方寸万重，悉候晤语。"既曛黑，象乃乘梯而登，飞烟已令重榻于下。既下，见飞烟靓妆盛服，立于庭前。交拜讫，俱以喜极不能言。乃相携自后门入堂中，遂背釭解幌，尽缱绻之意焉。及晓钟初动，复送象于垣下。飞烟执象手曰："今日相遇，乃前生姻缘耳。勿谓妾无玉洁松贞之志，放荡如斯。直以郎之风调，不能自顾。愿深鉴之。"象曰："挹希世之貌，见出人之心。已誓幽庸，永奉欢洽。"言讫，象逾垣而归。明日，托阍媪赠飞烟诗曰："十洞三清虽路阻，有心还得傍瑶台。瑞香风引思深夜，知是蕊宫仙驭来。"飞烟览诗微笑，复赠象诗曰："相思只怕不相识，相见还愁却别君。愿得化为松上鹤，一双飞去入行云。"封付阍媪，仍令语象曰："赖值儿家有小小篇咏。不然，君作几许大才面目？"兹不盈旬，常得一期于后庭矣。展幽微之思，罄宿昔之心。以为鬼鸟不知，人神相助。或景物寓目，歌咏寄情，来往便繁，不能悉载。如是者周岁。

　　无何，飞烟数以细过挞其女奴，奴阴衔之，乘间尽以告公业。公业曰："汝慎勿扬声！我当伺察之。"后至当赴直日，乃密陈状请假。迨夜，如常入直，遂潜于里门。街鼓既作，匍匐而归。循墙至后庭，见飞烟方倚户微吟，象则据垣斜睐。公业不胜其愤，挺前欲擒。象觉，跳去。业博之，得其半襦。乃入室，呼飞烟诘之。飞烟色动声战，而不以实告。公业愈怒，缚之大柱，鞭楚血流。但云："生得相亲，死亦何恨。"深夜，公业怠而假寐，飞烟呼其所爱女仆曰："与我一杯水。"水至，饮尽而绝。公业起，将复笞之，已死矣。乃解缚，举置阁中，连呼之，声言飞烟暴疾致殒。数日，窆之北邙。而里巷间皆知其强死矣。象因变服，易名远窜江浙间。

洛中才士有著《飞烟传》者，传中崔李二生，常与武掾游处。崔诗末句云："恰似传花人饮散，空床抛下最繁枝。"其夕，梦飞烟谢曰："妾貌虽不迨桃李，而零落过之。捧君佳什，愧仰无已。"生诗末句云："艳魄香魂如有在，还应羞见坠楼人。"其夕，梦飞烟戟手而詈曰："士有百行，君得全乎？何至务矜片言，苦相诋斥。当屈君于地下，面证之。"数日，李生卒。时人异焉。远后调授汝州鲁山县主簿，陇西李垣代之。咸通末，予复代垣，而与远少相狎，故洛中秘事，亦知之。而垣夏为手记，故得以传焉。

三水人曰："噫！艳冶之貌，则代有之矣，洁朗之操，则人鲜闻乎。故士矜才则德薄，女炫色则情私。若能如执盈，如临深。则皆为端士淑女矣。飞烟之罪虽不可逭，察其心，亦可悲矣。"

译文：

临淮的武公业，唐朝咸通年间任河南府功曹参军。他有一个宠爱的小老婆叫飞烟，姓步，长得瘦弱而美丽，好像绸缎的衣服穿上也感到沉重。但她善于唱秦腔，喜欢诗画，尤其善长敲瓦盆。她敲瓦盆的声音与琴、箫之类乐器发出的声音配合起来很好听。武公业特别喜欢她。

武家的邻居是天水老赵家的宅院，赵家也是个富贵人家，这里就不提其名了。赵家的儿子名叫象，长得端庄秀美，有文采，年纪刚到二十岁。当时正在家守孝。忽然有一天，在南墙的缝隙中看见了飞烟，他像丢了魂灵，吃不下饭，睡不着觉。于是，用许多钱财贿赂武家的守门人，让他把自己的心情告诉飞烟。守门人感到为难，可是又被厚利所打动，就叫自己的妻子瞅准飞烟得闲的时候，把赵象的意思全告诉了她。

　　飞烟听后，只是含笑出神而没有回答。守门人的妻子把这一切全告诉了赵象。赵象听后简直发狂了，心里摇荡不止，不能克制自己的感情。就拿过一张深红色的信纸，写了一首绝句："一看见你那动人的容颜，我的心只恨不能相伴，但愿你不要像弄玉跟着萧史离去，要学那仙女阿兰为了爱来到人间。"他把写的这首诗封得严严的，求守门人的妻子送给飞烟。

　　飞烟读后，叹息了好长时间，对守门人的妻子说："我也曾经暗中看见过赵先生，人好才学也好。我这辈子没福气，不能配他了。"她鄙薄武公业粗鲁，不是好配偶。她和了一首诗，写在金黄色上面有凤凰图案的信纸上，诗是："愁眉紧锁自己不能克制，只因为长恨谱进了新诗。你的心好似琴的心一片幽怨，情思绵绵更同谁人相比。"封好了交给守门人妻子，叫她送给赵象。赵象打开信封，吟咏了数遍，拍着巴掌高兴地说："我的事妥了！"又拿了一张剡溪出的上好白纸写了一首诗表示谢意，诗是："珍重美人寄来的佳音，彩色的信纸芳香的墨迹两人情深。薄如蝉翼的信纸难以表达幽恨，密如蝇头的小字还没写明内心。信没来时我怀疑像落花随着碧波迷失在山洞里面，读诗后我只觉得犹如一阵细雨滋润了我那干枯的心。千百个消息千百个梦，写成一首长诗寄托给绿瑶琴。"这首诗送去了十天，守门人的妻子也没露面。

赵象又怕又恨，担心事情破露，又怕飞烟变心。春夜，在院中独坐，吟诗道："绿叶红花被暮霭笼罩全然不见，独自一人满怀幽恨在小院前，深深的夜啊同谁絮语，牛郎织女星被银河隔开月亮已升在半天。"第二天，清晨起来仍吟咏这首诗，守门人的妻子来了，传达飞烟的话说："不要奇怪十天没个音信，都因为稍有不舒服。"说完又交给赵象一个用薄绸子做的绣花香囊和一张绿色的信纸，上面有一首诗："没有力气梳妆倚在窗前，暗中题诗心情难写穷尽。近日得了一场伤春病，像弱柳娇花一般怕那晓来的风。"赵象把香囊结在怀里，仔细读这首诗。又担心飞烟焦思增加病痛，于是裁了一张带黑格的纸写了一封回信："春日漫长，心里忧愁。自从隔墙看见了你，常常梦中相见，可是天上人间，难以会合。然而我一片丹心像太阳一般，一定要同你在一起。昨天从神仙洞府来了信使，传达了殷勤的话语，赠我薄绸绣花香囊，使我满怀芳香，骤然增加了佩戴的东西，想往之情更加炽烈。何况又听说你因伤春患病，玉体不安，耗损了冰雪之姿，兰惠之气。忧愁万端，恨不得飞到你身边。切望你放宽心怀，不要再憔悴了。不要辜负了我在短诗中流露的情意，哪里就会没有再见的时日？忧心忡忡，书不尽言，并寄去一首拙诗，作为给你的和诗，请你好好看吧。"诗是："听说你因伤春而得病，想到你封信时紧皱双眉。我这里叩头报答心爱的飞烟，相思最能耗损人的精神。"

守门人的妻子得到了回信，拿着信一直到飞烟的住处来了。武公业是知府的助手，公务很多，有时几天值一个夜班，有时一整天也不回家。此时恰好到衙门值班。飞烟拆开书信，仔细阅读。读完长长叹息一声说道："男子之志，女儿之情，心心相印，魂灵相交，看起来离得远同离得近一样。"于是关上门，放下幔帐，写了一封信："我很不幸，幼年成了孤儿，后来被媒人骗了，嫁给了这个不称心的人。每逢到了清风明月之时，一调琴弦更增加了伤感；秋冬之时，在帷帐之中对着一盏明灯，弹起琴来抒发内心的幽怨。哪里想到公子您给我寄来了佳音。打开你的信就想飞去，读了你的诗盼得眼睛都要望穿了。恨的是想学洛神可是被洛水波涛所阻；想学贾午可是贾家的墙又太高跳不过去；想学弄玉可是凤凰台高难以如愿；想学巫山神女可是离阳台又太远。尽管如此，仍然渴望上天满足我的心愿，神仙赐给我机会，见你一面，九死无憾。随信寄去一首短诗，抒发我的情怀，特请你吟咏吧。"诗说："彩绘的屋檐下春燕同宿，兰草水边的鸳鸯怎肯单飞？长恨桃花源里的那些女伴，怎么轻易地就让刘晨、阮肇踏着落花而回。"封好了信，叫来守门人的妻子，让她送给赵象。赵象看过信和诗，因为飞烟情真意切，高兴得不能自己，只在静室中烧香祷告，虔诚地等待机会。

　　忽然一天傍晚，守门人的妻子急匆匆地走来，边笑边行礼说："赵先生愿意见见神仙吗？"赵象吃了一惊，连声追问她。守门人的妻子传达飞烟的话说："今天夜里参军值夜班，真可算是美好的时刻了。我家的后院就是你家的前院墙。如果不是变了心，专等你到来了。心里话千句万句，全等你来时再细谈。"天黑之后，赵象就登梯子上了墙头，飞烟已经准备好两个凳子摞在一起在墙下接着。赵象下了墙，只见飞烟打扮得非常漂亮，站在院里。两人见礼后，都因为太高兴了而不能说一句话。于是拉着手从后门进到房中，背着灯放下幔帐，两人极尽恩爱之情。等天亮的钟声响了，飞烟又把赵象送到墙下。飞烟攥着赵象的手说："今天相会乃是前生的姻缘啊。不要以为我不守贞洁，是随便放荡的人。都是因为你的追求，我才不能自持了。希望你能理解。"赵象说："你具有出奇的容貌，又有高出常人的情怀，咱俩已对鬼神发下誓愿了，一定永远在一起！"说完，赵象翻墙回去了。

第二天，赵象托守门人的妻子送给飞烟一首诗："地上十个洞天上三重天道路多阻拦，有心的人还是能够到达神仙的瑶台边。香风阵阵引起思绪万千想起了那深沉的夜，知道了那是蕊珠宫里的神仙来到面前。"飞烟看诗后微笑起来。又回赠给赵象一首诗："相思时只怕不相识，相见后还愁与你分手。愿意变成松树下的一对仙鹤，一同飞上高高的云天。"交给了守门人的妻子，还让她告诉赵象："幸亏我还会作几首小诗，不然，你怎能露出大才子的面目？"此后，不过十天，就在后院相会一次。披露心中的情思，满足以前的心愿。以为这是神不知鬼不觉的，是上天相助。有时或触景动情，吟诗寄兴，来往频繁，不能全记。这样过了一年。

不久，飞烟因为一些小事数次责打女仆。女仆暗中怀恨，找机会把飞烟与赵象的事全报告了武公业。武公业说："你不要声张，我要侦察侦察。"后来，又到值夜班日期，就撒谎请了假。等到夜里，还像往常一样去值班，暗中却藏在街门口。街上打更的鼓声响了，就爬了回来。沿着墙来到了后院，看见飞烟正倚着门低声唱着，赵象趴在墙头斜眼瞅着。武公业气得受不住了，冲上去就抓赵象。赵象发觉了，立即跳下墙跑了。武公业一把扯下了半块衣衫。武公业进到屋中，叫来飞烟盘问。飞烟吓得变了脸色，声音发颤，但是不讲实话。武公业更发火了，把她绑在大柱子上，用鞭子抽得浑身淌血。飞烟只是说："活着能相亲相爱，死了也没什么可恨的！"到了半夜，武公业累了，打了个盹。飞烟召唤她贴心的女仆说："给我一杯水。"水拿来了，飞烟喝光了水就死去了！武公业站起身还要打，看飞烟已经死了，就解开绳子，抬回屋里，一连声地叫唤。对外只说飞烟得了暴病死了。数日之后，葬在北邙山。可是街坊邻里全都知道飞烟是活生生被整死的。赵象化了装，改名换姓逃到江浙一带。

洛阳的才子有个姓崔的，还有个姓李的，两个人经常与武公业往来。姓崔的曾为飞烟的事写了一首诗，最末两句是："正好比饮酒时击鼓传花，席散后，空落落的床上扔下了那个满是花朵的花枝。"当天晚上，姓崔的梦中见到飞烟向他表示谢意："我的容貌虽然不如桃李艳丽，可是注定凋谢的命运却远远超过了桃李。捧读先生的诗作，惭愧怨尤不已。"姓李的也作了一首诗，最末两句是："如果那位美人的魂魄还存在，应该在为了保持贞洁而跳楼的绿珠面前感到羞愧。"当天晚上，姓李的也梦见了飞烟。飞烟用手狠狠地指着他骂道："文士有许多美德，你都具备吗？为什么只顾卖弄三言两语就狠狠的诋毁我呢！应该委屈你到阴间走一趟，同我当面对证。"数天以后，姓李的果然死了。当时的人都很惊异。

那个名叫远的人，后来调到汝州鲁山县任主簿，陇西人李垣接替了他的官缺。咸通末年，我又接替了李垣的官职。我与远从小就很亲密，所以洛阳的一些秘事也知道，而李垣又亲手记录，所以飞烟的事能够流传下来。

三水的人说："啊，长得漂亮的女人每个朝代都有，可是有节操的很少了。所以才子卖弄才学则缺少了德行，美女卖弄姿色就会产生私情。如果能永不骄傲，总是像在深渊边上站着那样小心谨慎，那么才子、美女就都成为有德之人了。飞烟的罪责虽然不可逃脱，但是看看她的用心，也是很令人悲哀的呢！"

....

作者皇甫枚，字遵美，唐晚时三水（今山西汾县）人。约唐僖宗广明中前后在世（公元841～911年），七十岁左右去世。皇甫枚是唐末著名文学家，擅长撰写传奇小说。代表作《三水小牍》三卷，多记仙灵怪异之事，这部书对后代文学影响很大。

作品通过大量书信、诗歌，描绘了人物的心理，塑造了人物的形象。飞烟至死不屈的性格超越了一般的追求恋爱自由的妇女，在唐代传奇的妇女形象中焕发出异样的光彩。

崔　护

孟　棨

　　博陵崔护，资质甚美，而孤洁寡合。举进士下第。清明日，独游都城南。得居人庄，一亩之宫，而花木丛萃，寂若无人。扣门久之。有女子自门隙窥之，问曰："谁耶？"护以姓字对，曰："寻春独行，酒渴求饮。"女入，以杯水至，开门，设床命坐，独倚小桃斜柯伫立，而意属殊厚，妖姿媚态，绰有余妍。崔以言挑之，不对，彼此目注者久之。崔辞去，送至门，如不胜情而入。崔亦眷盼而归。尔后绝不复至。

　　及来岁清明日，忽思之，情不可抑，径往寻之。门院如故，而已锁扃之。因题诗于左扉曰："去年今日此门中，人面桃花相映红。人面不知何处去，桃花依旧笑春风。"后数日，偶至都城南，复往寻之。闻其中有哭声，扣门问之。有老父出曰："君非崔护邪？"曰："是也。"又哭曰："君杀吾女！"护惊恒，莫知所答。老父曰："吾女笄年知书，未适人。自去年以来，常恍惚若有所失。比日与之出，及归，见左扉有字，读之，入门而病，遂绝食数日而死。吾老矣，惟此一女，所以不嫁者，将求君子，以托吾身，今不幸而殒，得非君杀之耶！"又持崔大哭。崔亦感恸，请入哭之，尚俨然在床。崔举其首枕其股，哭而祝曰："某在斯，某在斯。"须臾开目，半日复活矣。父大喜，遂以女归之。

译文：

博陵〔今河北定县〕人崔护，天资聪敏、禀性善良，但性格孤僻、为人高傲，因此没有人能和他合得来。这次到京城参加朝廷举行的进士考试，结果，没有考中。

清明节这天，崔护独自一个人在京城的南郊游玩。忽然，他见到有座围着高墙的院落，花草树木十分繁茂，但却静悄悄地如同没有人居住一样。崔生走上前去，敲了很长时间的门，才见有个姑娘从门缝里向外偷偷张望，问道："是谁呀！"崔生一听有人问话，便赶忙告诉了自己的姓名，又说："我独自一个人出城来游春，酒后口渴，是来这里讨杯水喝的。"姑娘听后，便走进屋里去，用杯子盛了水走出来，打开了大门，摆下坐凳，请崔生坐下喝水。姑娘却独自把身子靠在一棵小桃树的斜权上，站在那里等着，十分殷勤地招待崔生。姑娘一派风流妩媚，惹人喜爱。崔生有意用言语去挑逗她，她却不肯答话。两个人只是长时间的你看着我，我看着你，彼此不说一句话。崔生喝完了水，谢过姑娘便走出大门去了，姑娘一直送到大门口，脸上流露出无限留恋的神情，慢慢地转回到门里去。崔生也是恋恋不舍的走远了。之后的一段时间，崔生就再没有到这里来过。

到了第二年清明节这天，崔生忽然想起去年今天的那件事，思念姑娘的心情油然而生，再也按捺不住，竟然不顾一切直接去寻找那位姑娘。他走到去年那里一看，门庭院落依然如故，只是紧闭的大门上了锁，主人不知到哪里去了。崔生不得已，便在左扇门上题了一首诗，诗中写道："去年今日此门中，人面桃花相映红。人面不知何处去，桃花依旧笑春风。"

清明节后又过了几天，崔生偶然又来到城南郊。他便再去寻访那位姑娘。他刚刚走到门前，突然听到屋里有哭声，便上前去敲门，打算问问是怎么一回事。这时，有位老大爷走出门来，说："您是崔护吧？"答道："我是的。"老汉一听便哭着说："是您害死了我的女儿！"崔生一听非常惊讶、恐慌，一时竟不知怎样来回答好。老汉说："我的姑娘刚刚成年，知书达理，还未曾出嫁给人家。自去年以来，她时常恍恍惚惚，就好像丢了什么东西。近日我和她一起外出，等回到家里时，便看到左扇门上有字，姑娘读后，进门便病倒了。她躺在床上连续几天不进饮食，没有多久，便死去了。我已经年老，仅有这一个姑娘，所以还没有急急忙忙地把她嫁出去，就是为了能找到一位品貌双全的好女婿，让我老来有个依靠。如今，姑娘却不幸死了。这一切难道不是您害死了她吗！"老汉说完，又拉着崔生大哭起来。崔生听老汉这样一说，也伤心落泪，十分悲痛。请求老人家能让他进屋去吊唁姑娘。崔生一见姑娘躺在床上，如同活着时一样端庄。他抬起姑娘的头，枕在自己的腿上，一边哭着，一边祷告。口里不住地说："我在这里，我在这里！"这样不一会儿工夫，姑娘竟然睁开了眼睛，又过了半天，她居然死而复苏，活了过来。老汉一看，非常高兴。于是，就把姑娘嫁给了崔生。

孟棨，字初中，唐朝人，生卒不详，据说曾在福州（今广西梧州）做过官。著有《本事诗》，其中记载了许许多多唐代诗人轶事。《崔护》便收入《本事诗》中。

　　《崔护》是有名的"人面桃花"典故的出处。这是一篇描写男女互相爱慕的故事。男女精诚相爱，金石为开，为爱而死的女人，终因爱人的诚心，死而复生，终成眷属。本文是一篇很美丽的爱情故事，长期以来，为人们所传诵。据此改编的戏剧，至今仍屡演不衰。

嘉兴绳技

皇甫氏

唐开元年中，数敕赐州县大酺。嘉兴县以百戏，与监司竞胜精技，监官属意尤切。所由直狱者语与狱中云："倘有诸戏劣于县司，我辈必当厚责。然我等但能一事稍可观者，即获财利，叹无能耳。"乃各相问，至于弄瓦缘木之技，皆推求招引。

狱中有一囚，笑谓所由曰："某有拙技，限在拘系，不得略呈其事。"吏惊曰："汝何所能？"囚曰："吾解绳技。"吏曰："必然，吾当为尔言之。"乃具以囚所能白于监主。主召问罪轻重，吏云："此囚人所累，逋缗未纳，余无别事。"官曰："绳技，人常也，又何足异乎？"囚曰："某所为者，与人稍殊。"官又问曰："如何？"囚曰：众人绳技，各系两头，然后于其上行立周旋。某只须一条绳，粗细如指，五十尺，不用系着，抛向空中，腾踯翻复，则无所不为。官大惊，悦，且令收录。

明日，吏领至戏场。诸戏既作，次唤此人，令效绳技。遂捧一团绳，计百余尺，置诸地，将一头手掷于空中，劲如笔。初抛三二丈，次四五丈，仰直如人牵之，众大惊异。后乃抛高二十余丈，仰空不见端绪。此人随绳手寻，身足离地，抛绳虚空，其势如鸟，旁飞远扬，望空而去。脱身行狴，在此日焉。

译文：

　　唐玄宗开元年间，皇上多次下诏赐令各州县兴办大宴。嘉兴县令准备了杂耍，想和监司比赛谁的技艺更精湛。监狱官参加比赛的心情特别急切。当时监狱值班的告诉狱卒说："倘若我们的杂耍比不过县里的，我们就要受到很重的责罚，如果能有一项比较好的，就能得到奖励。很遗憾，我们没有能行的。"他们互相询问，开始在狱中寻求能人。一些会弄点小玩意儿的人纷纷自荐。

　　这时，狱中有一囚犯笑着说："我有点拙技，可我现在拘押之中，不能略微施展来看。"狱吏惊奇地问："你会什么技艺呢？"囚犯回答："我会绳技。"狱吏说："好吧，我去给你说说。"于是，狱吏就把这个囚犯的才能告诉了监司。监司问这个人的罪轻重如何，狱吏回答："这人是受了别人的连累，偷了点税，别的没什么。"狱官说："绳技很多人会，有什么特别奇异的吗？"囚犯说："我的绳技，和别人不一样。"狱官又问："有什么不一样的？"囚犯说："别人的绳技，都是系住绳的两头，然后站在绳子上面行走或是转圈。我只需用一条绳，像手指粗，五十尺长，不用系，扔向空中，腾跃翻飞，没有不能表演的动作。"狱官非常惊喜，叫把这人记下来。

第二天，狱吏领囚犯到了戏场，别的节目已经开始表演了，后来才叫这人表演。只见这人拿着一百多尺长的绳团，放在地上，将一根绳头抛向空中，绳子笔直。开始时抛了两三丈，然后到四五丈。绳子很直，就像有人牵着似的，大家感到很惊奇。后来，竟抛到二十多丈，抬头看不到绳头，这人便手握绳子，身子离地。最后，他扔掉了绳子，在空中像鸟一样，越飞越高，向远处飞去。他就在那天借机逃出了监狱。

∙∙∙

作者皇甫氏，经历不详。

这种所谓的"通天绳技"，其实是由古印度艺人们创造出来的一套糅杂技、魔术甚至可能包括催眠术在内的复合型幻术。文章描写生动有趣，后世蒲松龄还在《聊斋志异》中借鉴了此文。

车中女子

车中女子

皇甫氏

　　唐开元中，吴郡人入京应明经举。至京，因闲步坊曲。忽逢二少年，著大麻布衫，揖举人而过，色甚卑敬，然非旧识，举人谓误识也。后数日，又逢之。二人曰："公到此境，未为主领，今日方欲奉迓，邂逅相遇，实慰我心。"揖举人便行，虽甚疑怪，然强随之。抵数坊，于东市一小曲内，有临路店数间，相与直入。舍宇甚整肃，二人携引升堂，列筵甚盛。二人与客据绳床坐定，于席前更有数少年，各二十余，礼颇谨。数出门，若伫贵客。

　　至午后，方云："来矣。"闻一车直门来，数少年随后。直至堂前，乃一钿车。卷帘，见一女子从车中出，年可十七八，容色甚佳，花梳满髻，衣则纨素。二人罗拜，此女亦不答。举人亦拜之，女乃答。遂揖客人，女乃升床当局而坐，揖二人及客，乃拜而坐。又有十余后生，皆衣服轻新，各设拜，列坐于客之下。陈以品味，馔至精洁。饮酒数巡，至女子，执杯顾谓客："闻二君奉谈，今喜展见，承有妙技，可得观乎？"举人卑逊辞让，云："自幼至长，唯习儒经，弦管歌声，辄未曾学。"女曰："所习非此事也，君熟思之，先所能者何事。"客又沉思良久，曰："某为学堂中，著靴于壁上行得数步。自余戏剧，则未曾为之。"女曰："所请只然，请客为之。"遂于壁上行得数步。女曰："亦大难事。"乃回顾坐中诸后生，各令呈技。俱起设拜，有于壁上行者，亦有手撮椽子行者，轻捷之戏，各呈数般，状如飞鸟。举人拱手惊惧，不知所措。少顷，女子起，辞出。举人惊叹，恍恍然不乐。

经数日，途中复见二人，曰："欲假盛驵，可乎？"举人曰："唯。"至明日，闻宫宛中失物，掩捕失贼，唯收得马，是将驮物者。验问马主，遂收举人。入内侍省勘问，驱入小门。吏自后推之，倒落深坑数丈，仰望屋顶七八丈，唯见一孔，才开尺余。自旦入，至食时，见一绳缒一器食下。此人饥急，取食之。食毕，绳又引去。深夜，举人忿甚，悲惋何诉，仰望，忽见一物，如鸟飞下，觉至身边，乃人也。以手抚生，谓曰："计甚惊怕，然某在，无虑也。"听其声，则向所遇女子也，云："共君出矣。"以绢重系此人胸膊讫。绢一头系女人身。女人纵身腾上，飞出宫城。去门数十里，乃下，云："君且便归江淮，求仕之计，望俟他日。"此人大喜，徒步潜窜，乞食寄宿，得达吴地，后竟不敢求名西上矣。

译文：

　　唐朝玄宗开元（公元713～741年）年间，江苏一个举人到京城参加经学考试。到京城后，有天在大街小巷散步，忽然碰上了两个小青年，穿着麻布大衫，对他作个揖让他先走，态度特别恭顺，可是从不认识，举人以为他们认错人了。

　　几天以后，这位江苏举人又碰见他们了。两个小青年说："先生来到这里，我们还没作东道主请过您，今天正要请您去。突然相逢，实在使我们感到安慰。"作揖请举人跟他们走。举人虽然很奇怪，但还是勉强同他们走了。

　　过了好几道街，在东市一条小巷里，有临街的店房数间。他们一起进去了，里面房屋很整齐。两个小青年把举人领到正厅，厅上正在摆丰盛的酒席。两个小青年同客人在用绳子绷的凳面上坐下了。桌子旁边还有好几个二十多岁的小青年，恭恭敬敬很有礼貌的在那里。小青年走出门去好几次，好像在等待什么贵客。过了半晌才说："来了！"忽然听见一辆车直奔门口而来，好几个小青年跟在车的后边，车一直赶到厅前，是一辆镶嵌着金玉的小车。车帘卷起来，只见一个女人从车里出来，年纪在十七八岁，长得很漂亮，发髻上插满了花，穿一身白绸衣服。那两个青年围着女人行礼，女人也没有还礼。举人也行了个礼，女人才回了礼，并请客人进屋。女人坐在了上首的凳子上，请两个青年及举人入座，大家互相行礼以后坐了下来。又有十多个青年人都穿着崭新的绸缎衣服，过来参拜，分别坐在客人的下首。端上菜肴，都是上好的珍品。喝过几杯酒以后，又轮到女人喝了。她端起酒杯看着客人问道："听这两位提起过您，今天有幸见了面，听说您有高超的技巧，可以看看吗？"客人谦恭地推辞说："从小到大，只读书了，乐器、歌曲则没有学过。"女人说："您所熟习的不是这些，请好好想想，以前会干什么？"客人又沉思了半天，说："我在学堂时，穿着靴子能在墙上走几步，别的游戏，则从未做过。"女人说："想看的也就是这个，请客人走走。"于是，江苏举人在墙上走了几步。女人说："这也是很难的事。"她回过头瞧瞧那些青年人，叫他们各自献艺。青年们都站起身来行礼，有的在墙上走，也有的用手把着房上的椽子走，动作都很敏捷，每人都做了不同的表演，个个像飞鸟似的。客人拱着手，又惊又怕，不知如何是好。不一会儿，女人站起身，告辞走了。众人叹息着，闷闷不乐。

过了数日，举人在道上又遇到了那两个青年，青年说："想借您的好马，可以吗？"举人说："行。"第二天，听说宫廷里丢东西了，抓贼时只抓到一匹马，是准备驮东西用的。追查马的主人，就将举人逮捕了，送进宫中由宦官审问。举人被赶进一个小门，宦官从身后一推，他就一头掉进数丈深的坑里。抬头看看屋顶，足有七八丈高，只看见一个小窟窿，有一尺多宽。自从早晨进来，到吃饭的时候，才看见一条绳子系着一个筐送下饭来。举人饿坏了，拿过饭就吃。吃完饭，绳子又提上去了。

深夜，举人气愤到极点，又无处诉说冤屈。抬头看着房顶，忽然看见一个东西像鸟似的飞了下来，感觉走到了身边，原来是个人呀。来人用手抚摸着举人，对他说："想来很害怕，但是有我在，不用担心。"听这声音，就是前些日子遇到的那个女人啊。女人说："与您一块儿离开。"说完，她用绢子把举人的胸和胳膊扎了两道，然后，绢子的另一头系在自己身上。女人耸身跳起，便飞出了宫廷的城墙，离开城门十多里地才落下来。女人说："您暂时就回江苏吧，考官的事等以后再说。"举人大喜，赶紧撒腿就跑了。

江苏举人一路上讨饭、借宿，回到了故乡。以后，他再也不敢为科考往西边去长安了。

····································

本文通过江苏举人遇侠女的故事，反映了唐代游侠不怕王法，蔑视皇权的反抗精神。

补江总白猿传

佚　名

梁大同末，遣平南将军蔺钦南征，至桂林，破李师古、陈彻。别将欧阳纥略地至长乐，悉平诸洞，采入深阻。纥妻纤白，甚美。其部人曰："将军何为挈丽人经此？地有神，善窃少女，而美者尤所难免，宜谨护之。"纥甚疑惧，夜勒兵环其庐，匿妇密室中，谨闭甚固，而以女奴十余伺守之。尔夕，阴风晦黑，至五更，寂然无闻。守者怠而假寐，忽若有物惊悟者，即已失妻矣。关扃如故，莫知所出。出门山险，咫尺迷闷，不可寻逐。迨明，绝无其迹。纥大愤痛，誓不徒还。因辞疾，驻其军，日往四遐，即深陵险以索之。

既逾月，忽于百里之外丛篁上，得其妻绣履一双。虽浸雨濡，犹可辨识。纥尤凄悼，求之益坚。选壮士三十人，持兵负粮，岩栖野食。又旬余，远所舍约二百里，南望一山，葱秀迥出，至其下，有深溪环之，乃编木以度。绝岩翠竹之间，时见红彩，闻笑语音。扪萝引组，而陟其上，则嘉树列植，间以名花，其下绿芜，丰软如毯。清迥岑寂，杳然殊境。东向石门，有妇人数十，帔服鲜泽，嬉游歌笑，出入其中。见人皆慢视迟立。至则问曰："何因来此？"纥具以对。相视叹曰："贤妻至此月余矣。今病在床，宜遣视之。"入其门，以木为扉。中宽辟若堂者三。四壁设床，悉施锦荐。其妻卧石榻上，重茵累席，珍食盈前。纥就视之。回眸一睇，即疾挥手令去。诸妇人曰："我等与公之妻，比来久者十年。此神物所居，力能杀人，虽百夫操兵，不能制也。幸其未返，宜速避之。但求美酒两斛，食犬十头，麻数十斤，当相与谋杀之。其来必以正午后，慎勿太早，以十日为期。"因促之去。纥亦遽退。遂求醇醪与麻犬，如期而往。妇人曰："彼好酒，往往致醉。醉必骋力，俾吾等以彩练缚手足于床，一踊皆断。尝纫三幅，则力尽不解，今麻隐帛中束之，度不能矣。遍体皆如铁，唯脐下数寸，常护蔽之，此必不能御兵刃。"指其旁一岩曰："此其食廪，当隐于是，静而伺之。酒置花下，犬散林中，待吾计成，招之即出。"如其言，屏气以俟。日晡，有物如匹练，自他山下，透至若飞，径入洞中。少选，有美髯丈夫长六尺余，白衣曳杖，拥诸妇人而出。见犬惊视，腾身执之，被裂吮咀，食之致饱。妇人竞以玉杯进酒，谐笑甚欢。既饮数斗，则扶之而去，又闻嘻笑之音。良久，妇人出招之，乃持兵而入，见大白猿，缚四足于床头，顾人蹙缩，求脱不得，目光如电。竞兵之，如中铁石。刺其脐下，即饮刃，血射如注。乃大叹咤曰："此天杀我，岂尔之能？然而妇已孕，勿杀其子。将逢圣帝，必大其宗。"言绝乃死。

搜其藏，宝器丰积，珍馐盈品，罗列案几。凡人世所珍，靡不充备。名香数斛，宝剑一双。妇人三十辈，皆绝其色，久者至十年。云：色衰必被提去，莫知所置。又捕采唯止其身，更无党类。且盥洗，著帽，加白袷，被素罗衣，不知寒暑。遍身白毛，长数寸。所居常读木简，字若符篆，了不可识。已，则置石蹬下。晴昼或舞双剑，环身电飞，光圆若月。其饮食无常，喜唼果栗。尤嗜犬，咀而饮其血。日始逾午，即欻然而逝，半昼往返数千里，及晚必归，此其常也。所须无不立得。夜就诸床嬲戏，一夕皆周，未尝寐。言语淹详，华旨会利。然其状即猨玃类也。今岁木叶之初，忽怆然曰："吾为山神所诉，将得死罪。亦求护之于众灵，庶几可免。"前月哉生魄，石蹬生火，焚其简书，怅然自失曰："吾已千岁而无子。今有子，死期至矣。"因顾诸女，汍澜者久，且曰："此山复绝，未尝有人至。上高而，绝望不见樵者。下多虎狼怪兽。今能至者，非天假之。何那？"纥即取宝玉珍丽及妇人以归，犹有知其家者。纥妻周岁生一子，厥状肖焉。

后纥为陈武帝所诛，素与江总善，爱其子聪悟绝人，常留养之，故免于难。及长，果文学善书，知名于时。

译文：

梁代大同（公元535～545年）末年，派平南将军蔺钦南征，军队到了桂林，打败了李师古、陈彻。他手下的将领欧阳纥带兵打到长乐，把各村各寨全部征服了，军威一直达到每个僻远的角落。欧阳纥的妻子长得白净窈窕，非常美丽。他的部下说："将军为什么带着美人经过这里呢？这地方有神仙，善于偷少女，长得漂亮的女人更是难免。将军可要小心啊。"欧阳纥十分害怕，夜里派兵围住住所，把妻子藏在密室里，房子很严密、坚固，还让十几个使女守着。这天傍晚，天阴了，还刮起了大风，到黎明时候，风停了，四周变得静悄悄的，一点声音也没有了。看守的人都困倦了，打起了瞌睡，忽然间，好像有个什么东西把人惊醒了，一看，欧阳纥的妻子丢了。再看门窗都照旧关得好好的，不知道是从那里出去的。门外山路崎岖险阻，走不多远就迷路了，实在无法追赶寻找。等到天亮后，一点踪迹也没有了。欧阳纥又气又恨，发誓找不到妻子绝不回去。因此以有病为名，把军队驻扎下来，每天外出寻找，登山岭、穿山涧，到处搜索。

这样过了一个多月，忽然在百里外的竹林上，得到他妻子的一只绣鞋，虽然让雨水湿透了，但是还能认得出来。欧阳纥更痛不欲生，寻找妻子的决心愈发坚定了。他挑选了三十个强壮的兵丁，带着武器干粮，食宿都在山林里。又过了十多天，在距离扎营地点二百里的一处地方，往南能看见一座山，郁郁葱葱不同于其他山岭。来到山下，只见一条深深的小溪将山环绕，于是，他们做了一个木筏子渡了过去，但见丛山峻岭之上，片片翠竹之间，处处可见红色的山花，不时传来笑语声。

欧阳纥牵葛攀藤爬上山顶，一片茂密的树林整整齐齐，名花朵朵点缀其间，树下是一片绿茸茸的草地，犹如地毯一般。四周非常幽静，简直就像神仙住的地方。这里朝东有座石门，门前有好几十名妇女，穿着华丽的服装，在门里门外唱歌、说笑逗趣。一看见有人来到，便站在那里呆呆地看着，等人走近，便问："到这里来干啥呀?"欧阳纥把丢失妻子的事说了一遍。那些女人互相瞅了一眼，叹息着说："你那贤惠的妻子到了这里已经一个多月了。现在病倒在床上，你快去看看她吧。"进了石门，还有一道木门，里边宽宽绰绰足有三间厅堂那么大，四面墙都摆着床，上面铺着锦被。欧阳纥的妻子躺在一张石床上，身下铺得厚厚的，床前摆满了好吃的东西。欧阳纥三步并作两步走到妻子身边。他妻子转头看了他一眼，就急忙挥手让他快走。另外那些女人对欧阳纥说："我们和你的妻子到这里，最长的已有十年了。这里是神仙住的地方，那家伙力气大得足以杀死人，就是有一百个人拿着刀枪也制服不了他。幸而他没有回来，你快点躲开吧！不过只要你能弄来两桶酒，十只狗、几十斤麻，我们就能同你一起想办法把他杀掉。他每次都是正晌午来，下次你可别来得太早了。咱们约好，十天以后，你准时到。"说完便催着欧阳纥回去。欧阳纥连忙走了。

欧阳纥弄到了好酒、狗和麻，到了约定的日期，便按时去了。那些女人对他说："那个家伙好喝酒，经常喝得大醉。醉了以后就显示自己力量大，让我们用彩绸把他的手脚绑在床上，他一蹦，彩绸就都断了。有一次，我们曾用三幅彩绸拧成一股绳把他绑上了，他使足了劲也没有弄开。今天把麻裹在彩绸里把他绑上，想必弄不断的。这家伙浑身像铁似的，只有肚脐下面几寸的地方，总是遮掩着，大概那地方禁不住刀枪。"又指着一个山洞说："这是他的食品库，你藏在这里，静静地等候。把酒摆在花下边，狗放在树林里，等我们计谋成功了，一叫你马上就过来！"欧阳纥一一照她们的话办了，藏了起来，连大气都不敢喘。

太阳过午，有个东西像一匹白缎子似的，从另外一个山头下来，跳跃着像飞一般，一直进山洞里去了。不大功夫，一个长着漂亮胡须的男人，六尺多高的个头，穿着白衣服，拄个拐杖，挽着那些女人走了出来。一看见狗，便怔了一下，马上跳起来扑过去把狗抓住，撕把撕把就吃掉了。吃饱以后，那些女人纷纷举着装满美酒的玉杯劝他喝，嘻嘻哈哈十分欢快。他一连喝了好几大杯，众女人才扶着他回去了，洞内又响起欢笑的声音。

过了好长时间，女人们才出来招呼欧阳纥。于是，欧阳纥提着刀就进山洞去了。只见一只很大的白猿，四个爪子被绑在床上，一看见人，浑身缩成一团，挣扎着，可是挣不开。两只眼睛亮晶晶像闪电一般。欧阳纥抢上前去举刀乱砍，好像砍在石头、铁块上面一样。可用刀向肚脐下面扎，噗嗤一声便扎了进去，鲜血唿的喷了出来。于是，那白猿长叹一声，说："这是天杀我啊，哪是你的能力呢！可是，你老婆已经怀孕了，生下孩子你不要杀掉，他将要遇到圣明的皇帝，必然能给你光宗耀祖。"说罢就死去了。

欧阳纥把山洞搜了个遍，稀有之物堆积如山，山珍海味摆满了桌案，凡是人间的珍品应有尽有。另外还有好几斗上等香料，两把宝剑。妇女多至三十人，都长得十分漂亮，其中有的在这里已经待了七年。女人们说："谁岁数大了，不好看了，就被白猿带走，也不知道弄到哪里去了。"又说："出出进进，捉人取物就是这一只白猿，没有别的猿猴。一早起来，白猿梳头洗脸，戴上帽子，穿上白夹袄，披上白袍子，不管春夏秋冬都是这样。遍身长满白毛，有好几寸长。平常总读书，字刻在木板子上，像篆字又像画的符，我们一点也不认识。读完书就放在石凳下面。晴天有时就舞剑，剑光像闪电一般，围着身子团团转，又像月亮一样亮。它什么东西都吃，爱吃水果和栗子，尤其爱吃狗肉、喝狗血。太阳一过午，它就突然不见了。半天就能往返几千里地，每到晚上必定回来，一般情况下都是这样。它想要什么立刻就有什么。夜里，就到这些床上睡个遍，没有见它睡过觉。说起话来，什么都知道，甜言蜜语很中听。可是看它那个长相，就是狗或猴子一类的东西。今年树刚发芽的时候，它忽然忧伤地说：'我被山神给告了，将要定死罪了。曾请求各位神仙帮忙，也许可能免罪吧。'上个月十六日，石凳子忽然着火了，它的那些书都被烧光了。它惋惜地说：'我已经一千岁了，还没有儿子。今天眼看有个儿子了，可又死到临头了！'于是，它环顾众女人，哭了好长时间，又说：'这座山重重叠叠与外边不通，从无人到过。到山顶上去瞭望连个打柴的人影子都见不到，山下虎狼猛兽成群。今天有人能到这里，不是上天给他的帮助又能是什么呢？'"欧阳纥收拾了洞中的珍宝，带着那些妇女回来了。有些妇女还记得自己的家，便回去了。欧阳纥的妻子过了一年，生了一个儿子，孩子长的模样很像猿猴。

后来，欧阳纥被陈武帝杀了。欧阳纥平时与江总是好朋友，江总喜欢欧阳纥的儿子聪明过人，便把这孩子收养在自己身边，所以没有跟着父亲一道被杀死。长大后，果然很有学问，还写得一手好字。在当时是很有名气的。

·····································

此篇传奇，作者不详。

唐、宋以来，有不少人著文认为本篇是对唐初的著名书法家欧阳询的诬蔑之词。但也有人认为，此文只不过借用了欧阳询及其父亲欧阳纥的名字罢了。因为欧阳询长得很瘦，容貌有些像猿猴；而隋唐时，民间曾广泛流传老猿偷妇女的故事，此篇作者将这两件事联系起来，写成了一篇传奇，并不是出于恶意中伤。